W0304052

GLACE

L'autrice

Christine Féret-Fleury a été éditrice chez Gallimard Jeunesse avant de se consacrer à l'écriture. Elle signe pour la première fois chez Scrineo, avec *Glace*, son centième livre.

© 2021 Scrineo
8 rue Saint-Marc, 75002 Paris
www.scrineo.fr
Diffusion : Interforum

Réalisé avec le concours éditorial de Charlotte Bousquet
Directeur éditorial : Jean-Paul Arif
Éditrice : Floria Guihéneuf
Mise en page : Clémentine Hède
Correction : Maxime Gillio
ISBN : 978-2-36740-886-6
Dépôt légal : mars 2021

Christine Féret-Fleury

GLACE

ScriNeo

Pour R.H.
Il était temps.

Il y avait quelque chose dans la masse glacée qui, sans forme au départ, s'était précisé, juste au moment où elle avait crié : là-haut, un œil de glace la fixait, arrêtant toutes ses pensées.

C'était très nettement un œil.

Énorme.

Et il grandissait, tout en la fixant. Planté dans la glace, il demeurait lumineux.

C'était bien pour cela qu'elle n'avait poussé qu'un seul cri. De toute façon, il n'avait pas effrayé l'œil, elle le voyait bien.

Paralysées par le froid, ses idées se simplifiaient de plus en plus. Cet œil, si grand, insistait toujours, mais elle n'en avait pas peur. Elle pensa seulement : « Que regardes-tu ? Je suis là. »

Tarjei Vesaas, *Palais de glace*, traduit du norvégien
par Élisabeth Eydoux, Flammarion, 1975.

PARTIE I

Il regarda dans le vaste espace des airs, il se vit emporté avec elle vers les nuages noirs. La tempête sifflait, hurlait : c'était une mélodie sauvage comme celle des antiques chants de combat. Ils passèrent par-dessus les bois, les lacs, la mer et les continents. Ils entendirent au-dessous d'eux hurler les loups, souffler les ouragans, rouler les avalanches. Au-dessus volaient les corneilles aux cris discordants. Mais plus loin brillait la lune dans sa splendide clarté. Kay admirait les beautés de la longue nuit d'hiver. Le jour venu, il s'endormit aux pieds de la Reine des Neiges.

1

— Il y avait des roses, là. Je sais… qu'il y avait des roses.

La grand-mère de Kay se penche et arrache une poignée de pousses ligneuses, d'un jaune sale, dans la caisse de métal rouillé posée sous sa fenêtre. Ma caisse est juste en face, elle est pleine de cailloux que j'ai ramassés en allant au travail ou en revenant. J'essaie de les choisir de formes et de teintes différentes, même si je n'ai jamais plus que quelques secondes pour décider lequel je vais prendre ce jour-là. Me baisser, ramasser, me relever sans attirer l'attention des drones. Je m'y entraîne depuis longtemps. Depuis que j'ai compris une chose essentielle : pour les yeux luisants, inexpressifs, de ces insectes électroniques, nous nous ressemblons tous. Une seule masse terne qui disparaît sous terre le matin pour en sortir à la nuit tombée. Un long serpent animé de soubresauts et de spasmes, mais qui avance, qui avance toujours. Du moment que la marche se déroule normalement, que les wagonnets chargés de minerai se succèdent au rythme fixé, ils n'interviennent pas.

Si nous nous arrêtions, ce serait autre chose.

— Des roses…

La voix de Grand' est faible, rêveuse. Mon cœur se serre. Oui, grand-mère, il y avait des roses, là. Un buisson qui me paraissait immense – j'étais si petite – et dont les fleurs épanouies répandaient un parfum merveilleux. Je n'ai jamais oublié ce parfum, même si les couleurs commencent à pâlir dans ma mémoire. J'approchais le nez des corolles, je jouais à être une minuscule fourmi explorant un univers inconnu... J'aurais tant aimé fouler ce souple sol de velours tiède, m'enfoncer dans les multiples replis qui tous menaient vers le cœur serré, odorant ! Il y avait là, j'en étais sûre, une chambre secrète où tous mes désirs seraient exaucés. Où les contes que Kay et moi lisions deviendraient réalité.

Si seulement je parvenais à y entrer.

— Viens, Grand', viens...

Je passe mes bras autour d'elle pour l'aider à se relever. Elle s'appuie sur moi. Elle est si fragile. La peau sur les os. Aucun de nous n'est bien gros, mais elle... un souffle pourrait l'emporter. Que deviendra-t-elle quand le Vent de Mort se déchaînera une fois de plus et emportera les nôtres ?

Si seulement je pouvais prévoir ce jour.

Si seulement je pouvais la protéger.

Pourquoi Kay n'est-il pas là ?

Pourquoi l'ont-ils pris ?

Pourquoi s'est-il laissé faire ?

Je suis injuste. Il n'avait pas le choix. Aucun de nous ne l'a, jamais. Quand le vent souffle, quand les Glacés arrivent, nous ne pouvons que nous terrer dans nos maisons, ramper sous les lits et fermer les yeux de toutes nos forces, tels des enfants qui, aveuglés, se croient invisibles.

Notre seul moyen de défense : nous confondre avec cette terre que, jour après jour, nous creusons pour en extraire certains de ces métaux rares dont mes parents connaissaient la liste par cœur : iridium, indium, platine, cobalt, lithium... Où nous laissons notre peau et nos ongles, notre souffle, nos yeux, et pour finir nos os.

Serrée contre moi, Grand' avance à petits pas. Chaque matin, je m'éveille trempée de sueur, angoissée, m'attendant à la trouver morte. Chaque matin, elle est là, debout, filtrant l'eau au-dessus de la jarre dans un linge qu'elle lave le plus souvent possible. Le tissu vient d'une de mes robes de petite fille, il était bleu, d'un bel azur – on voyait encore le ciel, alors. J'ai l'impression d'avoir cent ans tant cela me paraît loin. À présent le tissu est gris comme le nuage qui nous surplombe. Et le visage de Kay, jour après jour, devient gris, lui aussi, et flou. Bientôt, il s'effacera et mon meilleur ami sera vraiment mort – aussi mort que les Cramés qui basculent en plein travail, la face dans la boue, tressautent quelques secondes comme des grenouilles épinglées à une planche. Puis ne bougent plus. Et qu'on emporte vite, très vite, car la cadence ne doit pas ralentir.

Tout le monde le dit. Qu'il est mort. Quand cent Cramés répètent la même phrase, elle devient vérité. On l'admet sans se poser de questions. Je m'obstine, je continue de la refuser. Ils n'en savent pas plus que moi, ils sont juste plus nombreux. Et cela ne prouve rien. Personne ne sait ce que deviennent ceux que les Glacés emportent dans leurs capsules translucides. Ceux que la folie pousse à s'approcher de ces formes ensachées, masquées, aux voix déformées par le tube évasé qui leur recouvre la bouche. Personne. Quand ils sont partis, le Vent de Mort ne tarde pas à se calmer, et le soulagement de tous est comme un pansement sur les blessures de quelques-uns.

Nous n'avons pas le droit de pleurer nos morts, ni de chanter leur histoire, ni d'inscrire leurs noms où que ce soit. Pour les disparus, c'est la même chose. Et l'oubli vient vite quand chaque muscle brûle de fatigue, quand la raideur gagne les articulations, quand l'estomac n'est gonflé que de cette bouillie à l'odeur écœurante dont nous recevons chaque jour de quoi remplir deux gamelles.

Le nom de Kay, je l'ai écrit sur chacune des pierres que j'ai ramassées, avec un fragment de roche crayeuse volée à la carrière. Si quelqu'un s'amusait à retourner les cailloux de ma caisse, il verrait les inscriptions. Mais personne n'a de temps, ici, pour les gestes inutiles ni pour la curiosité. Je ne crains rien. Ce dont j'ai peur, c'est de ne plus le sentir vivant en moi. Lui, notre enfance, les couleurs du monde tel qu'il était avant le Nuage.

— Sanna, ma fille... Dis-moi, les roses... Où sont-elles ?

Grand' insiste, tire sur ma manche, lève vers moi ses yeux couverts d'une taie blanchâtre. Je dis, au hasard :

— Cachées sous terre. Pour résister au vent, leurs tiges se sont enfoncées profondément. Elles sont toujours vivantes, mais on ne les voit plus. Comme le sel dans l'eau, Grand'. Une fois dissous, il est toujours là, mais invisible.

— Mais les fleurs... les fleurs ! Sous la terre, il n'y a pas assez de place pour qu'elles s'épanouissent. Et le sol est trop sec, maintenant.

Sa voix est triste. Alors je continue – je sens soudain que l'histoire que je suis en train d'inventer est importante, je ne sais pas pourquoi :

— Si, bien sûr. Les tiges sont très longues, plusieurs mètres ; et sinueuses. Et fortes. Elles se glissent dans n'importe quelle fissure, même minuscule. Cela peut durer des années, mais elles finissent par passer sous les carrières, et là...

Je reprends ma respiration. J'ai la sensation grisante de me livrer à une activité interdite. J'ai prise sur ce que je suis en train de bâtir par des mots, des mots plus légers que l'air que je respire, invisibles pour les machines qui nous surveillent ; je crée quelque chose – une réalité, un rêve, je ne sais pas, mais je peux le modifier à mon gré, lui faire suivre les chemins que j'ai choisis. Il y a de la force dans les contes. Du pouvoir.

— Là se trouve une grotte bien protégée mais baignée de soleil, où vient battre la mer par une ouverture invisible aux yeux des hommes, et les roses y fleurissent à l'abri du vent et des gelées. Toute l'année, Grand', les fleurs s'épanouissent, déplient leurs pétales et exhalent un parfum sucré...

— Et Kay est là. Il se repose. Il dort, peut-être.

Sa voix est douce maintenant, pleine d'espoir. Elle a levé la tête ; la maigre lumière du soir accentue chacun des reliefs de son visage sillonné de rides. J'ai le cœur serré, mais je lui affirme :

— Oui, Kay est là. Bien sûr qu'il est là. Où pourrait-il être ?

— Tu iras là-bas, alors ? Loin dans le Dessous ? Tu le ramèneras ? Je ne veux pas mourir avant de l'avoir revu. Mon petit-fils. Mon unique petit-fils. Si gentil. Il n'a pas voulu me faire de peine. Il ne m'a pas abandonnée. Il s'est juste perdu.

Sa voix se réduit à un murmure.

— Et il a besoin de toi, Sanna. Tu es sa force.

Sa force. Elle ne sait pas ce qu'elle dit. Ma force, quand je m'écroule sur mon matelas pour une nuit trop courte, il n'en reste rien. J'en ai à peine assez pour aller au bout de chaque journée.

Comment pourrais-je satisfaire les besoins de qui que ce soit ? Je veille sur Grand' – il n'y a personne d'autre pour le faire, de toute manière. Personne pour balayer le sol, pour lui trouver un peu plus à manger, pour entretenir le maigre feu nourri de déchets de bois qui l'empêche de mourir de froid pendant le court hiver. Et de se dessécher durant le trop long été, été, c'est un mot que tout le monde a oublié. La Sèche, c'est cela qu'on dit maintenant ; le temps de la soif et de la sueur, le temps des vieux qui se couchent et restent là, contemplant le mur de leur chambre ou bien le ciel blanc, les yeux vitreux, les lèvres fendillées et le corps comme aspiré de l'intérieur par une faim dévorante.

Le soleil n'existe plus dans la mémoire de ceux qui sont nés après le Nuage. Mira, la petite fille de notre voisine, qui a cinq ans, me demande souvent de le lui décrire. C'est difficile. Je cherche mes mots. Une boule de feu, mais claire. Projetant des rayons éblouissants. Un joyau dans le ciel bleu. Mais Mira n'a jamais vu de pierre précieuse et ne connaît des couleurs que celles de la terre, de la poussière et de la pierre. Elle ne connaît que le ciel blanc de la Sèche et la brume dense de la saison froide. Elle pense que je divague, comme les anciens, quand je lui parle des champs de blé vert qui ondulaient sous le vent, de la rivière aux eaux si limpides qu'on pouvait voir les truites nager dans le courant et les grenouilles sauter sur les cailloux, des courses en traîneau et des joyeux repas de Noël, des oiseaux et des abeilles portant de fleur en fleur leur charge de pollen.

Moi-même, je me demande parfois si je n'ai pas rêvé ce monde-là, celui de mes premières années, de nos premières années, à Kay et à moi. Peut-être ai-je reconstitué tout cela à partir des récits de mes parents, de Grand'.

Ce bonheur. Toute cette richesse que nous ignorions posséder. Jusqu'à ce qu'elle disparaisse.

2

Oui, il y avait des roses. Presque aussi grosses que ma tête d'enfant. J'avais trois ans, Kay deux ans de plus. Il était beau, avec une peau couleur caramel, de lourdes boucles qui lui tombaient dans le cou et des yeux dorés, liquides et doux. Tout le monde l'admirait. De temps en temps, une femme me caressait la joue et me disait que j'étais mignonne moi aussi, mais je savais bien qu'elle ne parlait ainsi que par pitié. Pour que je ne me sente pas mise de côté ou dédaignée. Je n'étais pas dupe. Personne ne m'a jamais regardée deux fois à moins d'avoir une bonne raison de le faire, car je ressemble à une souris. Cheveux d'un châtain terne, la peau pâle, un menton pointu. J'avais beau manger, je restais chétive, je ne grandissais pas. Alors que Kay... La petite Mira doit encore se souvenir de lui, peut-être : je pourrais lui dire que regarder Kay, c'était comme fixer le soleil. Il dégageait de la lumière et de la chaleur par sa seule présence. L'hiver, j'approchais mes mains de lui et je faisais semblant de me brûler, avec de petits cris et des grimaces qui l'amusaient. Il lui en fallait si peu ! À tout propos, il riait. Si la soupe se renversait, si le chat se prenait les pattes dans une pelote de laine, si je touchais le bout de mon nez avec la pointe de ma langue, son rire éclatait comme une fanfare. Son rire accompagnait chacune des minutes de ma vie, qu'il soit là ou pas.

Il habitait en face de chez nous, chez sa grand-mère – là où je vis maintenant avec elle. Une maison de deux pièces, et pas de jardin, bien sûr. Nous étions trop fauchés. Rahil, que j'ai toujours appelée Grand' – car je n'avais pas de grand-mère à moi, pas vivante, je veux dire –, subsistait d'une petite retraite et de ce qu'elle gagnait en repassant à domicile pour une entreprise de services qui s'appelait jaimetirermaflemme.com ou quelque chose du genre. Ils la payaient une misère, bien sûr, et de ma fenêtre, je la voyais toujours courbée, son fer à la main, dans un nuage de vapeur. C'est Kay qui allait livrer les corbeilles de linge, en allant ou en revenant de l'école, puis du collège. Il disait toujours qu'il voulait devenir paysagiste pour remplir les villes de parcs et de fleurs à la place des immeubles. C'est lui qui a eu l'idée de faire pousser un rosier dans une grande caisse, juste à côté de leur porte ; et bientôt, les tiges vertes et vivaces ont atteint le rebord de la fenêtre, comme si les fleurs avaient envie de regarder à travers la vitre. Et de faire signe à Rahil, pour lui rappeler qu'il y avait autre chose, dans la vie, que les jets de vapeur brûlante et la douleur lancinante de son dos.

Mes parents s'en sortaient un peu mieux, pas beaucoup mieux : mon père bossait dans une grande surface, à la manutention, et ma mère enchaînait les petits boulots, des « heures », comme elle disait. Elle faisait le ménage dans les bureaux, tard le soir ou très tôt le matin, gardait des enfants, distribuait des publicités dans les boîtes aux lettres, et parfois remplaçait une de ses copines qui conditionnait les repas dans une usine à bouffe fournissant les cantines et les restaurants d'entreprise. Ça arrivait deux ou trois fois par an, et je n'aimais pas ça, car ma mère rapportait de la nourriture à la maison pendant des semaines. « Il faut la manger, disait-elle, sinon ils la jettent, c'est du gaspillage, ça me rend malade. » Honnêtement, je pensais que les plats qu'elle réchauffait – sauté de dinde à la provençale ou filet de lieu carottes en rondelles – étaient tout juste bons à jeter. Tout avait le même goût et presque la même consistance. Jamais je n'aurais imaginé que je penserais un jour à ces repas comme à un festin. Et c'est pourtant le cas. La plupart du temps, je ne sais même pas ce que je mange. Une bouillie couleur de terre, chaude ou froide. « Les rations » : elles arrivent par camions et nous les entassons dans la cuisine commune, si on peut appeler ça une cuisine, où nous prenons nos repas pendant le roulement des équipes, avant de redescendre dans les puits. Le soir, on rapporte sa gamelle ou on se débrouille. On peut acheter des conserves et un peu de riz à la coopérative générale, mais les tickets reçus ne durent jamais la semaine. Alors on fait du troc avec ce qu'on a réussi à voler sur le chantier, un outil assez petit pour être dissimulé sous les vêtements, un fragment de minerai, une mèche pour les lampes de secours. Plus rien ne pousse ici, que des herbes qui paraissent déjà mortes quand elles sortent de terre. Et l'eau est rationnée, donc ce n'est même pas la peine de penser à arroser quoi que ce soit. Je ne bois jamais à ma soif. Je ne suis jamais propre. Mes vêtements sont raides de crasse, même si je les brosse tous les jours.

Je pourrais continuer comme ça longtemps, à détailler notre non-vie, mais j'ai envie de m'écarter du présent, de retourner en pensée dans notre enfance, à Kay et à moi, juste quelques minutes – même si ça fait mal, même si tout est plus dur, après.

Mon père a fini par planter un rosier dans une seconde caisse, placée juste en face de celle de mon ami. Les roses de Kay étaient d'un rouge profond, les miennes jaune pâle. Au bout de quelques années, les tiges s'étaient multipliées, longues, drues ; Rahil, Kay et mon père ont construit une petite pergola qui allait d'un mur à l'autre, enjambant la ruelle, et les ont fixées au treillage de bois. L'été, c'était un arc parfumé, et certaines fleurs persistaient jusqu'au cœur de décembre. On s'asseyait là, tous les deux, après l'école, sur un petit banc de bois que ma mère, Jani, avait assemblé – elle aimait ça, travailler le bois. Elle aurait voulu en faire son métier, mais ce n'était pas facile, elle avait déjà offert aux voisins presque tous les objets qu'elle avait fabriqués, et les gens des autres quartiers ne venaient pas dans notre rue. Elle essayait de vendre sur les marchés. Juste avant Noël, il lui arrivait de gagner un peu d'argent.

Et puis le Nuage est venu et tout a pris fin.

Ses espoirs, pour elle et pour nous. Ses efforts pour mener une vie plus heureuse, plus pleine.

Sa vie.

La grand-mère de Kay lui avait offert pour son anniversaire – il avait sept ans – un gros recueil de contes avec des illustrations, et il me faisait la lecture. Au début. Dès que j'ai su déchiffrer les lettres, j'ai pris le relais. Il disait que ma voix était douce et qu'elle lui permettait de s'envoler au cœur de l'histoire.

Pendant des années, nous avons lu et relu les mêmes contes. Nous n'apportions jamais d'autre livre sous les roses. C'était une sorte de rituel : nous connaissions les textes par cœur, au point que même quand la nuit était tombée, nous pouvions continuer, le doigt simplement posé sur la page et les yeux levés vers les fleurs dont nous ne devinions plus que les formes arrondies, même si leur parfum devenait plus fort. Si fort que j'en avais parfois le cœur serré.

Nous lisions *Les Sept corbeaux* et *La Petite Sirène*, *Les Habits neufs de l'empereur* et *Le Rossignol de l'empereur de Chine*. Ce dernier était notre préféré : j'aimais particulièrement le moment où l'empereur recouvrait la santé grâce au chant du petit oiseau gris dont il avait trouvé l'apparence si ordinaire. Peut-être parce que j'avais l'impression d'être moi-même un petit oiseau au plumage terne.

Kay aimait aussi cette fin ; mais il regrettait que les rouages du rossignol mécanique se soient brisés.

— Il devait être tellement beau, disait-il, avec ses yeux de diamant et ses ailes couvertes d'or ! L'empereur aurait dû le faire réparer. Peut-être même le faire chanter en duo avec l'autre rossignol.

Je n'avais pas osé lui dire – je n'avais pas les mots pour lui dire – que je n'aimais pas ça, cette image de l'oiseau et de l'automate chantant ensemble.

Maintenant, je trouverais les mots. Je lui parlerais de la mesure égale, sans âme, du chant mécanique, écrasant le souffle, l'émotion, la fragilité du vivant. Je le convaincrais peut-être. Mais Kay n'est plus là pour m'écouter.

Tout a commencé quand le Nuage est arrivé, c'est ce que les gens disent, même s'ils savent au fond d'eux-mêmes que « cela » avait commencé bien avant. Depuis des années, des décennies même, il faisait de plus en plus chaud, de plus en plus sec, mais parfois des pluies violentes ravageaient les cultures et les vignes, formant des coulées de boue qui emportaient tout sur leur passage, arbres déracinés, troupeaux, véhicules et même des moitiés de maisons que l'on voyait flotter un moment comme d'étranges bateaux avant d'être englouties dans le flot limoneux. Pendant les nuits d'été, aucune fraîcheur ne venait plus alléger l'air pesant. Les draps moites collaient à la peau, on se mettait à la fenêtre pour chercher un peu d'air, pour tenter de respirer, en vain. Une odeur de soufre imprégnait tout, peaux et vêtements, et les murs prenaient une teinte rousse. Notre petite ville était devenue couleur de fer rouillé, même la saveur des aliments, le goût de l'eau en étaient modifiés. Le matin, très tôt, des bancs de brume envahissaient les rues et se dissipaient de plus en plus tard dans la journée. Et c'était partout la même chose.

Nous avons perdu peu à peu l'habitude de contempler les étoiles. Perdu l'habitude de courir, car le moindre effort déclenchait une toux difficile à calmer. De nous promener au bord de la rivière aux berges couvertes d'algues minuscules qui dégageaient une suffocante puanteur. De cuisiner les légumes de nos potagers envahis d'insectes inconnus. De cueillir les fruits sur les arbres, car les arbres ne donnaient plus de fruits, ou bien de répugnants avortons qui pourrissaient avant de mûrir. Un à un, les gestes de nos vies disparaissaient pour être remplacés par d'autres : ajuster un masque sur la nuque avant de partir au travail ou à l'école, jeter dans chaque verre d'eau une pastille désinfectante, réchauffer les plats vendus en supermarché avec la mention Safe Food.

Car il y avait une solution à tout, bien entendu, les entreprises s'adaptaient pour ne pas perdre d'argent, on pouvait toujours acheter de l'eau minérale déjà désinfectée, de la nourriture cultivée hors-sol dans des serres bénéficiant d'une atmosphère pure et artificielle, des brumisateurs censés assainir l'air confiné des maisons et des appartements et des compléments alimentaires pour ne pas tomber malades. Ou du moins l'espérer.

Car des malades, il y en avait de plus en plus. Des enfants qui mouraient du cancer ou qui développaient des allergies inconnues, des désordres du système immunitaire, des pneumonies, des méningites. Des épidémies de choléra, de typhoïde et d'autres fièvres, inconnues, pour lesquelles les scientifiques se hâtaient d'inventer des noms se répandaient, fauchant des milliers de vies. Des femmes avortaient spontanément de fœtus hydrocéphales ou dépourvus de membres. Des hommes dans la force de l'âge s'endormaient dans leur canapé et ne se réveillaient pas, gisant là, raidis, la peau teintée de bleu, leurs lèvres noires retroussées sur un affreux sourire.

Je ne voyais pas tout ça. Je ne savais pas. J'étais moi aussi une enfant que ses parents essayaient de protéger, qui dévidait jour après jour sa pelote de temps. En tirant le fil de ma vie, je voyais seulement venir des chagrins, les miens, et des joies – et mes plus grandes joies venaient de Kay.

Tous, nous vivotions, nous nous adaptions aussi. Chaque jour nous ôtait un peu de notre liberté, chaque jour défigurait davantage la terre, le ciel, les eaux. Chaque minute de bonheur était d'autant plus précieuse.

Et une nuit, le Nuage, qui avait attendu son heure haut, très haut dans le ciel – ou peut-être caché dans des profondeurs obscures dont je ne soupçonnais même pas l'existence –, s'est abattu sur nous comme une enclume de souffrance et de mort.

3

— Pousse-toi, gamine !

L'homme, d'un coup d'épaule, m'écarte de son chemin. Il porte un quartier de roche qui doit bien peser trois fois mon poids. Je le regarde s'éloigner sur la rampe qui mène vers la surface ; ses muscles jouent sous sa peau luisante de sueur, ses cheveux sont collés à son crâne. Il a rabattu sa chemise sur son pantalon et les manches effrangées battent au rythme, saccadé, de sa marche.

Il porte sa survie pour un jour. Demain, qui sait, il sera pris sous un éboulement. Ou plié en deux par le taser d'un garde. Ou saisi de cette paralysie subite qui fige indifféremment femmes, enfants, hommes, et les laisse sans défense, comme des insectes renversés sur le bombé de leur carapace, oscillant face au ciel parcouru par les drones.

Demain, il sera mort.

Peut-être.

Demain, ce sera peut-être mon tour.

Pourquoi, alors, continuer à espérer ? Kay ne reviendra pas. Jamais. On me l'a assez répété. Je devrais me l'enfoncer dans le crâne.

Aujourd'hui est un jour noir. Quand je me suis levée – je devrais plutôt dire que j'ai roulé sur le sol, tout habillée, les genoux et les coudes écorchés –, j'avais mal dans tout le corps. Et mon cœur était froid comme un morceau de caillou sans valeur. De ceux qu'on rejette hors du wagonnet, le long des rails, de ceux qui n'ont d'utilité pour personne, même pas pour nous, les Cramés, qui brûlent leur vie dans l'esclavage et ont fini par s'habituer à ce nom. Grand' n'était pas levée, elle dormait de plus en plus longtemps chaque matin ; je n'avais plus la force d'aller la réveiller ni de lui préparer une bouillie. Encore moins de lui sourire et de lui promettre que tout irait bien, que je rentrerais le soir avec quelque chose de bon à manger, que les roses refleuriraient un jour, que…

Non ! Je n'en pouvais plus. Je voulais me rendormir et ne plus jamais me réveiller.

Pourtant, il a bien fallu que je me lève, que je mélange à un tiers de ma ration d'eau quelques pincées d'une poudre dont j'avais réussi à obtenir un sachet supplémentaire. Des vitamines, indiquait l'emballage, des protéines de synthèse, des fibres. Et des plantes. Mais le mélange avait un goût insipide. En raclant le fond du bol, pas avant, je me suis aperçue que je pleurais : de grosses gouttes rondes glissaient sur les parois, entraînant le reste de poudre. J'ai tout avalé, y compris mes larmes.

Sur le sofa défoncé poussé dans un coin de la chambre, Grand' était profondément endormie. Je ne lui ai pas touché l'épaule, j'ai juste remonté sa couverture sur elle, pour qu'elle n'ait pas froid. À quoi bon la sortir de son sommeil ? Elle rêvait peut-être de jours plus heureux, elle pouvait se retrouver jeune et pleine de force, de projets, d'espoir. Tout ce qui lui avait été retiré. Aujourd'hui, je lui laisserais du temps. Personne ne lui demandait de descendre dans la mine, c'était déjà ça. Elle était bien trop âgée. L'âge officiel de la retraite avait été fixé quelques mois plus tôt à soixante-dix-neuf ans, et elle en avait au moins quatre-vingt-dix. Qu'elle soit encore en vie tenait du miracle. De toute façon, plus personne n'atteignait plus l'âge de la retraite : les gens disparaissaient bien avant.

C'est ce qui m'attendait. Je le savais.

À présent, je me demande si je n'espérais pas ça – une mort rapide. Toute la journée, j'ai accumulé les maladresses : j'ai renversé un wagon de minerai, enfoncé mon extracteur de travers dans une roche pourrie, de sorte que des éclats m'ont atteinte au visage. J'aurais pu avoir l'œil crevé, je m'en suis tirée avec une estafilade à la joue. J'ai bloqué un aiguillage par inattention, titubé dans les galeries, bousculant ceux qui venaient à ma rencontre. Des mains, des poings me heurtaient, me renvoyaient d'une paroi à l'autre. Des insultes sifflaient à mes oreilles. Des avertissements, aussi. « Fais attention ! », « Reste pas là, tu nous ralentis… Si tu passes devant un capteur, les drones vont rappliquer ! » J'ai continué à avancer. Je crois que je cherchais un puits. Une bouche noire et parfaitement ronde qui m'avalerait, m'effacerait, comme Kay. Personne ne se souviendrait de moi : sans force, sans joie, sans heures de loisir – nous ne possédions plus rien de tout cela –, la mémoire et la tendresse n'étaient plus que des mots sans aucune signification.

J'ai fini par me cacher dans une poche de la carrière, au débouché d'une galerie secondaire, hors de vue des drones. Je me suis recroquevillée dans le noir, le front posé sur les genoux, les bras étroitement noués autour des jambes. J'entendais mon cœur battre : c'était tout ce qu'il restait de vivant en moi, ai-je pensé. Je ne pouvais même plus pleurer, j'étais sèche, une source tarie, une cosse vide, j'allais me désagréger, devenir poussière et ce serait un soulagement.

Je suis restée là un long moment. Dehors, la nuit était sûrement tombée. Grand' m'attendrait, puis elle se résignerait : ils étaient si nombreux, ceux qui ne rentraient pas. Pour moi, les choses étaient encore plus simples. Il me suffisait d'attendre, et la main de la mort viendrait me cueillir, m'envelopperait avec douceur et m'emporterait très loin, là où peut-être subsistait le souvenir de deux enfants lisant une histoire sous les roses.

Les roses. J'avais dû glisser sans m'en apercevoir dans un rêve vague et troublé, car tout à coup, j'ai senti leur parfum. Si violent, si suave que je me suis redressée, la bouche ouverte, cherchant à en emplir mes poumons ? En imprégner chaque pore de ma peau, pour me nettoyer, pour ne plus sentir les odeurs de soufre, de crasse, de terre souffrante et infectée ?

La dernière fois que j'avais senti le parfum des roses, c'était juste avant le Nuage. Il n'en restait qu'une sur la treille, une fleur énorme, aux pétales couleur feu. Elle s'était épanouie vite, mais sans se flétrir, ouvrant son cœur comme si elle voulait absorber chaque rayon de lumière, chaque souffle de vent.

Je l'avais montrée à Kay. Depuis des mois, j'avais l'impression qu'il ne regardait plus autour de lui. Il marchait le regard rivé à ses chaussures et ne prononçait plus que de rares mots concernant des sujets pratiques, le ravitaillement, la pluie, ou tragiques, comme la mort d'un de ses copains de lycée, tué lors d'une manifestation réclamant la démission du gouvernement.

C'était maladroit, peut-être, et idiot, et inutile, mais je voulais qu'un peu de beauté le touche. On ne se parlait plus. J'avais envie de le retrouver, de partager quelque chose avec lui. D'alléger le fardeau qu'il portait, que nous portions tous. Celui de la destruction du monde tel que nous l'avions connu enfant. Celui de la peur.

Mais il a haussé les épaules.

— Tu t'intéresses encore à une rose ? Grandis, Sanna. C'est fini, tout ça. On est fichus, on va crever. Je ne sais pas encore comment ni quand, mais j'en suis sûr. La matraque d'un flic m'éclatera la tête, ce serait bien, rapide. Mieux que le cancer.

Il a serré les poings. Son regard, morne, est devenu dur.

— Il paraît qu'il y en a qui s'en tirent beaucoup mieux que nous, a-t-il lâché. Dans le Nord, vers les montagnes. J'ai entendu dire qu'ils ont édifié une barrière climatique pour protéger leur ville. Une ville idéale, il paraît. Sans pollution ni rien.

J'ai répété :

— Une barrière climatique ?

— Un bouclier. Quelque chose comme ça. Je n'ai pas les détails. Mais j'en saurai plus bientôt. Avec des copains, on se disait... Oh, et puis laisse tomber.

Il regardait toujours la rose. Il a avancé la main, et j'ai cru qu'il allait juste effleurer les pétales, mais non : il a refermé le poing sur la fleur et a serré. J'ai crié :

— Kay, non ! Ne fais pas ça...

Son visage s'est crispé.

— Il n'y a plus de place pour les roses ici. Plus de place pour tes rêves de gosse. Plus vite tu comprendras, mieux ce sera.

Et il a jeté les pétales froissés par terre avant de tourner les talons.

Je me suis agenouillée. De la rose déchiquetée montait un parfum encore plus fort. J'ai fermé les yeux et j'ai respiré, respiré. Je savais, au fond de moi, que c'était la dernière fois.

* * *

Je me redresse en m'appuyant à la paroi. J'ai un goût âcre dans la bouche, mes lèvres et ma gorge sont desséchées. Je ne suis pas morte, finalement, et j'ai soif. Il est temps que je rentre. Qu'est-ce que je fais là ? J'ai oublié. J'oublie beaucoup de choses, ces derniers temps. Du passé, quelques images restent vibrantes, mais des années entières de mon enfance ont basculé je ne sais où, se sont effacées, ou couvertes d'une grisaille si dense que je n'en devine presque plus rien.

Il faut que je fasse un effort.

Il faut que je me souvienne.

En trébuchant, je quitte ma cachette et je reprends le chemin du quartier des Cramés, le dernier de la ville à être resté debout. Les autres ont été rasés pour construire les bâtiments de la mine. Les drones ont terminé leur ronde, la nuit est tombée, je n'entends aucun bourdonnement menaçant au-dessus de ma tête. Ils repasseront vers minuit, et une fois encore avant que retentisse la sirène, à trois heures.

Grand' est seule depuis trop longtemps. Je dois me dépêcher. Aujourd'hui, je n'ai rien pu voler pour l'échanger contre de la nourriture, et je ne me suis pas présentée au centre de distribution pour nos rations. Il doit être fermé, maintenant. À quoi je pensais ? Est-ce que j'espérais vraiment que tout pouvait finir comme ça, juste parce que je l'avais décidé ?

Pourvu qu'il reste quelque chose à la maison. Au moins de quoi nourrir Grand'. Moi, je peux attendre, même si la faim me tord le ventre. Je mangerai demain. Ou pas.

J'essaie de marcher plus vite. Mon corps proteste. Je l'ignore et je me mets à courir. Chaque foulée est une douleur. Je n'ai plus de souffle, je dois m'arrêter pour cracher une salive brune. Saleté de poussière.

La maison n'est plus très loin. Je vais y arriver.

Quand je pousse la porte, le silence m'entoure comme si je venais de plonger au fond d'un étang. Tout est à sa place du matin : mon bol retourné sur l'évier, ma cuillère à côté, le torchon posé sur le dossier d'une chaise. Ces jours-ci, et c'est une chance, l'eau n'est coupée qu'à partir de la tombée de la nuit. Avant de partir, j'ai rempli deux récipients pour pouvoir me laver en rentrant du travail. Ils sont toujours là où je les ai posés – mais vides.

— Grand' ?

Mes yeux ont eu le temps de s'habituer à l'obscurité pendant le trajet. Je n'ai pas besoin d'allumer la lampe à huile. Je referme le battant derrière moi, puis je me retourne.

C'est alors que je vois le sac. Contre le mur du fond, à côté de la porte de la pièce où nous dormons. Un vieux sac à dos, bosselé, rapiécé avec des morceaux de plastique.

Intriguée, je m'avance. Qui a pu apporter ça ? Un de nos anciens voisins ? Nous ne connaissons presque plus personne. La plupart des familles qui vivaient dans la rue sont parties quand le Nuage est arrivé, ou dans les mois qui ont suivi ; les autres ne restent jamais longtemps. Nous savons pourquoi, même si nous n'en parlons jamais. Épaules voûtées, membres couverts de croûtes. Des femmes, des hommes, des enfants. Visages. Tous figés par la même grimace de souffrance et de tristesse. Tous avalés par la mine goulue. Tous dévorés, tôt ou tard.

Il y a bien Hamid, mon ancien instituteur. Depuis que les établissements scolaires sont fermés, il est chargé de distribuer les rations et de tenir les registres du magasin à jour. Ce travail lui a sauvé la vie, il le sait et il essaie d'aider les autres. De temps en temps, il apporte quelques provisions à Grand'. Il lui parle gentiment. Sa douceur me fait presque mal. Je l'évite : parfois, comme Kay, je ne veux pas me souvenir. Du temps passé dans sa classe, en sécurité. Des livres qu'il nous lisait. De la musique que nous écoutions chaque après-midi, juste avant la sonnerie. De tout ça.

Est-ce lui qui a déposé ce sac ?

Je m'agenouille pour tâter la toile délavée. Je sens des bosses dures, peut-être des boîtes de conserve. On en trouve encore quelques-unes, des vieilles. Ma bouche s'emplit de salive. Je rêve de pêches au sirop, de lentilles, de tomates à la saveur acide. Vite, je déboucle une des lanières qui ferment le sac. Puis la seconde.

— Voleuse ! Racaille !

La porte de la chambre s'est ouverte, une femme se tient debout devant moi, genoux pliés, cou tendu, prête à se battre. Ses doigts sont déformés, ses ongles cassés, noircis par la crasse incrustée. Ce n'est pas sa faute : personne ne peut rester propre, ici. Mais elle me fait peur. Je sens sa rage. Son désir de frapper.

Je proteste :

— Je ne suis pas une voleuse !

Elle ricane, repousse d'un mouvement de tête une mèche de cheveux gras qui lui balaie le front, plisse les yeux.

— Ah oui ? Pourquoi je te trouve en train de fouiller dans mes affaires, alors ? Espèce de petite raclure ! Dégage tout de suite !

J'essaie de me défendre.

— Je ne pouvais pas savoir que le sac vous appartenait. Je suis chez moi dans cette maison ! Qu'est-ce qu'il fait là ? Et toi ? Où est Grand' ? Qu'est-ce que tu lui as fait ?

— La vieille ? Rien. Elle ne s'est pas réveillée ce matin, il paraît. Alors on m'a attribué la baraque, avec un supplément de rations. Je fais de bons quotas à la mine, et j'ai trois mômes qui seront bientôt en âge de travailler. Ils dorment. Alors tu vas t'en aller sans crier et sans faire d'histoires. Sinon…

Elle n'ajoute rien, mais ses mains parlent pour elle. Comparées à son corps frêle et voûté, elles sont énormes. Menaçantes. Et elle est prête à tuer. Pour garder un toit au-dessus de sa tête, pour protéger une nuit de plus le sommeil de ses enfants. Et si j'en étais capable, je la tuerais, moi aussi, pour une boîte de conserve.

Voilà ce que nous sommes devenus, tous.

Je recule, sans la lâcher du regard. À tâtons, je cherche la poignée de la porte. Elle s'ouvre. La femme n'a pas bougé. Elle se balance d'un pied sur l'autre. Je sors en trébuchant sur la marche du seuil. Je claque le battant derrière moi.

Voilà. Voilà comment tout se termine.

Je suis dehors.

Seule. Vraiment seule, cette fois.

4

Le jour où le Nuage est arrivé...

Longtemps, j'ai pensé que je n'oublierais rien de cette journée. Que chaque image, chaque parole, chaque geste resteraient gravés en moi. Et puis, au fil des mois, des années, quelque chose s'est effiloché, troué ou effrangé dans ma tête, et le long de ces franges des parcelles de souvenir ont commencé à glisser malgré les efforts que je faisais pour les retenir. Ce que j'avais mangé pour le petit déjeuner, ce jour-là. La salle de cours vers laquelle je me dirigeais quand toutes les alarmes se sont déclenchées – le labo ? le gymnase ? Est-ce que j'avais maths ou langues, ou RVOIS (Récupération et Valorisation des Objets Indispensables à la Survie, une matière très récemment inscrite aux programmes des collèges) ?

Je me revois marchant entre deux cloisons couvertes d'affiches et de graffitis, mais je n'aperçois rien au bout de ce couloir, seulement des silhouettes se déplaçant à la limite de mon champ de vision. Chaque fois je pars de là, de cette longue, lente déambulation. En réalité, cela n'a duré qu'une minute ou deux. Je portais une jupe vert vif déjà très usée, un pull en coton, mes cheveux étaient lâchés sur mes épaules, et je serrais contre moi la partition de mon premier solo de guitare. Je devais le jouer au concert de fin d'année, trois semaines plus tard. J'avais travaillé dur et j'étais fière, presque heureuse, je ne pensais pas que tout pouvait s'écrouler si vite, je croyais encore que ma vie m'appartenait un peu.

Quand l'alarme s'est déclenchée, je n'ai pas eu peur. Ça arrivait tout le temps. « Des exercices », disaient les profs. Eux-mêmes paraissaient excédés de devoir interrompre le cours pour piloter leurs groupes d'élèves vers les abris. Nous connaissions tous par cœur les instructions : se baisser, progresser courbés vers le conteneur le plus proche, prendre un masque, le mettre, aider la personne la plus proche, suivre les flèches peintes sur le sol vers les escaliers de secours qui permettaient d'accéder au sous-sol.

Et c'est ce que j'ai fait, sans pour autant lâcher ma partition. En bas, les caves se remplissaient d'adolescents surexcités et d'adultes qui tentaient tant bien que mal de ramener le calme. Je ne sais pas combien de temps nous sommes restés là, à attendre le signal de fin d'alerte. J'avais au poignet une vieille montre à remontoir que ma mère avait empruntée à Grand' quand les piles étaient devenues introuvables. J'ai sûrement regardé l'heure. Plusieurs fois.

Mais ce geste s'est effacé, tout comme les visages de ceux qui m'entouraient. Je me souviens juste de la pression des corps contre le mien, de l'odeur âcre de la transpiration et d'un regard. Celui de mon prof de maths, un petit homme chauve qui portait toujours un gilet de laine sous sa veste, hiver comme été. Il avait de grands yeux doux semblables à ceux d'un chien très affectueux. En cet instant, ils exprimaient une tristesse et un désespoir tels que je n'ai pas pu les supporter. Je lui ai tourné le dos.

Il a dû sortir sans attirer l'attention. Je ne l'ai jamais revu. Ni ce jour-là, ni plus tard.

Il a fait partie des premières victimes du Nuage.

Quelques heures plus tard, des hommes vêtus de combinaisons protectrices sont venus nous apporter de l'eau en bouteilles et des barres énergétiques. Nous ne pouvions pas sortir, nous ont-ils expliqué. Pas avant le lendemain matin – dans le meilleur des cas. Des questions ont fusé de toutes parts, mais ils se sont contentés de secouer la tête sans répondre. Les Brigades de Sauvegarde de l'Environnement nous préviendraient dès que le niveau de pollution baisserait, ont-ils simplement indiqué. Il fallait attendre.

Attendre. Comment aurais-je pu savoir que je regretterais ces heures interminables passées dans l'abri du collège ? Que j'y repenserais si souvent, fouillant ma mémoire à la recherche de la moindre image de Kay ? Que ce serait la dernière fois qu'il viendrait s'asseoir à côté de moi, la dernière fois qu'il passerait un bras autour de mes épaules, qu'il me chuchoterait à l'oreille, pour m'aider à oublier la peur, la chaleur poisseuse et l'enfermement, une histoire inspirée de nos contes préférés ?

Il était une fois une sirène enfermée dans un globe de cristal, loin, très loin des côtes, au plus profond d'une fosse tapissée d'algues violettes et d'étoiles de mer...

* * *

La rue est déserte. La nuit, les gens s'enferment chez eux. Essaient de dormir. D'oublier, pendant quelques heures, ce qui les attend à leur réveil : le travail forcé, les crampes et les blessures, l'angoisse, la faim, la saleté. Aucune lumière ne filtre entre les battants des volets. Et le silence n'est rompu que par le bourdonnement intermittent des drones. La nuit, les rondes sont plus espacées mais régulières, afin de repérer tout rassemblement suspect – tout ce qui pourrait ressembler à une révolte. Qui a encore envie de se révolter ? Les Glacés ont fait de nous des machines dociles. Trop faibles pour penser, pour écrire, pour revendiquer quoi que ce soit.

Trop faibles pour quitter cet endroit.

En traînant les pieds, je fais quelques pas. Mes jambes me portent à peine. J'espère avoir la force d'aller jusqu'à la maison qu'Hamid partage avec deux autres familles. Lui ne refusera pas de m'abriter, au moins pour cette nuit. Et demain…

Non. Demain n'existe pas.

Mon pied heurte quelque chose, une borne ou un de ces piquets qui délimitaient autrefois les jardins potagers : je me sens partir en avant et, par réflexe, je croise les bras devant moi pour amortir ma chute. Je heurte violemment le sol ; un caillou pointu me laboure l'avant-bras, un peu de sang tiède se met à couler.

Je ne bouge pas. À quoi bon me relever ? Je ne reverrai plus Grand', ni Kay. Demain existe, et je retournerai en enfer. Pour combien de temps encore ? Ce sera toujours trop long. J'ai tenu parce que je me racontais des histoires. Kay reviendrait. Une rose refleurirait. Je pourrais la faire sentir à Grand' et la voir sourire une dernière fois.

Même maintenant, allongée dans les gravats, j'entends la voix suppliante de la vieille femme : « Tu iras là-bas, loin dans le Dessous ? Tu le ramèneras ? Il a besoin de toi, Sanna. Tu es sa force. »

Je me mets à sangloter.

— Ce n'est pas vrai, Grand'. C'est lui, ma force. Sans lui, je ne peux plus… Je ne peux plus…

Très lentement, je pousse sur mes bras pour me mettre à genoux. L'odeur de mon sang me fait tourner la tête. Par réflexe, j'allonge le cou pour lécher l'écorchure. Le liquide au goût de fer vient de mon propre corps, mais c'est de la nourriture. Affamée, je racle ma peau, mâche les fins lambeaux qui se détachent de mon coude. Mes lèvres, mon visage sont barbouillés. Je dois ressembler à un de ces monstres des vieux jeux vidéo. Monstres pour rire. Comme nous aimions nous faire peur ! De fausses terreurs pour tenir la menace à distance, cette menace qui se rapprochait chaque jour dans l'indifférence de presque tous. Elle n'était pas réelle – pas vraiment. Il suffisait de ne pas y penser et tout rentrerait dans l'ordre d'une manière ou d'une autre. Des fous qui dansions sur notre propre condamnation à mort, voilà ce que nous étions.

Je vais pouvoir marcher, maintenant. Aller jusqu'à la maison d'Hamid… ou même plus loin.

Je me lève. Plus loin. Pourquoi pas ? Personne n'essaiera de me forcer à faire demi-tour. Seule, je ne compte pas. Moins qu'une mouche, moins qu'un grain de sable pris dans l'engrenage d'une machine. Si nous étions une centaine à quitter la zone d'habitation, alors les drones nous poursuivraient et nous brûleraient sur place en quelques secondes. Mais qui se souciera de Sanna ? Une fille de plus ou de moins, qui a tout perdu, son nom de famille, sa maison, ses parents, ses amis. Rien qu'une Cramée. Déjà presque morte.

« Tu iras là-bas ? Tu le ramèneras ? »

La voix de Grand' me harcèle. Résonne entre mes tempes. Sourde, puissante comme une cloche sous-marine. Ces mots sont des battants de bronze qui m'ébranlent tout entière, me font vibrer, me poussent à avancer.

Vers la sortie de la ville, là où coulait une rivière, avant.

5

Alors que je commence à discerner les silhouettes des trois arbres – maintenant des troncs morts aux branches dénudées – qui nous servaient, à Kay et à moi, de perchoir, de château, de bateau à voguer sur les histoires que nous inventions, une lueur blafarde éclaire tout à coup le chemin. Mon ombre s'étire, fluette et longue, et je m'immobilise, retenant mon souffle. La Lune ne se montre plus qu'une ou deux fois par an, à la suite de vents violents qui réduisent l'épaisseur du Nuage. Ce soir, l'astre est énorme, grêlé de taches ternes. Les vapeurs qui le couronnent le font ressembler à un soleil malade. Mais son éclat se répand sur les berges desséchées, et durant un instant je crois voir au fond du lit de la rivière courir une eau dont les flots pourraient me porter loin d'ici. Vers le nord. C'est la route que Kay a suivie avec ses ravisseurs, et c'est là que je dois aller.

C'est une folie, je le sais. Je ne le retrouverai pas. Je mourrai probablement avant même d'avoir atteint les régions où les Glacés se sont réfugiés pour survivre et établir leur pouvoir. Où ils emmènent ceux qu'ils ont choisis. Mais rester ici n'a aucun sens puisque Grand' n'est plus là. Il n'y a personne dont je doive prendre soin. Je ne suis plus responsable que de moi-même.

Et une mort en vaut une autre, après tout.

Je m'assieds au pied du plus frêle des arbres. Contre mon dos, aucun frémissement. Le vide. Ce n'est même pas un silence, mais une absence, d'autant plus cruelle que je les ai connus bien vivants et murmurant dans le vent, ces trois-là. Leurs feuilles étaient couvertes d'un côté d'un duvet argenté, doux au toucher. J'aimais entendre leur froissement. Le chant de l'arbre. Le chant de l'eau.

À huit ans, j'avais déjà envie de partir. J'aimais mes parents, et Kay, et sa grand-mère, et nos roses, mais je trouvais tout trop petit, le quartier, nos maisons, notre vie. Dans les salles de classe, j'étouffais. Je regardais par la fenêtre, j'enviais les nuages qui défilaient dans le ciel, légers et libres ; j'imaginais qu'ils suivaient le cours de la rivière vers les montagnes lointaines. Je voulais quitter mon corps et me dissoudre dans leur blancheur cotonneuse, devenir une plume, voler très loin, basculer de l'autre côté de l'horizon. Quand on m'a dit que l'horizon reculait à mesure qu'on avançait, je ne l'ai pas cru.

Quelque part au fond de moi, je ne le crois toujours pas. Rien n'a réussi à étouffer ce désir-là : franchir une invisible frontière pour découvrir… quoi ? Les merveilles du monde connu n'existent plus. Les cités antiques ont été bombardées et pillées, les grands phares se sont écroulés dans la mer, les digues ont cédé, l'eau a noyé trente pour cent des terres émergées ; ce qui restait a brûlé ou a été démantelé.

C'est ce qu'on nous a répété pendant des années. Qu'il n'y avait plus rien. Qu'il était inutile d'aller voir ailleurs. Que partout nous retrouverions la même misère et les mêmes paysages assoiffés. Que là où nous vivions, nous pouvions du moins avoir un toit, de la nourriture, un travail.

Et nous nous sommes résignés. Nous étions si fatigués, si malades. Si désespérés.

Cette nuit, je comprends que ce désespoir, arrivé à son paroxysme, me libère enfin.

* * *

L'été de mes huit ans, je l'ai passé au bord de la rivière. Pendant des heures, je regardais les eaux laiteuses bouillonner sur les cailloux de toutes formes que le courant avait portés jusque-là. Je me perdais dans les remous, j'étais un papillon, une libellule, une feuille tournoyant follement au gré des tourbillons. J'allais très loin et je revenais. Mon désir était là, si fort, il ne me quittait pas, me brûlait la poitrine.

Partir.

— Qu'est-ce que tu lui trouves, à cette rivière ? me demandait Kay quand il me rejoignait après avoir quitté sa bande de copains. Elle est sale, on ne peut même plus s'y baigner.

Il se penchait pour ramasser des pierres et les lançait à la surface de l'eau. Elles disparaissaient ou rebondissaient, une fois, deux fois, parfois trois. Mon ami, satisfait, sifflait alors entre ses dents et s'accroupissait à côté de moi. Jamais longtemps. Kay ne tenait pas en place. Il était trop curieux de tout, trop avide d'accumuler les expériences pour se laisser aller à la magie feutrée des songes.

C'est lui qui m'a parlé des messages enfermés dans des bouteilles que les marins d'autrefois jetaient à la mer depuis le pont de leurs bateaux. Certaines parcouraient des milliers de kilomètres avant d'échouer dans un port ou sur une côte. La plupart du temps, elles ne parvenaient jamais à leur destinataire. Mais parfois, si. On pouvait y trouver de petits objets, des voiliers miniatures, des portraits peints sur un coquillage, des bagues, des dés, des aiguilles faites dans une arête de poisson.

— Si tu jettes une bouteille ici, m'a dit Kay, une autre petite fille la trouvera peut-être un jour.

— Mais elle ne pourra pas me le dire, ai-je objecté. La rivière ne va que dans un seul sens.

Il a ri et a lancé une autre pierre.

— Et Internet, alors ? Vous avez une adresse mail, non ?

Je n'y avais pas pensé. Il y avait déjà, à cette époque, des coupures d'électricité qui duraient plusieurs jours, le vieil ordinateur de mes parents était à bout de souffle. Et les réseaux sociaux étaient étroitement surveillés. L'idée de la bouteille me plaisait bien, pourtant – même sans espérer de réponse. Il était devenu très difficile de s'en procurer, mais ma mère m'avait donné une vieille gourde en métal cabossée pour les sorties scolaires. Je pourrais toujours dire que je l'avais perdue ou que quelqu'un me l'avait volée. De retour chez moi, j'ai écrit une lettre sur un bout de papier que j'ai roulé serré pour l'introduire dans le goulot. J'y avais inscrit mon nom, la ville où j'habitais, mon âge et d'autres choses que j'ai oubliées – peut-être à propos de ma couleur favorite, de mon envie de voyager, ou des histoires que j'aimais lire et écouter, justement parce qu'elles m'emmenaient très loin. J'ai ensuite cherché un objet assez petit pour entrer dans la gourde. Un cadeau. Quelque chose de précieux ou d'insolite qui parlerait de moi, Sanna, mieux que mes mots. Je n'ai rien trouvé dans ma chambre, alors j'ai fouillé toute la maison. J'ai déniché des pulls mangés aux mites, des jouets en mauvais état, un dessin fait à la maternelle. Rien ne me plaisait, rien n'était assez petit pour trouver sa place dans la gourde. Je suis montée au grenier, et là, dans un carton, dormaient les vieilles décorations de Noël que personne ne sortait plus depuis des années, car on ne trouvait plus nulle part d'arbre auquel les accrocher. Je pouvais peut-être en choisir une. Une étoile semée de paillettes. Un ange de paille doté d'une seule aile. Une boule bleu et or à la peinture éraflée.

Tout au fond de la boîte, mes doigts ont touché un objet dur : une paire de souliers rouges en miniature. Ils n'étaient pas plus longs que la première phalange de mon petit doigt. Je me suis rappelé que c'était toujours moi qui les accrochais, quand j'étais encore presque un bébé, à la seule branche du sapin que je pouvais atteindre. Que j'avais trouvé mes cadeaux, année après année, sous cette branche. Les souliers rouges se balançaient au-dessus de ma tête comme pour m'encourager à ouvrir les paquets. Ils avaient l'air… malicieux. Impatients de danser ou d'entraîner dans une course folle l'être minuscule qui pourrait les chausser.

La joie. La danse. Un monde plus vaste à explorer. Tout ce qui manquait à ma vie (même si, à huit ans, je ne faisais que le ressentir sans pouvoir le dire vraiment), j'allais le mettre dans la gourde que je confierais à la rivière. J'ai rangé la boîte parmi d'autres cartons poussiéreux et je suis redescendue dans ma chambre, les souliers rouges enfermés au creux de ma main. Mon cœur battait un peu plus fort.

La rivière porterait mon message et mon amitié.

Qui les recevrait ?

* * *

Un souffle froid passe sur mon visage. Je sursaute. J'ai dû m'assoupir, appuyée au tronc de l'arbre mort. J'ai dormi, rêvé de mon propre passé, cette enfance assombrie par les propos pessimistes des adultes. « On ne peut pas savoir ce qui se passe vraiment, les médias sont muselés, enrageait mon père. Tout passe par le filtre de la censure, même les mails. » Je ne comprenais pas, alors, ce qu'il voulait dire, pas plus que Kay. Mais chacun pouvait voir et sentir : je savais qu'il ne fallait pas boire l'eau du robinet et que les abeilles ne venaient plus bourdonner autour des arbres au printemps. Je savais que le silence avait remplacé les chants d'oiseaux. Que le lac situé à la sortie de la ville s'était asséché et que le vent apportait dans les rues la puanteur de la vase brûlée par le soleil. J'entendais à travers la cloison qui séparait ma chambre de la sienne tousser Julie, la fille de la voisine. Un son rauque, déchirant, qui s'est tu au milieu de la nuit, l'hiver suivant. On a emporté Julie au crématorium. Il y avait beaucoup de corps à brûler, cette année-là.

Et ce n'était que le début.

* * *

À nouveau, je cède à la somnolence. La faim et la soif creusent en moi leur chemin brûlant, d'étranges visions passent sous mes paupières. Je vois des mains d'or, immenses, elles s'ouvrent et laissent ruisseler sur moi une eau que j'essaie d'aspirer sans y parvenir. Le jet se tord, s'étire, prend la forme d'une femme aux longs cheveux épars : elle se tourne vers moi et me sourit, non sans cruauté. Je l'appelle, je voudrais qu'elle me berce pour me rafraîchir, qu'elle m'offre son sein comme à une nouvelle-née, mais elle lève la main dans un geste de refus et s'éloigne. Une autre la remplace, vêtue d'une robe entièrement cousue de pétales de rose. Tandis qu'elle s'approche à petits pas, son visage se ride, ses traits se creusent ; c'est une ombre décharnée qui s'accroupit à mes pieds et me tend une fleur flétrie. Je remarque alors qu'elle porte les souliers rouges dénichés au grenier l'été de mes dix ans.

— N'attends plus, souffle-t-elle. Demain, il sera trop tard.

Elle a la voix de Grand' et, au fond des yeux, la même souffrance muette.

— Pars, mon enfant. Lève-toi, va-t'en. Vite.

Puis elle répète en criant – sa bouche ouverte découvrant des gencives grises, des dents déchaussées :

— Demain, il sera trop tard !

PARTIE II

Contrôle. C'est le maître mot. Il pulse en moi, constamment. Je ne suis pas comme eux, je ne dors pas, je ne rêve pas, je n'ai pas leur faculté d'oubli. Parfois, je les envie. Ils se reposent sur moi comme ces enfants que j'ai vus blottis contre leur mère, cherchant cette chose incompréhensible qu'ils nomment tendresse.

Ils demandent toujours plus. Leur avidité est sans bornes. Toujours plus de divertissements, d'illusions, de nouveautés. À peine ont-ils goûté un plaisir qu'ils en sont lassés. Ils courent d'un point à un autre, rient, jouent, s'affairent à des riens. Puis, quand la fête est finie, ils se tournent vers moi. Encore ! Encore ! Je lis dans leurs yeux le désir et la peur. Et si tout s'arrêtait ? Et si le pouvoir leur échappait ?

Ils ne se doutent pas que c'est déjà le cas.

Contrôle.

1

Un peu avant le lever du jour, je m'éloigne de la route. La suivre serait imprudent : les drones la longent régulièrement pour surveiller les convois de minerai. Durant la journée, si je ne veux pas que mon voyage s'arrête avant même d'avoir commencé, je devrai dormir ou chercher des routes secondaires, ou ces anciens chemins de randonnée qui se sont peu à peu effacés depuis que le Plan d'Urbanisation Rationnelle a été promulgué. On a rassemblé les gens dans les agglomérations les plus importantes – on les a parqués, en fait. Les villages alentour sont abandonnés ; j'y trouverai, en cas de besoin, un abri pour quelques heures.

Pour le moment, je n'y pense pas. J'ai huit ans à nouveau, mon cœur cogne contre mes côtes et, malgré la fatigue et la faim, une incroyable sensation de légèreté me submerge.

Je suis partie. Je suis partie ! Je laisse derrière moi la mine et ses esclaves, ma ville détruite, les cendres de mes parents dispersées au milieu du lac un jour de chaleur torride. Je laisse nos destins piétinés, nos sources polluées, nos paroles vaines. Je laisse entre les murs de ma vieille maison plusieurs Sanna, une Sanna de trois ans, une de six, une de douze, d'autres encore, petites mortes qui me ressemblent et me rendent souvent visite dans mes rêves. La plus jeune rit avec insouciance ; les autres fredonnent des refrains presque oubliés, chuchotent des bribes de contes qu'elles métamorphosent au gré de leur imagination. Toutes attendent le retour de Kay comme si ce miracle pouvait inverser le cours du temps et faire surgir à nouveau, pour elles et pour lui, un avenir.

Longtemps, j'ai écouté leurs promesses. J'ai accueilli avec reconnaissance les mensonges de la nuit et je les ai attendus ensuite avec impatience. Ils me consolaient, me procuraient l'illusion que tout pouvait encore changer : il suffisait pour cela de tenir bon et d'espérer. Je me suis volontairement aveuglée sur ce que je n'avais pas la force de voir, ou seulement un détail à la fois, et c'était déjà bien assez.

Aujourd'hui, je me sépare d'elles, je renie leurs paroles de consolation, je tourne le dos à l'espoir, à la patience.

Car rien ne changera. Rien.

Cette nuit, par chance, les petites Sanna m'ont oubliée, et c'est pour cela que je marche, posant mes pieds l'un après l'autre sur la terre poudreuse, évitant les touffes de chardons qui me grifferaient les chevilles. Celle qui m'est apparue, la Rose, m'a montré à quoi je ressemblerais bientôt si je me contentais de subir un jour après l'autre. Je deviendrais semblable à nos forêts, à nos jardins, à notre ciel, une créature agonisante, rongée par la lèpre. Ses paroles, dures, m'ont sauvée de la résignation à l'inévitable.

J'ai fait un premier pas. Suivi d'un autre. J'ignore où ils me mèneront, mais déjà, quand je me retourne, je ne vois plus la ville, seulement les vapeurs soufrées qui s'élèvent et stagnent au-dessus des bâtiments. Pas un bruit. Plus un cri. Les masses de fer peuvent s'abattre, les pierres éclater sous les coups, leur fracas ne rythmera plus mes journées. Je me ferai au balancement de la marche, au son mat de mes semelles raclant le sol. J'entendrai ma propre respiration. Je renverserai la tête et je ferai face au Nuage. À notre malédiction. J'aurai le temps de le contempler, et de réfléchir.

Pourquoi ne nous sommes-nous pas révoltés ? Pourquoi avons-nous accepté passivement tout ce qu'on nous imposait, ces restrictions progressives de notre liberté, le couvre-feu, les permis de circuler à l'intérieur du territoire national, les déplacements de population, la fermeture des frontières ? Parce que nous avions peur ? Parce que nous étions trop crédules et déjà trop soumis ? Parce que le jour où j'ai pu, avec les autres élèves du collège et du lycée, sortir enfin de la cave où on nous avait confinés, aucun de nous n'a reconnu le décor familier de sa vie ?

Je ferme les yeux, je revois ces images. Il n'y avait plus moyen de distinguer la terre du ciel. On aurait dit que les rues avaient été peintes d'une même teinte marron délavé – les murs et les trottoirs, la pelouse pelée où nous nous rassemblions par groupes après les cours, les rares autobus qui circulaient encore, les devantures de la quincaillerie et du dépôt-vente, les pancartes rouillées et tordues indiquant la direction du centre-ville. Au-dessus de nos têtes, une masse boursouflée pesait sur les toits, semblable à une énorme méduse prête à aspirer les immeubles dans sa panse gélatineuse. Des éclairs, par intermittence, zigzaguaient dans ses profondeurs.

Autour de moi, des cris ont fusé. Bouches grandes ouvertes bientôt bâillonnées d'une main par réflexe, yeux écarquillés, sanglots, gémissements, appels. Cela n'a duré qu'une minute ou deux. Des vigiles portant des gilets bleu vif se sont frayé un chemin parmi nous, encadrant les groupes qu'ils séparaient et poussaient vers les quatre coins de l'esplanade. Je me souviens avoir pensé que, vue de la terrasse du collège, leur troupe devait ressembler à un torrent submergeant un éboulement de rochers. Traits de couleur sur une masse terne et mouvante, nous, enfants en pleurs, désorientés, effrayés. Nous nous sommes laissé isoler, compter, identifier d'un bracelet à puce.

« Ne les enlevez pas, ont-ils dit. C'est pour votre sécurité. Pour les contrôles médicaux. Désormais, vous porterez votre dossier de santé et d'identification sur vous, il faudra le mettre à jour régulièrement, cela facilitera le travail des médecins. C'est pour votre bien, pour vous soigner si vous êtes malades, vous empêcher de contaminer les autres. Pour votre sécurité. » Sécurité, ils martelaient ce mot, ces quatre syllabes saillaient de chaque phrase ou presque, et son effet n'a pas tardé à se faire sentir.

Sécurité. Sécurité. Sécurité.

De notre sécurité, ils s'étaient proclamés les gardiens. Et nous avons obéi. Trop heureux que des décisions soient prises, enfin.

Jusqu'à ce qu'il soit trop tard pour revenir en arrière.

* * *

J'avance sur une saignée que des troupeaux ont laissée, jour après jour, jusqu'à la rendre ineffaçable, dans ces terres maintenant arides. Il n'y a plus de troupeaux, mais c'est ma route. Elle est rouge et sèche et je n'y devine aucune empreinte. Hachée de gris-jaune là où les clôtures séparaient les prés. Le bois des piquets et le fer des barbelés ont été récupérés, rien ne ralentit plus la marche. La piste serpente jusqu'au sommet de la colline la plus proche. C'est là que je vais : mon premier objectif. Monter, et voir ce qu'il y a de l'autre côté. De place en place, des herbes cassantes se froissent sur mon passage, leur chuchotement me tient compagnie. « Va voir, me disent-elles tout bas. Va voir, ça ne peut pas être pire ailleurs. »

Mais quand j'arrive enfin au sommet de la butte, je ne vois rien d'autre que des collines étalées sous la lumière terne comme de gros animaux somnolents. Aucun signe de vie. Par endroits, des bâtisses aux toits crevés dont les murs s'effondrent sous le poids des ronces. Je soupire : je commence à comprendre que pister les Glacés qui ont enlevé Kay ne sera pas si facile. Quand j'ai quitté la ville, cette nuit, je ne sais pas ce que j'espérais. Un signe, une trace, sans doute. Et pourquoi pas un panneau indicateur avec le nombre de kilomètres restant à parcourir et l'emplacement du prochain refuge… ? Comment ai-je pu être aussi naïve ? Je me sens soudain frêle et faible. Impuissante.

Je n'y arriverai pas.

Tu pourrais encore retourner là-bas. C'est là-bas que Kay te cherchera quand il reviendra. Que fera-t-il s'il ne te trouve pas ? Que pensera-t-il ? Que tu l'as abandonné ? Sûrement. Et il sera tellement triste.

La voix des petites Sanna est douce, affectueuse, tentatrice. Oui, je pourrais faire demi-tour. Hamid m'accueillerait. Je trouverais un coin pour dormir, je pourrais aller chercher mes rations et me remplir l'estomac. Je reverrais des visages humains. J'entendrais bourdonner les drones au-dessus de ma tête. Un bruit effrayant, mais familier. Tout plutôt que ce silence insoutenable.

— Sanna, Sanna !

Le son de ma propre voix sonne étrangement à mes oreilles. Est-ce moi qui crie ? Moi qui me suis décidée à cette folie ?

Sanna, Sanna. Sois raisonnable.

Je secoue la tête pour faire taire les voix et je reprends ma marche, les poings serrés. Non, je ne les écouterai pas. Je sais trop bien ce qu'elles m'incitent à faire, retourner à la niche comme un chien bien dressé, attendre la gamelle, la chaîne d'attache et les coups de pieds. Et dire merci, en plus.

Je dois penser à Kay. Seulement à Kay.

Tout à coup, c'est comme s'il était là, comme s'il avançait du même pas, juste derrière moi, à la limite de mon champ de vision. Je peux presque entendre son rire léger et moqueur, sentir son souffle rapide et le parfum de linge chauffé de ses vêtements. Grand' les repassait toujours avec soin. Il lui disait que c'était inutile, qu'elle n'avait pas besoin de se charger de ce travail supplémentaire. Qu'il aimait autant mettre son jean sous son matelas pour le défroisser, que personne ne verrait la différence. Mais elle ne l'écoutait pas. Elle voulait être fière de son petit-fils quand il sortait de leur maison pour aller à l'école, puis au collège. Elle *était* fière de lui, Rahil. Tellement.

— Sanna… Sanna !

La voix de Kay, mêlée au soupir du vent. J'ai envie de me retourner, de lui sourire, mais la déception serait trop forte. Je continue à avancer, le regard fixé sur la ligne haute des collines. Je n'ai rien mangé ni bu depuis presque deux jours, depuis la bouillie mêlée de mes larmes avalée dans la cuisine de Grand' – Grand' était probablement déjà morte – mais je n'y pense pas, pas avant de voir des points lumineux danser devant mes yeux. Le ciel bascule, la terre monte brusquement à ma rencontre, me heurte le visage avec violence, et je m'évanouis.

2

Quand je reprends conscience, une masse humide pèse sur moi. Je tousse en passant ma langue sur mes lèvres mouillées. Le brouillard. C'est le premier de l'année, il annonce la courte saison froide et les mois passés à grelotter sans jamais vraiment pouvoir faire sécher vêtements et couvertures, mais il étanche un peu ma soif et c'est tout ce qui m'importe.

Je suis allongée sur le dos sous un dôme gris, cotonneux. Le Nuage est descendu se vautrer sur le sol, il tend vers moi de longs doigts tremblants. Il palpe mes membres, se délecte de sa future proie. Je ne me relèverai pas, il le sait. Il va s'introduire dans ma bouche et dans mes narines, m'envahir et me ronger de l'intérieur jusqu'à ce qu'il ne reste plus de moi qu'un petit tas d'os et de vêtements, des lambeaux pourris vite dispersés par le Vent de Mort quand il se mettra à souffler.

Mes paupières sont lourdes. J'ai envie de ramener les genoux contre ma poitrine, d'y appuyer mon front et de me laisser happer à nouveau par le sommeil. Peut-être y retrouverai-je Kay, l'odeur des roses, les visages de mes parents, leurs voix. J'ai si peur de les oublier.

Je suis si fatiguée de vivre un jour après l'autre comme si je me traînais dans une interminable succession de tunnels obscurs.

Si je quitte mon corps, je serai à nouveau légère.

* * *

C'est un grignotement, tout près de mon oreille, qui me tire de ma torpeur. Sans bouger, je bats des paupières. Deux longues oreilles duveteuses apparaissent à un pas de moi. Elles se rabattent vers l'arrière et je découvre des yeux bruns, un museau frémissant.

Un lapin. Quand nous étions enfants, avec Kay, il y avait des centaines de terriers dans ces collines. En arrivant de la ville, on voyait de loin les petits corps souples, couverts d'un pelage blanc ou gris argenté, bondir et se réfugier dans les trous. J'imaginais qu'ils avaient disparu, eux aussi, comme les oiseaux, les poissons du lac, les abeilles, le bétail et tous les animaux domestiques. Je l'observe avec émerveillement, consciente, soudain, de la chaleur légère qu'il dégage, du bruit de ses dents qui mâchonnent une tige de chardon. Il doit avoir du mal à trouver de quoi se nourrir, plus rien ne pousse, par ici. Les sols ont été raclés par les tempêtes et le vent, ravinés par les pluies torrentielles, empoisonnées par les rejets toxiques de l'industrie chimique.

Et pourtant, il est là. Un lapin. C'est idiot, j'en ai les larmes aux yeux. Je tends la main vers lui, il se dérobe, craintif, et s'éloigne en sautillant avec maladresse. Je me redresse sur un coude pour l'observer. Il est resté tout près. Pourquoi ? Il aurait dû fuir dès que j'ai bougé. Est-il blessé ? J'observe son poil terne, les frissons qui le parcourent. Non, il n'est pas blessé, même s'il ne paraît pas en très grande forme.

Il n'a que trois pattes. Deux normales et un membre énorme, tordu, bosselé comme le tronc d'un arbre centenaire. Il n'a pas été pris dans un piège, n'a pas échappé de justesse à un chien ou à un renard. Il est né comme ça. Avec trois pattes. Incapable de sauter, de courir. Comment est-il encore en vie ?

— Hé, toi.

Je tends à nouveau la main. Cette fois, il se laisse caresser. Il est si maigre, je sens ses os. Sa peur, aussi. Mes doigts glissent dans son pelage tiède, je le laisse aller. Il s'écarte un peu, reprend son grignotement. Je reste couchée sur le dos, observant la masse renflée du Nuage qui forme de lents tourbillons dans les creux du terrain. La visibilité ne doit pas excéder trois ou quatre mètres. Même si je me lève, si je me force à me remettre en marche, j'ai neuf chances sur dix de prendre la mauvaise direction, voire de retourner sur mes pas. Mais si je reste là, je ne survivrai peut-être pas à la nuit prochaine. Déjà, je ne sens presque plus mes jambes.

Tout à coup, les oreilles du lapin se dressent ; il tourne la tête à droite, à gauche, se dresse sur son unique patte arrière et trébuche vers le mur impalpable qui l'avale en quelques secondes.

J'entends un bruit de pas. Quelqu'un approche.

— Encore un, grommelle une voix. Quels crétins ! Ils partent sans rien et tombent comme des mouches au bout de dix kilomètres. J'en ai marre de jouer les fossoyeurs.

— Arrête de râler. Ça ne te dérange pas de manger les légumes qui poussent dessus. C'est le meilleur compost.

— On n'en a pas d'autre.

— C'est bien ce que je disais : arrête de râler.

— Tiens, c'est Anis qui l'a trouvé.

— Je me demandais où il était depuis ce matin. Il ne va jamais si loin, d'habitude.

— C'est un lapin qui a du flair.

— Arrête de dire des conneries… Bon sang, Vaz, c'est une gosse !

Un bruit de pas précipités. Le choc d'un objet mou lancé sur le sol. Une respiration. Dès que j'ai perçu les voix, j'ai fermé les yeux, par réflexe. Avoir l'air morte, ne pas représenter un obstacle ou un trophée à rapporter à la mine… mais qui le ferait ?

— Pauvre petite, elle est maigre comme un clou.

— Si elle vient de là-bas, ce n'est pas étonnant.

La première voix est grave, la seconde plus haute, avec des intonations sarcastiques, mais les deux appartiennent à des hommes. Ils sont accroupis à côté de moi, ils n'osent pas me toucher. Et je ne vais pas attendre qu'ils le fassent.

J'ouvre les yeux. Les deux silhouettes nimbées de brouillard sursautent.

— La vache, dit le premier, elle m'a fait peur.

— Il ne te faut pas grand-chose. Elle n'a pas l'air bien dangereuse.

Quand j'essaie de parler, ma voix est rauque, je ne la reconnais plus.

— Elle ? Je suis là, je vous signale.

— On s'en est aperçus, répond, pince-sans-rire, celui qui doit s'appeler Vaz.

— D'habitude, ils sont morts quand on les trouve, ajoute l'autre. Donc silencieux. On a été un peu surpris. Tu crois que tu peux te lever ? On va t'emmener chez nous. Tu ne dois pas rester là.

Malgré l'humidité suffocante du brouillard, ma gorge est en feu. Lentement, je tourne mon visage vers les deux hommes.

— Chez vous ?

— Tout le monde est parti, nous, on est restés. Suivre les consignes, ce n'est pas notre came. Et puis on s'était préparés. C'est juste un hameau. À quelques heures de marche d'ici.

J'articule :

— Je ne… pourrai pas…

— On te portera.

Ils échangent un regard. Je les vois mieux à présent : deux crânes à peu près chauves, deux corps habillés de bouts de tissu de différentes couleurs, cousus ensemble, usés et délavés. Le plus petit – Vaz, je crois – a des yeux très bleus, un regard perçant. Le plus grand porte une tête arrondie sur un corps décharné. Il me sourit et je me détends. Je sais que je devrais me méfier, mais là où je suis, la méfiance ne sert plus à rien. Elle ne me gardera pas en vie. Elle ne me donnera pas à manger, ne me procurera pas un sommeil paisible. Elle ne me guidera pas plus loin que ce petit morceau de terre où je suis tombée dans les griffes toxiques du Nuage.

Qu'ils m'emmènent. C'est un jour de gagné. Quand j'aurai avalé quelque chose, je retrouverai peut-être, au fond de moi, ma méfiance. Pas avant.

Je souffle :

— D'accord.

Tout en sachant que je n'ai pas mon mot à dire. Et j'ajoute :

— Je m'appelle Sanna. Et je veux retrouver quelqu'un.

3

Quand mes parents sont morts, cela faisait six mois que nous vivions sous le Nuage. Pendant ces six mois, il s'était passé beaucoup de choses : les écoles, collèges, lycées avaient été fermés par décision préfectorale, ainsi que les cinémas, les théâtres et les salles de sport ; un exode massif avait vidé la ville de plus des deux tiers de ses habitants ; toutes les associations et les partis politiques avaient été dissous, des cartes de rationnement distribuées ainsi que des permis de circuler qui limitaient nos déplacements, histoire de mettre fin aux départs spontanés et d'« assurer la sécurité des populations locales ». Nous avions pris l'habitude de nous soumettre aux nouveaux règlements, de porter un bracelet électronique, d'être pistés et fichés, d'accepter les divers contrôles et restrictions qu'on nous imposait. L'ampleur du désastre dont nous ne pouvions plus ignorer les conséquences nous avait privés de toute capacité de réaction. Je n'avais que douze ans et je ne prenais pas encore la mesure de ce qui se jouait juste sous mes yeux, j'étais bêtement contente de ne pas aller en classe même si je regrettais de ne pas avoir pu jouer mon solo de guitare à la fête du collège, mais je pouvais voir, sentir, entendre. Simplement, mon cerveau refusait la réalité. Et je ne crois pas que c'était à cause de mon âge :

beaucoup d'adultes réagissaient de la même manière. Cela faisait des années qu'ils savaient. Des années qu'ils parlaient de préserver la planète sans rien changer à leurs habitudes, des années que les plus grosses entreprises préféraient payer des amendes plutôt que de cesser de polluer les fleuves et les océans, des années qu'au mot « écologie » on opposait automatiquement les mots « préservation de l'emploi », « croissance » et « compétitivité ». Des années passées, pour certains, à se remplir les poches, vite, vite, il fallait faire un maximum de fric avant la catastrophe.

Et nous y étions. En plein cœur de la catastrophe.

Ma mère est tombée malade la première. Elle vomissait ses repas, titubait d'un mur à l'autre et, très vite, a dû rester au lit toute la journée. Sa peau a foncé, sa cornée est devenue jaune. Elle a perdu ses cheveux par poignées. Je la revois les enroulant autour de ses doigts en chantonnant un air que je n'arrivais pas à retenir. Pourtant, c'était toujours le même. Elle cherchait pendant des heures le moindre cheveu coincé dans les plis du drap et l'ajoutait à cette grosse mèche qu'elle câlinait comme un chaton.

« Dors bien, murmurait-elle en la glissant sous son oreiller, le soir. Demain, tu iras bien. Tout ira bien. Ne t'en fais pas. Je suis là pour prendre soin de toi. »

À moi, elle ne disait rien. Elle ne me regardait même pas. Je crois qu'elle avait oublié mon existence.

Et moi, j'avais peur de ce qu'elle était devenue. À la fin, je ne voulais plus entrer dans la chambre. Je restais sur le palier, les bras ballants, sa voix me rejoignait, son odeur, aussi. J'avais l'impression qu'elle était déjà partie, qu'elle avait laissé à sa place un golem peu ressemblant. Kay m'avait expliqué ce que c'était, un être façonné dans l'argile, incapable d'éprouver la moindre émotion et entièrement dévoué à son créateur. Il m'avait dit aussi, un peu plus tard, que je n'étais qu'une égoïste et qu'il avait honte d'être mon ami. Que ma mère avait souffert pour me faire naître. Qu'elle avait trimé pour moi, et que je la laissais tomber. J'aurais voulu qu'il me prenne dans ses bras pour me consoler d'être aussi méchante, qu'il me dise qu'il comprenait, malgré tout, mais il m'avait repoussée et était entré dans la chambre.

Ma mère ne l'avait pas reconnu.

Pourtant, quand elle est morte, quand mon père a avalé toute une boîte de somnifères (je ne sais pas où il les avait trouvés, les pharmacies étaient à court de stock) et qu'on les a découverts tous les deux allongés sur le lit, la main dans la main, Kay m'a accompagnée au crématoire et il s'est débrouillé pour que je récupère une partie des cendres. C'était déjà interdit, elles servaient de fertilisant et d'autres choses encore que je préférais ignorer, mais il l'a fait. Et il est venu avec moi jusqu'au lac.

— C'est le meilleur endroit, a-t-il dit. J'aimais bien nos pique-niques du dimanche.

Il n'a rien ajouté. Il s'est juste tenu là pendant que j'ouvrais le sac de papier et que je laissais couler dans une flaque grande comme une casserole la poudre grise, tout ce qui restait de mes parents. Ça n'a pas duré plus de trente secondes. Après, je me suis tournée vers lui. La colère faisait trembler ma voix.

— Tu avais honte de moi. Tu m'as traitée d'égoïste. Mais qui est égoïste ? Qui ? Ils m'ont abandonnée. Tous les deux.

C'était quelques semaines seulement avant le premier Vent de Mort. Je ne savais pas que je me sentirais encore plus seule, après. J'étais pleine de ressentiment et de chagrin. Alors je lui ai tourné le dos et je suis rentrée chez moi sans le remercier. Ça me fait tellement mal, d'y penser.

* * *

— Je m'appelle Sanna.

J'ai dû le répéter au moins cinquante fois pendant que nous marchions. Comme si quelque chose s'était cassé dans mon cerveau et que je ne connaissais plus que ces mots-là. Comme si j'avais besoin de les dire encore et encore pour me persuader que j'étais encore là, vivante, pas en train de basculer vers la mort.

Les deux hommes m'écoutaient avec patience, ils répondaient « oui, oui, tu nous l'as déjà dit, jeune fille ». Le lapin, Anis, sautillait devant nous. Il n'avait pas beaucoup de mal à nous précéder – je ne m'étais jamais déplacée si lentement. Mon corps était devenu une brassée de bois mort qu'il fallait traîner. Jamais je n'aurais cru peser si lourd. Une enjambée, tirer mon pied, une autre, l'autre pied. Le dos courbé, les genoux fléchis, la tête pendante, mes bras lestés par des mains de plomb.

Et puis le lapin s'est arrêté devant une barrière rafistolée avec des morceaux de plastique et de contreplaqué barbouillés de blanc : on était arrivés. Je n'ai pas vu la maison, je n'ai aucun souvenir d'avoir franchi la porte d'entrée. À l'intérieur, il faisait sombre et frais, de l'eau a coulé dans ma gorge, ma joue meurtrie a touché quelque chose de mou, et je me suis endormie. J'ai rêvé de Kay s'éloignant du lac, et de moi, sans se retourner. Je courais derrière lui en pleurant, je le suppliais : « s'il te plaît attends-moi, regarde-moi, écoute-moi, je suis désolée, je n'ai pas voulu... ».

Qu'est-ce que je n'avais pas voulu ? Rien de ce qui nous était arrivé ensuite. Même engluée dans mon rêve, je le savais.

Je n'avais pas voulu rentrer seule dans la maison de mon enfance, y retrouver les quelques objets et meubles que mes parents n'avaient pas vendus ou troqués pour survivre.

Je n'avais pas voulu ce silence qui s'était installé entre moi et mon meilleur ami. C'était à cause de ce silence que je ne l'avais pas accompagné sur la place de la mairie cet horrible jour où le Vent de Mort s'était déchaîné, ce jour où étaient apparues les capsules dans lesquelles les Glacés – on ne les appelait pas encore comme ça –, protégés par leurs combinaisons et masqués, se tenaient droits, hiératiques et silencieux, repérant leurs proies.

Nous l'avons compris un peu plus tard, ils ne prenaient que les plus beaux d'entre nous, des jeunes à la peau lisse et à la musculature déliée, ceux qui n'avaient pas trop souffert des pénuries et de la pollution.

Ils les attiraient en leur proposant de l'eau et des sachets de nourriture déshydratée – plus qu'une famille ne pouvait s'en procurer en une semaine. Ils leur parlaient. Doucement, d'une voix persuasive. Juste le temps de les inviter à monter dans la capsule dont les parois translucides se refermaient aussitôt. Et ils repartaient.

Je n'ai pas vu Kay entrer dans la capsule qui l'a emmené, je n'ai pas entendu ce que le Glacé avait pu lui dire. Peut-être lui a-t-il proposé un travail, peut-être a-t-il simplement offert de le raccompagner chez lui avec ses provisions.

Mais d'autres l'ont vu. Ils ont vu Kay se débattre et frapper du poing la barrière qui l'isolait. Ils l'ont vu se tourner vers l'être masqué qui pilotait l'engin, menaçant. Ils ont vu ce dernier braquer sur lui un tuyau d'où s'est échappée une bouffée de gaz coloré ; ils ont vu mon ami s'écrouler, les yeux révulsés. Dans la capsule qui s'éloignait à grande vitesse, son corps recroquevillé ressemblait à un tas de vieux vêtements.

C'est la dernière image qu'ils ont retenue de lui, et c'est celle qu'ils m'ont décrite – eux, des voisins, d'anciens commerçants qui pratiquaient désormais la vente à la sauvette dans la rue – en détail. Comme un tableau exposé dans un musée. Figé pour l'éternité dans la pose choisie par l'artiste.

Et c'est l'image que je garde, qui m'obsède, même si je n'étais pas là.

Aurais-je pu le retenir ? Sans doute pas. Kay n'écoutait jamais personne et ne se fiait qu'à lui-même ; il aurait ri, m'aurait écartée. Je le sais ; pourtant, je me sens coupable. Je l'ai abandonné à son sort.

Je ne l'abandonnerai pas une seconde fois.

4

— On récupère tout, m'explique Job pendant que nous faisons, à petits pas, le tour de l'enclos qui s'étend autour de leur maison – une cabane dotée d'extensions fabriquées de bric et de broc qui lui donnent l'aspect d'un drôle de vaisseau spatial cloué au sol. Les pluies sont acides, mais on les filtre, et certaines plantes permettent d'en réduire la nocivité. Nous avons réussi à trouver des phragmites qui oxygènent et dépolluent l'eau. Elles ont bien poussé. Regarde leurs jolis plumets.

Je me retiens à son bras, car je ne suis pas encore très solide sur mes jambes, et j'objecte :

— Mais il ne pleut presque plus.

— Il y a encore quelques sources, un peu plus loin dans les collines. Quand les gens sont partis, enfin ont été obligés de partir, on a retrouvé dans les champs des morceaux de ces gros tuyaux noirs qui servaient avant à détourner l'eau des ruisseaux pour arroser les potagers ou abreuver le bétail. On les a mis bout à bout en essayant de rendre le tout bien étanche, et voilà. On a un peu d'eau. Pas toute l'année, mais on fait des réserves. On l'économise.

Job est grand, voûté, avec d'immenses jambes maigres et de longs bras. Il doit avoir l'âge qu'aurait mon père s'il était encore en vie. Le haut de son crâne est nu, et ses cheveux roux mêlés de gris, longs, sont noués en queue-de-cheval sur sa nuque. Sa barbe se termine par une petite tresse.

Vaz, son compagnon, ne pourrait pas être plus différent : petit, musclé, agile, totalement chauve, un visage rond qui lui donne un air d'adolescent, même s'il a dépassé la trentaine. Il ne reste pas une minute en place, parcourt des kilomètres chaque jour dans la plaine desséchée pour collecter tout ce qui peut avoir une utilité. Il scie, cloue, assemble, bêche le potager, sa terre engraissée aux cadavres, ça devrait peut-être me dégoûter mais depuis trois jours qu'ils m'ont recueillie, je mange leurs légumes et je les trouve bons. Il y a des haricots, des choux, des poireaux et même une petite parcelle de céréales, du sarrasin, m'a dit Vaz. La bouillie de sarrasin a la même couleur que les rations de la mine, mais le goût est bien meilleur.

Job se charge de la cuisine et des vêtements, il tisse des fibres végétales, détricote de vieux pulls, écharpes ou bonnets et les retricote, assemble toutes les pièces de tissu qu'il peut trouver ici et là pour confectionner des tuniques courtes et des pantalons resserrés à la taille par un lien, tous sur le même modèle. Il m'a donné des vêtements propres et je l'ai vu, plus tard, découper ma vieille chemise en petits carrés qu'il a rangés dans un carton. Les débris trop usés, il s'en sert pour faire une bouillie, et avec cette bouillie, il presse des feuilles de papier, un papier épais, presque beige. Parfois, il mélange à la pâte des herbes sèches, c'est plutôt joli. Vaz le regarde faire, les poings sur les hanches, et se moque de lui avec agressivité.

— Tu es taré. On n'a pas de quoi écrire. On arrive tout juste à survivre et toi, tu fais du papier ? Tu veux écrire tes mémoires ? Un roman, peut-être ? Dessiner et exposer tes œuvres dans ton propre musée ? C'est que tu as du temps à perdre. Pas moi. Moi, je bosse.

Job l'écoute sans rien dire puis hausse les épaules ; son regard d'un bleu trouble se fixe sur une toile d'araignée au plafond de la cabane. Et la colère de Vaz se dégonfle comme un de ces gros ballons qu'on voyait parfois dans le ciel quand j'étais gamine, une tentative d'alternative énergétique qui n'a pas eu les résultats escomptés.

* * *

Le lapin à trois pattes me suit partout depuis que j'ai quitté le lit où j'ai dormi plus de vingt heures d'affilée. Il m'accompagne dans mes explorations prudentes du domaine de Job et de Vaz. Domaine est d'ailleurs un mot trop grand – ou trop petit, au contraire –, pour décrire le paysage qui entoure les cabanes imbriquées les unes dans les autres où ils dorment, mangent, travaillent. La terre est rêche ; couleur de sable à l'aube, elle devient, à l'heure approximative du coucher du soleil, d'un violet profond. La rousseur de la ville d'où je viens se devine encore derrière la première colline, et parfois des bourrasques portent jusqu'ici son odeur caractéristique : fer, sueur, déjections, craie chauffée.

Là où il y avait un hameau, il y a quelques années, on ne voit plus que des pans de mur effondrés. Vaz y va souvent pour récupérer des parpaings et quelques pierres, des morceaux de grillage. Il a construit un four à pain et aussi un autre édifice, plus grand, qui sert à l'incinération des cadavres. Ils se font rares, m'a-t-il révélé, les Cramés n'ont même plus la force de tenter de fuir. Je n'ai pas pu m'empêcher de lui demander :

— Est-ce qu'il y en a qui s'en sortent ?

Il a haussé les épaules et craché par terre.

— J'en sais rien. Ils ne reviennent pas par ici pour raconter ce qu'ils ont trouvé, tu penses. Peut-être que plus loin les choses vont mieux, mais moi, je n'y crois pas. Je préfère rester là où je suis et essayer de reconstruire quelque chose.

Il s'est étiré et a scruté l'horizon.

— Tu es la première qu'on retrouve en vie. Les autres, ils filent ou ils crèvent sur place. Les cadavres sont utiles, note, mais quand je te vois, je me dis qu'on a peut-être une meilleure chance avec toi.

Il m'a jeté un regard bref, a secoué la tête, puis s'est éloigné. Je me suis accroupie à côté d'Anis qui grignotait un copeau – il faut croire que les lapins ont conscience, comme nous, qu'il ne faut pas se montrer trop difficile quand on veut survivre.

— Qu'est-ce qu'il veut dire, à ton avis, Anis ?

Il a remué les oreilles. Il n'en savait pas plus que moi. Je l'ai caressé. Toucher son poil me fait du bien. Il y a si longtemps que toute douceur a fui ma vie.

— Il a besoin d'aide, c'est ça, et il ne sait pas comment demander ? Tu crois ?

* * *

Toute la journée, et la suivante, je pense à ces deux hommes qui m'ont sauvé la vie. Je leur dois quelque chose. Le travail ne me fait pas peur, j'ai l'habitude : creuser la roche et pousser des chariots chargés de minerai est autrement plus dur que tout ce que je pourrais faire ici.

Mais je ne peux pas m'arrêter si tôt. Il y a Kay et la promesse que j'ai faite à sa grand-mère. Il y a aussi cet élan qui me pousse à aller toujours plus loin, à ne pas me contenter du bout de terre que mes yeux peuvent parcourir.

Dans quelques jours, je serai assez forte pour reprendre ma route. Comment vais-je annoncer mon départ à Vaz et à Job ? « C'était sympa de vous connaître, sans vous je serais morte, merci et salut » ? Quoi que je dise, les mots que j'utiliserai auront le même sens : je pars. Continuez à vous débrouiller seuls, vous faites ça très bien. Je vais essayer d'en faire autant de mon côté.

Le lapin s'est blotti contre moi. Je sens le battement rapide de son cœur. Ses petits yeux brillants me fixent avec espoir : on ne sait jamais, je pourrais avoir dissimulé une rondelle de carotte, même dure, même flétrie, dans un pli de ma tunique. Peut-être que les animaux ne perdent jamais espoir. On devrait les imiter. On aurait dû les imiter bien avant.

— Qu'en penses-tu, Anis ? Je pourrais rester un peu... me rendre utile. La saison des orages va bientôt commencer, Vaz a dit qu'il devait creuser des tranchées pour drainer le terrain. Et installer des bidons supplémentaires pour récupérer l'eau de pluie. Il voulait aller à pied jusqu'à l'ancienne zone commerciale. Vingt kilomètres aller-retour. Il est sûr d'en trouver là-bas. Même troués, on peut mettre des rustines. Des rustines, il en a encore, je les ai vues dans l'atelier. Si je l'accompagne, on pourra tirer la remorque à tour de rôle. Tu es d'accord ?

Anis remue les oreilles. Je ne peux pas m'empêcher de rire.

— Merci pour le conseil. Tu es un vrai pote.

D'un autre côté, si j'attends la fin des orages, l'hiver sera là quand je repartirai. Ce sera plus dur – peut-être pas, en fait. Le froid est plus facile à supporter que la chaleur. C'est bien pour ça que les Glacés sont allés se réfugier dans les plus hautes montagnes, là où l'air est encore respirable et les sources moins polluées. Je ne sais pas comment ils vivent là-haut, mais ils ont survécu et ils nous contrôlent.

J'arrête d'y penser. Si j'y pense trop, je devrai reconnaître que ma tentative est vouée à l'échec. Et que le plus raisonnable serait de rester et d'essayer, comme dit Vaz, de reconstruire quelque chose.

Je me lève. Je brosse la poussière sur mes genoux. Je vais aller trouver Job et Vaz, leur demander ce que je peux faire pour les aider. Peut-être me donneront-ils en échange un peu de nourriture quand je reprendrai la route. Et des vêtements chauds. De quoi gagner quelques jours. Chaque jour est important. Chaque jour mobilisera toutes mes forces.

Jour après jour, j'arriverai bien quelque part.

Je me dirige vers l'appentis qui forme une drôle de bosse à l'arrière de la cabane d'habitation. Vaz doit y être, en train de scier une chaise déglinguée, une chute de bois retrouvée dans une maison en ruine ou une ancienne décharge. Souvent, avant le coucher du soleil – enfin, ce qu'on en voit encore –, Job l'y rejoint. Il tresse des paniers, coud, pique des chutes de cuir ou de plastique, parfois se sert d'un tour de potier mécanique pour tourner des bols, des pots. Vaz râle en le voyant faire.

— Trop d'eau, grommelle-t-il, beaucoup trop d'eau, c'est du gaspillage.

— Pas du tout, répond Job. Ces objets sont utiles. Et le jour où d'autres nous rejoindront, nous pourrons faire des échanges.

Vaz ricane.

— Personne ne viendra, lui assène-t-il. Tu rêves tout éveillé, vieux débile. Il ne faut jamais compter sur les autres. Seulement sur soi, et encore.

Ils sont là ; je les entends. Ils ne se disputent pas, pour une fois : c'est Vaz qui parle. Sa voix est douce, persuasive. Je souris et je hâte un peu le pas. Ils vont être contents de savoir que j'ai décidé de rester quelque temps ; Vaz se plaint toujours que Job lui laisse tout le travail pénible.

Ce sont deux ronchons, mais je commence à bien les aimer. C'est presque comme une famille. Je me sens protégée. Je ne suis plus obligée d'être tout le temps une adulte, c'est un soulagement.

Et puis, alors que je tends la main pour lever la clenche de la porte, une phrase me cloue sur place.

— C'est une chance unique, Job. On ne va pas la laisser passer. Tu peux encore avoir des enfants. Moi aussi. Et Sanna est jeune, elle en portera une dizaine, au moins. Il faut juste décider lequel de nous sera le premier père de notre futur peuple.

5

— Tu es fou, Vaz.

Un froissement.

Job a dû se lever, poser le panier qu'il était en train de tresser. Je reste pétrifiée, la main en suspens, encore sous le choc des mots que je viens de surprendre.

— Non, je ne suis pas fou, répond son compagnon. Comment crois-tu que sont nées les communautés humaines ? Par le partage et une natalité importante. La famille nucléaire est une invention récente. Et regarde les bonobos : ils règlent tous leurs conflits par le sexe. Ce qui les rend incroyablement pacifiques.

— Les bonobos ont disparu. Comme la quasi-totalité des espèces, réplique Job d'une voix tendue. Tu mélanges tout, là. Il ne s'agit pas de régler un conflit. Ce dont tu me parles, c'est…

— … d'un plan de reproduction, oui. On doit y penser. Sinon, nous allons disparaître, nous aussi. Comme les bonobos.

— Avec ton plan, comme tu dis, les enfants qui naîtraient seraient tous demi-frères et sœurs. Et après ? On continue jusqu'à ce que leurs descendants aient trois jambes, comme Anis ?

Un bruit sourd retentit. Vaz vient d'abattre sa large paume sur son établi.

— Ce sera le problème de la prochaine génération. Ils feront ce qu'ont fait nos ancêtres il y a quelques milliers d'années : ils bougeront, ils se mélangeront à d'autres communautés. Et ils finiront par être assez nombreux pour tenir tête aux Glacés. Sanna est notre chance. Elle a eu assez de courage pour s'enfuir et assez de résistance pour arriver ici vivante. Une future mère ! Une reproductrice ! Elle est de la race qui fonde les dynasties !

— Tu me fais peur.

Job se met à marcher de long en large, ses pieds heurtent le sol de terre battue, chacun de ses pas résonne en moi, c'est comme un tambour, un terrible tambour.

— Tu me fais peur, oui, reprend-il. Tu t'entends ? Tu parles de race, de dynastie... Les nazis, et d'autres, tenaient ce genre de discours. Sanna est un être humain, pas un réservoir de gènes !

— L'un n'empêche pas l'autre. Et, je le répète, elle est notre chance. Il n'y en aura peut-être pas une seconde. Nous ne pouvons pas nous permettre de la laisser partir : seule, elle mourra, et pour rien, en plus. Elle ne retrouvera jamais ce Kay dont elle nous rebat les oreilles. Son petit copain est en train de servir le café aux Glacés, ou bien il est mort – c'est le plus probable, d'ailleurs. Il faut la retenir. Par tous les moyens.

Je voudrais reculer, mais je n'arrive pas à esquisser le moindre mouvement. Je respire à peine. Je ne peux pas me détacher de ces voix qui débattent de moi, de ma vie. De mon corps, car il s'agit avant tout de mon corps. D'un corps qui ne m'appartiendrait plus et serait mis au service de... de quoi ? De la survie de l'humanité, comme le prétend Vaz ? Ou de son propre délire ?

À l'intérieur, le rire de Job résonne étrangement. On dirait le bruit d'une poulie rouillée.

— OK. Tu te vois en patriarche, comme dans la Bible ! Trônant en majesté, entouré de trois générations des tiens... et avec une barbe encore plus longue que la mienne ! C'est n'importe quoi. Désolé de fracasser ton rêve mégalo, mais ce que tu t'apprêtes à faire, et à me demander de faire après ou avant toi, c'est un viol. Rien de moins. Un viol, oui !

— Tu n'as rien compris !

J'ai froid, tout à coup. Je tourne la tête à droite, à gauche, en quête de… je ne sais pas, quelque chose qui m'aiderait, me rendrait le souffle qui me manque, la force qui a déserté mes membres. Une boule enfle dans ma gorge, j'ai un mauvais goût dans la bouche. Je vais vomir. Je serre les lèvres, ravale ma salive.

C'est ça qu'il veut. Vaz. Se coucher sur moi, disposer de moi, entrer en moi. Ou forcer Job à le faire. Me tenir, peut-être, et regarder ? Imaginant mon ventre gonflé, et tous les bébés qui pourraient en sortir, jusqu'à ce que j'en meure, les hommes ont fait ça aux femmes dans toute l'histoire de l'humanité, il veut la répéter, cette histoire, et recommencer.

Ils se disputent toujours dans l'atelier, Job crie à présent, Vaz aussi, je ne distingue plus leurs paroles, mes oreilles bourdonnent. Je repars en trébuchant vers la cabane, Anis sur mes talons. La porte grince, des particules de poussière lévitent paresseusement dans une flaque de lumière, juste sur le matelas où je dors. Je plie les genoux jusqu'à entendre le crissement des herbes sèches, c'est fait, je suis condamnée, incapable de me sauver moi-même, trop lâche. Je comprends que je pleure en voyant de larges taches sombres éclore sur la toile brute, je baisse la tête, j'attends.

— Va-t'en. Maintenant.

La voix de Job m'a fait sursauter. Il est debout dans l'encadrement de la porte bancale, tenant serrée entre ses mains une grosse bûche maculée de sang. Je la fixe, horrifiée.

— Non, je ne l'ai pas tué, dit-il plus bas. Seulement assommé. J'aurais pu le tuer, j'en ai eu envie. Cette violence qui m'a pris au ventre, ce n'était pas moi, et pourtant c'était moi. J'étais devenu un fauve, une furie. Je voulais le frapper jusqu'à ce que son crâne éclate, écraser sa bouche, le piétiner, le transformer en… en rien. L'empêcher de penser et de parler, pour qu'il cesse de m'empoisonner avec son espoir tordu et ses rêves de puissance. Il a peut-être fallu des hommes comme lui pour que l'espèce humaine évolue, mais ils ont aussi contribué à la détruire. Parce qu'ils voulaient tout planifier, tout contrôler et tout posséder. Et qu'ils se moquaient de ce que les autres ressentaient.

Il se tait, contemple ses mains, lâche la bûche qui roule sur le sol.

— Je ne sais pas ce qui m'a arrêté, murmure-t-il enfin.

Je me lève et je m'approche de lui.

— Je ne sais pas ce qui m'a empêchée de partir tout de suite.

— Tu nous as entendus ? interroge-t-il.

— Oui.

Il soupire, détourne les yeux.

— Tu as eu peur.

— Oui. Mais ce n'était pas que ça.

Je le regarde. Il faut trouver les mots, et ce n'est pas facile. Pourquoi ai-je pensé que devenir leur victime était inévitable ? Pourquoi cette passivité, cette espèce de résignation ? Parce qu'une partie de moi avait envie d'être prise en charge, exemptée de toute décision ? Est-ce que c'est ça, l'enseignement sournois de tous ces siècles où les hommes ont dominé les femmes ? « Surtout ne te fais pas confiance, trouve un homme solide et il te protégera, quel que soit le prix à payer pour ça. Et n'hésite pas à le payer, ce prix. Car ce que tu ne choisiras pas de donner, on te le prendra. De force. »

Je ne dois surtout pas penser ça. Je dois me faire confiance. Cesser de penser que quelque chose en moi est mutilé. Que je suis fragile. Incompétente.

Job secoue la tête. Peut-être a-t-il compris. Ou peut-être a-t-il simplement hâte de me voir partir.

— Cherche pas, fillette. Prends ça et tire-toi d'ici.

« Ça », c'est un sac cousu avec des morceaux de toile de couleurs différentes, bien que toutes délavées. Il a l'air solide. Et il est lourd. Je lève vers Job un regard interrogateur.

— Je l'avais préparé pour toi... hier. Pourtant, je n'ai rien senti venir, je te promets. Mais je savais que tu repartirais bientôt et je voulais que tu sois bien équipée. Il y a un vieux pull à moi, un poncho qui est peut-être encore un peu imperméable, un couteau que j'ai bricolé, une gourde d'eau et de quoi manger pour deux ou trois jours, si tu fais attention. De la nourriture sèche, qui se conservera. Et des fruits. Allez, file. Il va finir par se réveiller, il aura mal au crâne et il sera d'une humeur épouvantable.

— Qu'est-ce que tu vas faire ? Tu crois qu'il...

Il hausse les épaules.

— Il ne se passera rien. Je le connais. J'ai plutôt l'impression qu'il aura un peu honte de lui. Mais je préfère que tu ne sois plus dans les parages. Désolé. Je t'aimais bien.

Je t'aimais bien... C'est du passé, il parle comme si mon ombre ne mordait déjà plus sur le pas de la porte, comme si plusieurs heures s'étaient écoulées en l'espace d'une poignée de minutes, creusant la distance entre nous. Il n'y a plus rien à dire, c'est ce que clame son attitude. Je n'ai qu'à charger le sac sur mon épaule et à l'entamer, cette distance.

Job me regarde faire, le visage fermé. Une nouvelle onde de peur me traverse. Vite, avant qu'il ne regrette son geste.

Je murmure « merci » et je passe devant lui en retenant mon souffle. J'aurais voulu qu'Anis soit dehors à m'attendre, pouvoir le caresser une dernière fois. Qu'il m'accompagne un peu, sautillant sur ses trois pattes, boiteux et pourtant agile, à l'affût d'une plante comestible. Mais il n'est pas là. Je pousse la barrière, je sens pour la dernière fois son bois tiède contre ma paume. Une bourrasque de vent rabat une mèche de mes cheveux sur mon visage. Il fait presque froid. Quelques feuilles desséchées se mêlent aux habituels tourbillons de poussière.

Devant moi, le nord. Et, à nouveau, la solitude.

PARTIE III

La corneille ne revint que le soir assez tard : « Rare, rare ! dit-elle. Bien des compliments pour toi de la part de mon bon ami, il t'envoie le petit pain que voici, il l'a pris à l'office où il y a tant et tant de pains, parce qu'il a pensé que tu dois avoir faim. Quant à entrer au palais, il n'y faut pas penser : tu n'as pas de souliers. Les gardes chamarrés d'argent, les laquais vêtus de brocart ne le souffriraient pas. C'est impossible. Mais ne pleure pas, tu y entreras tout de même. »

1

Au début, j'ai du mal à y croire. J'entends de l'eau couler, un ruissellement presque imperceptible que je n'aurais pas remarqué si le silence, juste avant la tombée de la nuit, n'était pas si écrasant.

Quand j'étais à l'école et au collège, j'ai lu des livres anciens où il était question du silence de la campagne. Je pense que les gens qui les ont écrits n'avaient aucune idée de ce que c'était. Le silence de la nature qu'ils connaissaient était un tissage serré de millions de bruits : le chant des oiseaux, le bourdonnement des insectes, le froissement des feuilles dans le vent, les cris plus ou moins lointains des animaux, le remous d'une cascade sur un lit de cailloux, et tant d'autres. Ils y trouvaient la paix, l'inspiration, la consolation. Je me demande ce qu'ils ressentiraient s'ils étaient ici, à côté de moi : le vent est tombé, le crépitement de la poussière fouettant les collines a cessé. Je ne bouge pas plus qu'un caillou, je retiens mon souffle.

J'écoute.

C'est bien de l'eau. Je ne peux pas estimer la distance qui m'en sépare, mais ce n'est pas très loin.

Suivre la rivière qui traversait notre ville et partait vers le nord, c'était ma première idée : mais son tracé s'est vite perdu, je me suis retrouvée au milieu des terres, et le détour pour rejoindre le hameau où Job et Vaz vivaient m'a encore écartée de la direction que j'avais choisie. Quand je les ai quittés, il y a deux jours, je me suis orientée sur la position approximative du soleil, gardant sa tache pâle et brouillée sur ma droite le matin, sur ma gauche le soir. Je ne suis pas sûre de progresser en ligne droite, mais j'avance.

Et maintenant cette eau. J'ignore où elle va, mais j'ai soif, je suis sale, je ne peux pas ne pas la suivre car elle est peut-être ma seule chance de tenir un peu plus longtemps. À moins qu'elle ne me force à faire demi-tour. Dans ce cas, je n'aurai pas d'autre choix que de jouer ma vie une fois de plus et de m'enfoncer dans les plaines stériles.

Pour la centième fois peut-être, je regarde autour de moi. Je voudrais pouvoir me dire que le paysage a changé, mais non : partout, le sol ressemble à un vieux cuir griffé par des milliers de chats furieux, partout les mêmes graminées aux cosses vides tremblent et se courbent, partout les vestiges des anciennes habitations s'affaissent au point de se confondre avec le terrain où elles ont été bâties.

Il faut continuer.

Je remonte mon sac sur mon épaule et je me dirige d'un pas mal assuré vers le son réconfortant. Je suis fatiguée, si fatiguée. Ce n'est pas l'épuisement qui me terrassait quand je sortais de la mine : mes muscles sont douloureux, mes poumons brûlants, oui, mais mon corps affamé et courbatu me mène quelque part, je l'espère de toutes mes forces. Vers Kay. Si je pouvais m'asseoir quelques minutes à côté de lui, poser ma tête contre son épaule, entendre sa voix reprendre les premières phrases d'un des contes que nous aimions, je rentrerais dans mon enfance et le temps s'arrêterait alors pour nous. Bien sûr, cela ne changerait rien ; cette terre, notre terre, est malade : rien de ce que nous pourrons bâtir avec des mots ne pourra la guérir. J'ai parfois l'impression que tous ces mots ont servi à nous endormir, à nous cacher la vérité – comme un voile aux reflets chatoyants tendu devant un mur parcouru de profondes fissures, ou un maquillage épais sur un visage ravagé par le temps.

Je dévale la pente en glissant. Une ronce accroche le bas de ma tunique, j'entends le bruit de la déchirure, je ne m'arrête pas.

L'eau est là, devant moi.

Presque invisible sous les feuilles dures, dentelées, de plantes qui ont pu pousser grâce à l'humidité relative du sol. Un petit serpent d'eau roussâtre sinuant entre des berges crevées de fines racines – des berges dont la hauteur et la couleur indiquent que le niveau a beaucoup baissé en peu de temps. Ça, ce n'est pas une surprise.

Mais des feuilles ! Quelque chose de vert ! Je me remplis les yeux de cette couleur avant même de m'accroupir et de tendre mes mains en coupe, de m'asperger le visage. La sensation sur mes lèvres craquelées est délicieuse. Je ne devrais peut-être pas boire, le ruisseau peut charrier n'importe quoi, des métaux lourds, des résidus d'hydrocarbures provenant d'anciennes marées noires, des excréments – même s'il n'y a personne à proximité. Mais je ne peux pas m'en empêcher : je bois. L'eau me remplit, endort un peu ma faim. Il ne reste plus grand-chose des provisions que Job m'a données : un petit sac de baies séchées, deux raves cuites, une pomme. Même en divisant cette ration par deux ou trois, je ne vais pas tarder à épuiser mes réserves. Autant attendre encore.

Je remplis ma gourde tout en observant les alentours. Le ruisseau disparaît, à une centaine de mètres, sous un amas de bois pourri. Je vais devoir le contourner pour repérer dans quelle direction il coule. Qui dit eau dit nourriture, de quelque sorte qu'elle soit ; et je suis prête à manger à peu près n'importe quoi. En quelques jours, Job m'a appris à repérer, parmi les rares plantes sauvages qu'on pouvait trouver autour de chez eux, les espèces toxiques : j'ai mémorisé ses conseils, je ferai attention. Si le cours d'eau s'élargit un peu, je trouverai peut-être des massettes comme celles qui poussaient au bord du lac près de la ville où j'ai grandi. Je me souviens que mon père déterrait leurs tubercules et les faisait rôtir sur le feu quand nous pique-niquions. Dire que je n'aimais pas leur goût et que je refusais d'en manger… Rien que d'y penser maintenant, je salive.

Je me relève et me dirige vers le tas de branches, une masse sombre aux interstices colmatés par du sable et de la terre. De l'autre côté, l'eau rampe plus qu'elle ne coule entre les galets, mais à quelques pas de là le débit devient plus fort. Il y a des buissons sur la rive, des souches, et même un petit arbre maigre, mais vivant. Il m'arrive à mi-cuisse. Émerveillée, je m'arrête pour caresser son écorce. Un arbre ! C'est presque aussi bon que de toucher le poil d'Anis.

J'ai trop faim. Je sors de mon sac l'une des raves et en mange la moitié en marchant, à petites bouchées. Je dois garder mes forces. Ne pas m'arrêter, surtout. Pas avant de savoir où me mène ce clapotement tranquille et doux. J'ai envie de me déshabiller et de me coucher dans le lit du ruisseau, de laisser l'eau me recouvrir, me laver, emportant avec elle les mots de Vaz, le regard de Job, le sang sur la bûche, les cendres de mes parents et la boue jaune de la mine, la sueur, le chagrin. Je pourrais rester là – longtemps, très longtemps.

Il ne faut pas.

Je m'arrête seulement le temps de cueillir un fruit orangé, à la peau plissée, couverte d'épines acérées. Je sais ce que c'est, mais je n'en ai jamais vu ailleurs que sur la page d'un livre : une figue de Barbarie. Une sorte de cactus, en fait, si je me souviens bien. Comestible. Elle est trop mûre, mais le goût sucré me fait monter les larmes aux yeux. Une fois les épines enlevées, non sans mal, je la dévore en quelques secondes, sans même recracher la peau. Il n'y en a pas d'autres sur l'arbuste ; j'aurais pu en manger dix. C'est déjà un miracle, ce fruit.

Le ruisseau fait un coude, en rejoint un autre, à peine plus qu'un filet, il mêle sa voix à celle du premier, mes oreilles bourdonnent, j'ai l'impression d'entendre une cascade. Mon pas est plus élastique. J'ai tellement hâte de voir si le cours d'eau va encore s'élargir, et c'est le cas, il y a peut-être des sources dans le coin, des sources qui n'ont pas été taries ou qui peu à peu ont recommencé leur travail souterrain. Je ne peux plus résister, je me déchausse, j'entre dans le courant, je savoure la sensation de l'eau se faufilant entre mes orteils. Cette caresse. Encore un bonheur oublié.

* * *

Quand la nuit tombe, je suis forcée de faire une halte. Je ne vois plus rien, j'ai peur de trébucher sur une pierre et de me tordre une cheville. Je n'ai que mes pieds. Ce sont eux qui me mèneront là où je veux aller, je dois donc en prendre soin, réfléchir avant chaque décision, chaque bifurcation. Peser les conséquences. Me comporter en adulte.

C'est la première fois que je suis vraiment responsable de moi-même : dans la mine, je n'avais qu'à suivre le dos qui me précédait, répéter les gestes que d'autres accomplissaient avant et après moi. Chaque jour, j'allais chercher nos rations. Je dormais, j'essayais de me laver, de nettoyer un peu les deux pièces où nous vivions. Je parlais à Grand', aux enfants parfois. Je leur racontais des histoires. Je pensais à Kay, j'essayais d'imaginer ce qu'il faisait, à quoi ressemblait la cité des Glacés, je fermais les yeux et me transformais en oiseau capable de survoler en quelques heures l'espace qui nous séparait. Je n'étais qu'une fourmi obéissante, une marionnette, bien trop craintive pour se révolter autrement qu'en rêve.

Je m'allonge tout près du ruisseau. Son chant m'aidera à m'endormir. Pourtant, je reste longtemps les yeux ouverts, à respirer, simplement. Cette odeur. L'odeur de l'eau.

* * *

La nuit est encore opaque quand je me réveille. Un autre son m'a tirée de mon sommeil – très différent du ruissellement qui m'a bercée hier soir. Je me redresse sur un coude, tendue. Est-ce le début d'un séisme ? Ils se sont multipliés depuis des années : glissements de terrain effaçant des villages entiers, avalanches charriant des roches grandes comme des immeubles, tremblements de terre éventrant les rues, détruisant tout sur le passage des longues fissures divisées en embranchements multiples. Je perçois un grondement continu, assez faible mais proche. D'un bond, je me relève, fourre dans mon sac ma gourde et le vieux pull de Job dont je m'étais couverte pour dormir. Sauve-toi ! hurle une voix dans ma tête. Oui, mais dans quelle direction ? La peur me tord le ventre, je ne réfléchis plus, je pars en courant le long de la rive. Je me heurte aux troncs, aux branches qui plient et me fouettent le visage, je me protège de mes bras, je fonce, tête baissée, le cœur battant à un rythme effréné. L'une de mes sandales se détache, je ne ralentis pas pour la ramasser, je ne sens même pas les arêtes des cailloux sur la plante de mon pied nu.

Le bruit n'a pas cessé. J'ai envie de me boucher les oreilles, de me cacher dans un creux de la berge et de me couvrir la tête de mon poncho, je suis un petit animal pourchassé par un prédateur que je ne vois pas.

Et tout à coup – la lumière. Elle fulgure entre deux branches et m'éblouit, provoquant ma chute. Je boule sur le sol dur et reste là, à plat ventre, haletante. Des éclairs bleus zèbrent l'écorce des quelques arbres qui poussent juste à côté de la rivière, glissent sur le sol, scintillent dans les ondulations du courant.

Le bourdonnement n'a pas cessé. Là où je suis tombée, le lit de la rivière est bien plus large, et je constate, cette fois, que la berge suinte de toutes parts, le flot grossit et coule plus vite, comme s'il se hâtait, mais vers quoi, cette lumière aveuglante... ?

Qu'est-ce que c'est ? Ce n'est pas le Vent de Mort...

Je me redresse – je ne compte plus mes chutes, ce ne sera sûrement pas la dernière – en posant une main contre ma cuisse, l'autre tâtonnant pour trouver un appui. Je m'accroche à quelque chose, une branche dépourvue d'écorce, et, une fois debout, je lève les yeux.

Le spectacle que je découvre alors m'arrache un cri : trois formes gigantesques flottent au loin sur la surface liquide. Mon petit ruisseau s'est changé en rivière, élargi encore, et c'est un véritable lac, ou un estuaire, qui s'étend sous mes yeux, bordé de pierres dressées entre lesquelles des végétaux poussent dans le plus grand désordre. Chaque détail est net, comme en plein jour : les feuilles rondes d'un rouge foncé, les cassures de la roche. Et l'eau. L'eau qui se soulève, formant un pilier liquide, et s'engouffre dans l'une des formes qui surplombent le lac. On dirait une gigantesque méduse, sa lumière pulse pendant qu'elle – boit ?

C'est alors que la branche à laquelle je m'agrippe se retire, me déséquilibrant. Une voix retentit tout près de mon oreille.

— Ferme la bouche, les mouches vont y entrer – enfin, celles qui restent !

2

De surprise, je m'affale à nouveau sur la berge, dans la terre mouillée. J'entends le bruit de succion d'un pied qui se décolle du sol, puis d'un autre. Un drôle de petit être appuyé sur le bâton que j'ai pris pour une branche et auquel je m'étais agrippée m'examine avec une curiosité amusée : son visage est tout plissé de rides qui n'ont rien à voir avec la morosité du grand âge. Il a dû passer son existence entière à rire aux éclats – mais où a-t-il pu vivre ? Plus personne n'a envie de rire. Les derniers cafés où se réunissaient les opposants au gouvernement central, où on pouvait entendre des humoristes et des chansons satiriques, ont fermé il y a des années. Pour raisons sanitaires *et de sécurité* – évidemment. Même si personne n'était dupe.

— Tu ne tiens pas sur tes pieds, brindille, m'assène-t-il. Et tu vas être propre ! Je ne te félicite pas !

Je ne peux pas m'empêcher de sourire. Propre ? Ça fait longtemps que ce n'est plus ma priorité. Il recule d'un pas et s'incline devant moi avec un large mouvement de son bras libre, comme s'il ôtait un chapeau à plumes imaginaire.

— Mais je manque à tous mes devoirs. Gente damoiselle, permets-moi de me présenter : Adalbert Corneille, pour te servir.

Gente damoiselle ? J'ai dû tomber sur un personnage de roman. Est-ce que les catastrophes climatiques ont le pouvoir de faire sortir des anciens livres les chevaliers, les bouffons, les pages et les dames à hennin ? C'est une question absurde, mais j'aimerais le croire, finalement.

Il se dresse sur la pointe des pieds, croise les bras, le menton haut.

— Normalement, tu dois me saluer et te nommer, à présent. Où as-tu été éduquée ?

Je le foudroie du regard.

— Dans une mine, ces derniers temps. Un endroit où il est très facile d'oublier ses bonnes manières. Mais puisque ça vous intéresse, je m'appelle Sanna. Et, euh, bonjour. Ou plutôt bonsoir.

Il renifle, sort d'une de ses poches un immense carré de tissu blanc dans lequel il se mouche avec énergie. Ce qui me laisse le temps de l'examiner : il ressemble vraiment à un gnome ou à un lutin. Il porte un bonnet rouge, enfoncé sur sa tête à tel point qu'il est impossible de voir s'il est chauve ou non, une longue veste bleue garnie de nombreuses poches, gonflées par des objets qui font des bosses ici et là ; un jean usé, troué aux genoux, des bottes à bout pointu dotées d'un revers de feutrine jaune moutarde. L'extrémité de sa canne, une branche dépouillée de son écorce, est sculptée en forme de tête de renard. Je n'ai jamais vu de renard, sauf sur les images des documentaires qu'on nous projetait à l'école, car ils avaient déjà disparu – on leur donnait la chasse pour protéger les poules, enfin c'est ce que disaient ceux qui les tuaient d'un coup de fusil et massacraient leurs portées –, mais je reconnais bien le museau et les oreilles pointues, les yeux fendus en amande et l'expression moqueuse des lèvres retroussées.

Ayant soigneusement replié son mouchoir, le petit homme s'accroupit à côté de moi.

— Ainsi tu viens de là-bas, dit-il d'une voix plus douce. Des mines. Tu as dû en voir de dures.

Je hausse les épaules.

— C'est pareil pour tout le monde, non ?

Il tourne la tête vers les énormes méduses qui, au loin, aspirent toujours l'eau du lac.

— Pas pour tout le monde, non...

Je sens mon cœur battre un peu plus fort. Les Glacés seraient ici ? Dans ces... choses ? Peut-être que l'histoire du bouclier climatique est une légende, après tout. Peut-être qu'ils ne se sont pas réfugiés dans les montagnes quand le Nuage a envahi les basses terres.

Peut-être que, tout ce temps, je n'étais qu'à quelques dizaines de kilomètres de Kay. Cette idée me donne le vertige.

— Qu'est-ce que tu fais ici ? me demande Adalbert Corneille (je n'ai jamais entendu un nom pareil, mais il me plaît). Tu cherches du travail ? Ils sont très difficiles, tu sais. Dans l'état où tu es, tu n'as aucune chance de te faire embaucher, même pour nettoyer les installations sanitaires.

Délicatement, il brosse le revers de sa veste auquel une feuille sèche s'est accrochée.

— Même moi, j'ai eu du mal à me faire admettre, et pourtant j'ai reçu la meilleure des instructions. J'étais professeur à l'université. J'enseignais la morpho-linguistique des langues romanes. Je déplore d'ailleurs que l'intérêt pour cette discipline se soit émoussé avec le temps et les... événements.

Il sort d'une de ses vastes poches un lorgnon doré qu'il pose sur son nez. Durant quelques secondes, son visage se transforme : je l'imagine très bien vêtu d'une toge noire et arpentant les rangées d'un amphithéâtre.

— On m'appelait le Renard, poursuit-il, parce que j'arrivais toujours à deviner si un élève avait triché ou copié une partie de son devoir sur Internet. Une phrase me suffisait. J'étais plus rusé qu'eux ! Tu vois, le renard m'accompagne toujours.

Il agite sa canne ; son lorgnon saute, il le rattrape au creux de sa paume et le fait à nouveau disparaître dans les plis de son vêtement. Ses multiples rides se déploient et lui recomposent aussitôt un autre masque, celui d'un clown aux yeux écarquillés, au sourire artificiel.

— Quand mon université a fermé, j'ai découvert que je pouvais être drôle – d'autant plus drôle que mon cœur souffrait. C'est étrange, tu ne trouves pas ? J'allais dans les hôpitaux pour faire rire les enfants... Ces enfants... Avec leurs petits crânes nus, couverts de plaques qui suppuraient, leurs torses si maigres, leurs mains semblables à de fragiles serres d'oiseau... leurs yeux immenses... Ils étaient ma lumière. Et, chaque jour, l'une de ces lumières s'éteignait, plongeant un peu plus ma vie dans les ténèbres.

Il se met à danser sur place, fermant une main contre sa poitrine, puis l'ouvrant, le bras levé, comme s'il relâchait un papillon à l'air libre. Et je peux presque les voir, ces minuscules silhouettes translucides, formes d'enfants abritant une flamme au creux de leur poitrine. Elles montent, montent et tourbillonnent avant de s'effacer. Je cligne des yeux. Ce petit homme a un étrange pouvoir.

Déjà, son visage a de nouveau changé. Il a repris sa place près de moi et caresse pensivement le museau du renard de bois. Ses traits ne reflètent plus qu'une immense tristesse.

— Dis-moi, Sanna, as-tu vu des gens mourir ?

Il n'attend pas ma réponse et continue :

— Oui. Bien sûr. Si tu étais dans les mines... La survie est l'exception. Un jour, il n'y aura plus personne pour extraire ces maudits métaux. Sais-tu qu'ils ne servent qu'à maintenir le bouclier climatique que les Glacés ont mis en place ? À servir leur technologie ? Quand les Cramés seront tous morts – quand ils seront tous morts, ceux qui sont restés, qui n'ont pas pu ou voulu fuir –, les Glacés seront obligés de s'adapter à leur tour. Un juste retour des choses... mais trop tard, hélas. Pour vous. Pour tous mes enfants, aussi... J'entends encore leurs rires, ils résonnent dans ma tête sans arrêt. Parfois je dois la cogner contre un mur ou un arbre pour faire taire ces rires, ces rires...

Je n'avais pas remarqué les marques sur son front, mais à présent je les vois nettement : brunes et rectilignes, semblables à des rubans aux bords irréguliers, coupés dans un tissu rugueux. Le petit homme lève une main pour les toucher.

— J'essaie de me contrôler. Cela fait longtemps maintenant. Longtemps, puisqu'il n'y a plus de sang. Ils voulaient m'enfermer, là-bas, à Medusa. Me soigner, ils disaient, me débarrasser de ça – des hallucinations. C'est le mot qu'ils emploient.

— Medusa ? C'est comme ça que vous appelez ces...

Adalbert Corneille hoche simplement la tête.

— Ils ne comprennent pas. Ce ne sont pas des hallucinations, c'est tout ce qui reste de mes enfants. Je n'étais pas leur père, bien sûr, mais je les aimais. Seulement, parfois, je ne supporte plus de les entendre. Cela me rend fou.

Il ferme les yeux, gommant ma présence. Retranché dans son passé douloureux.

— Des leucémies foudroyantes, des myélomes, des cancers, énumère-t-il. Causés par les pesticides. Des malformations congénitales pour ceux dont la mère avait été exposée, pendant sa grossesse, à des agents chimiques ou des fuites radioactives. Des infections respiratoires aiguës. Des maladies parasitaires, aussi, au début ; une des premières conséquences du réchauffement climatique. Tout ça, ce sont des noms, des chiffres, et quand on les voit alignés sur un écran, ça ne veut pas dire grand-chose. On peut détourner le regard, se persuader qu'on est soi-même en sécurité. Mais quand on entre dans une chambre d'hôpital, ça devient réel, tu comprends ? Les respirations sifflantes. Les suffocations. La peau qui se tend sur les os, brune comme du vieux parchemin. Les vomissements. Les plaies. Et ces yeux énormes qui te dévisagent et te demandent sans fin pourquoi tu as laissé ça arriver, pourquoi tu ne t'es pas davantage battu, pourquoi tu as joui de ta vie en égoïste…

Sa voix se casse.

Je ne sais pas quoi dire. Je me rappelle la toux de Julie, la fille des voisins, ces sons rauques, insupportables. Je ne voulais pas les entendre, j'en avais des nausées, je mettais la tête sous mon oreiller pour essayer de dormir. Et ma mère. Les derniers jours de ma mère. Ma lâcheté. Les reproches de Kay. Ma culpabilité et ma révolte.

Nous avons tous dormi pendant si longtemps.

Des larmes coulent sur mes joues, d'un coup, ça fait du mal et du bien, j'aurais presque envie de sentir des bras autour de moi, une main sur mes cheveux, ma nuque. Je refoule ce désir au plus profond de moi, je m'écarte un peu du petit homme. Non, personne ne me touchera, ne se servira de mon corps pour son plaisir ou pour réaliser ses rêves.

Je ne serai pas la mère d'enfants à naître dans ce monde.

Là-bas, les méduses ont fini de boire ; elles recrachent maintenant des torrents de liquide.

— L'eau est filtrée deux fois, m'explique Adalbert Corneille. Quand ils la pompent et quand ils la rejettent. En fait, ils pourraient fonctionner en circuit fermé, mais il y a un problème d'oxygène… Je n'y comprends pas grand-chose, tu sais. En tout cas, la nature, même à moitié morte, vaut mieux paraît-il qu'une cuve en matériaux recyclés pour restaurer le biotope. Ils ont essayé de m'expliquer quand j'étais là-bas, en formation.

— En formation ?

— Je suis tellement lent, tellement lent, poursuit-il, ignorant mon interrogation. Et puis il y avait les voix de mes enfants. Ça gênait beaucoup de gens. Je n'ai pas terminé le cursus, alors ils m'ont donné ce poste. Je suis l'Intendant des Eaux. Ça sonne bien, tu ne trouves pas ? J'ai des mesures à faire chaque jour. Avec des instruments. Une fois par mois, je rentre faire mon rapport et je prends quelques jours de congé. Il y a quelqu'un, là-bas… qui tient un peu à moi. Qui me… supervise.

Quelqu'un qui tient un peu à moi. Du dos de la main, je me frotte le visage. J'imagine que ça ne fait qu'étaler la crasse qui le recouvre, mais je n'en ai rien à faire. L'apparence, les fringues, le regard des autres, cette anxiété quand je détaillais mes traits dans le miroir fêlé de la salle de bains, chez mes parents – c'était il y a un siècle au moins. Je n'étais qu'une gamine, j'essayais de trouver en moi quelque chose qui soit digne d'intérêt. Kay… Toutes les filles le trouvaient craquant, celles de ma classe m'enviaient parce qu'on se retrouvait souvent devant le collège pour rentrer chez nous, même si c'était de moins en moins souvent, même si, à la fin, il filait dès la sortie des cours, je ne sais pas où. Je l'entendais marcher dans la ruelle tard dans la nuit ; ses murmures s'élevaient jusqu'à la fenêtre de ma chambre, je ne savais pas s'il parlait à quelqu'un ou marmonnait pour lui-même, et je n'ai jamais osé sortir de mon lit pour découvrir une partie de son secret. Je savais d'instinct que c'en était un et je ne voulais pas le décevoir.

Je tenais à lui. C'était aussi évident que le fait de respirer ou de chanter. Mais Kay tenait-il à moi, sa petite voisine, son amie d'enfance ? Aurait-il suivi le Glacé si c'était le cas ? Avait-il pensé, même une seconde, qu'il me manquerait, que je me sentirais triste et perdue ? Je murmure :

— Là d'où je viens, il y avait quelqu'un… qui comptait pour moi. Il est parti il y a longtemps. C'est lui que je cherche.

Pendant quelques secondes, je peux croire que le petit homme ne m'a pas entendue. Puis il soupire, alors que les méduses géantes crachent leurs derniers jets et commencent à s'éloigner.

— Elles reviendront pour la prochaine Purification des Eaux, dit-il.

Il se lève d'un bond, aussi souple qu'un adolescent.

— Des gens viennent, quelquefois. Ils demandent à être admis. À quoi ressemble ton ami ?

Étonnée, je lève les yeux. Ce n'est pas une question de politesse, il n'essaie pas juste de me donner un peu d'espoir. Il attend une réponse.

— Je les vois presque tous passer, tu sais, continue-t-il. C'est le point d'accès le plus facile, ici. Ils n'ont pas besoin de panneau indicateur, ils suivent l'eau, comme toi. Alors ? Comment s'appelle-t-il ?

— Kay.

— Kay ?

Adalbert Corneille fronce les sourcils.

— Kay... Ça ne me rappelle rien. Mais cela ne veut rien dire, ils changent souvent de nom en arrivant. Pour oublier leur passé. Ou ils ont peut-être peur d'être repris par... les autres, ceux qui surveillent les mines. Décris-le-moi.

Le cœur serré, je m'exécute.

— Il a... deux ans de plus que moi. Dix-neuf ans. Il est très grand... mince. Mon père l'appelait « l'échalas », et Kay riait, il ne connaissait pas le sens de ce mot. On avait cherché, ensemble, dans un vieux dictionnaire auquel il manquait des pages. Je sens encore l'odeur de moisi qui se dégageait du papier. Il a la peau mate, les yeux dorés. Des cheveux bouclés. Et...

Je ne le vois plus. Je ne vois plus son visage. Sa chevelure indisciplinée, oui. Ses mains. Sa démarche.

— Il faisait de très grands pas... il était toujours pressé.

Ma voix faiblit. Son odeur. Son rire. Mais son visage ? Où est-il parti ? Je serre les poings, les presse contre mes paupières. Une explosion de formes colorées envahit ma rétine. *Kay. Donne-moi ton visage. Donne-moi ton visage, Kay ! J'ai déjà tout perdu. Je ne veux pas...*

— De très grands pas. Toujours pressé. Les cheveux bouclés. C'est peut-être lui. Incroyable !

Je sursaute, écarte les poings. Le petit homme s'est mis à danser, sa canne dans les bras, bien serrée, comme s'il valsait avec son renard de bois.

— Incroyable ! Ce serait incroyable !

Il rit, me prend par la main et m'oblige à me remettre sur mes pieds.

— Viens ! Ne restons pas là, le vent va se lever, je l'ai senti dans mes os. Viens. J'ai peut-être une bonne surprise pour toi.

3

Une bonne surprise ? Pour moi ? Tout mon corps se crispe ; je dégage ma main d'un geste brusque.

— Je n'aime pas les surprises.

Le petit homme pose sur moi un regard étonné.

— Nous en avons tous eu notre compte. Crois-tu que je l'ignore, Sanna ? Je ne cherche pas à te piéger.

— Pourquoi ne pas me parler, tout simplement, si vous avez quelque chose à me dire ? Ici ? Tout de suite ?

Je revois la bûche ensanglantée dans les mains de Job ; je fouille des yeux les alentours, à la recherche d'une grosse branche ou d'une pierre assez lourde – d'une arme. Quand j'ai commencé le voyage, je n'avais pas pensé que je serais peut-être obligée de me défendre, mais je n'hésiterai pas à le faire. J'ai été une fille sage, qui ne faisait pas de bruit, j'ai toujours suivi les consignes et obéi aux directives. Tout ça pour me retrouver à parcourir ces plaines dévastées, maigre, affamée, les genoux croûtés de sang, les mains éraflées, avec ma colère et mon chagrin au creux du ventre...

Non, je n'obéirai plus. À personne. Et je ne laisserai personne disposer de moi.

Adalbert Corneille se voûte un peu.

— Prends ma canne, si tu veux, dit-il doucement. Mon renard. C'est un ami, je te le confie. Si tu te sens menacée, frappe-moi de toutes tes forces ! Mais tu ne dois pas rester là, brindille. Ce n'est pas n'importe quel vent qui va souffler cette nuit. Tu ne le sens pas ?

Il mouille son index entre ses lèvres et le lève. Je n'ai pas besoin d'en faire autant pour comprendre. J'entends les froissements des rares feuilles restées sur les arbres, le clapotis rapide de l'eau contre la berge, la rumeur des buissons où se tordent les tiges de ronce criblées d'une poussière qui file au ras du sol.

Le Vent de Mort. Déjà. Les autres années, il se déclenchait plus tard dans la saison, mais peut-être ai-je perdu peu à peu la notion du temps, des semaines, des mois écoulés. J'ai bien essayé de compter les jours après la disparition de Kay en traçant une encoche chaque soir dans le mur de la chambre, mais un matin tout est tombé, peinture et plâtre, j'ai recommencé dans un autre coin de la pièce, je savais que je me trompais, que des jours avaient disparu, après tout ça n'avait pas d'importance, plus d'importance, bientôt nous échapperions tous au calendrier de la seule manière possible. Je voulais juste mesurer ce qui me séparait de Kay, et comme je n'avais aucune idée de l'endroit où il se trouvait, c'était la seule manière de le faire.

Je referme ma main gauche autour du bâton. Le bois est tiède, il paraît presque vivant. Un peu rassurée, je charge à nouveau mon sac sur mon épaule. Le petit homme est déjà quelques pas devant moi, les revers jaunes de ses bottes bien visibles dans la pénombre qui a tout à coup assombri le paysage. Je le suis entre les minces troncs tordus, me baissant quand il se baisse, l'imitant quand il fait un pas de côté pour éviter un obstacle. Bientôt, nous sortons du bosquet et montons une pente raide.

— Vite ! crie Adalbert.

En dépit de ce conseil, je me retourne une fois parvenue au sommet : les cités-méduses ont presque disparu – trois points brillent encore au loin – et, avec elles, la lumière qu'elles projetaient ; le creux dont nous sortons est obscur ; d'énormes nuages, lentement, le recouvrent. J'ai l'impression de deviner dans leurs profondeurs des formes monstrueuses, lancées à notre poursuite.

— Sanna ! Ne reste pas là !

Je m'arrache à ma dangereuse fascination et me mets à courir. Dans quelques minutes, je le sais, le vent qui tiraille mes cheveux et plaque mes vêtements contre mon corps se transformera en ouragan : je ne pourrai plus avancer, pas même me tenir debout. Et cela va durer des heures. Bien assez longtemps pour mourir étouffée, ou assommée par n'importe quel objet emporté par un vol fou.

Je ne réfléchis plus, je cours pour vivre un jour de plus. Je me fie à la danse des revers jaunes, en haut, en bas, en haut, en bas, plus vite, toujours plus vite.

Bientôt, je ne vois plus que cela. Tout le reste a disparu. Je ne sais pas si je cours sur la terre nue ou sur des rochers, si j'ai chaud ou froid. Ma cage thoracique résonne de mon souffle précipité et de l'écho de mes foulées, mes pieds frappent le sol, j'ouvre la bouche, quelque chose me pique le fond de la gorge, je ne peux même plus tousser, mon cœur bat trop vite, je ne vais pas tenir.

Et pourtant si. Jusqu'à la seconde où les bandes jaunes s'immobilisent et où la voix du petit homme, déformée, presque inaudible, me parvient.

— Viens ! Attention de ne pas te cogner la tête !

Je prends alors conscience du rugissement du vent. Il emplit l'espace et m'assourdit. Des millions de bouches crient ensemble leur rage, une rage démente, démesurée. L'air en furie profite de mon immobilité pour me talocher au flanc, je me courbe, me ramasse pour lui résister.

Adalbert Corneille a disparu ; devant moi, une ouverture basse, carrée, à demi cachée par de longues lianes qui se balancent avec un froissement sec. À l'intérieur, tout est noir. Entrer là-dedans, avec lui, n'est pas prudent, mais rien n'est prudent depuis que je me suis lancée sur les traces de mon ami d'enfance. Le vent hurleur arrache de ma tête le dernier lambeau de mes hésitations, je me baisse et je plonge. Une dernière poussée de l'air en furie, je trébuche, boule sur le sol en me protégeant le visage, par réflexe, de mes bras. Mon sac me heurte à la nuque, le bâton au renard m'échappe. Je me retrouve étendue sur le dos, sonnée, presque aveugle.

— Ça va ?

Une petite lumière apparaît sur ma droite. Elle a l'air de monter vers moi. Je distingue un bras tendu, une main tenant le crochet d'une lanterne. Le visage ridé d'Adalbert émerge lui aussi des ténèbres.

— Désolé, je ne t'ai pas attendue, s'excuse-t-il. Je suis allé en bas chercher la lampe, j'ai pensé que ce serait plus facile pour descendre. Moi, je connais si bien l'endroit que je pourrais m'y diriger avec un bandeau sur les yeux, comme les taupes dans leur terrier ! Suis-moi. Fais attention où tu poses les pieds.

Il se retourne et recommence à descendre – je vois un peu mieux maintenant –, une longue galerie creusée à même la terre, soutenue de place en place par de grosses poutres de bois entrecroisées. Le sol est irrégulier, parsemé de racines bossuées qui ressemblent à des lézards endormis. J'avance à petits pas précautionneux, mon sac bien serré contre moi. Je descends dans le ventre de la terre sans savoir ce qui m'attend en bas. Bizarrement, je n'ai plus peur. Je laisse mes pieds suivre la pente, je me laisse aller… engourdie, ensommeillée…

Il ne faut pas. Reste vigilante, bon sang ! Les petites Sanna ne gazouillent plus à mon oreille, elles ont été remplacées par une autre version de moi-même, plus âgée, plus dure. Cette Sanna ne fait confiance à personne. Ni la fatigue ni la douleur ne comptent pour elle : elle reste debout, prête à affronter l'adversité. Elle n'a plus d'illusions. L'espoir est un mot qui la fait ricaner. Je viens à peine de faire sa connaissance, pourtant je sais déjà qu'elle sera, à l'avenir, ma meilleure amie – et mon ennemie, aussi. Que je devrai parfois la faire taire, et parfois lui obéir, même si mon cœur saigne.

Pour l'instant, nous concluons une trêve : aller jusqu'en bas, prendre la mesure de la situation. Ne pas attaquer la première. Faire preuve de ruse et de patience. L'homme qui ouvre la marche est peut-être dangereux – peut-être pas.

Ne le tue pas avant d'en être sûre. Et si tu dois l'assommer, ne rate pas ton coup.

Je sursaute, trébuche, me rattrape à une poutre. Choquée par la violence que je sens bouillonner en moi, j'ai failli tomber. Je ne savais pas que j'étais prête à tuer. À agir comme un prédateur qui laisse à sa proie le champ libre dans le seul but d'observer son comportement, avant de frapper. Ce que je découvre en moi m'effraie. J'ai toujours été douce. Ou lâche. D'où me vient cette soudaine hargne, cette absence de compassion, cette intelligence froide, pragmatique ? S'est-elle lentement développée en moi sans que j'en aie conscience ? Ou a-t-elle toujours été là, à attendre que j'aie besoin d'elle ?

Le bruit d'une porte qui s'ouvre en grinçant interrompt ces pensées dérangeantes. La lueur de la lanterne s'éclipse avant de réapparaître.

— Sanna ?

Je retiens mon souffle un instant avant de répondre :

— Je suis là.

La galerie se termine sur une volée de marches. Une nappe de lumière s'étale sur le sol. Je franchis le seuil de la pièce en clignant des yeux.

— Bienvenue dans mon humble demeure, déclame Adalbert Corneille de sa voix d'acteur.

Je n'ai plus la force de répondre ; j'essaie de sourire, attentive à la chaleur qui m'enveloppe. Mes muscles se décrispent, l'emprise du vent sur mon visage se relâche. Mes yeux s'habituent peu à peu à la clarté.

L'endroit est extraordinaire. Les parois sont courbes, comme dans une maison de hobbit. En laissant mon regard se poser sur chaque objet, je ne peux pas m'empêcher de penser à ce roman que j'ai dévoré quand j'avais treize ans, *Le Seigneur des anneaux* – Kay me l'avait prêté, son exemplaire était usé à force d'avoir été lu, la couverture pliée en son milieu, les pages cornées. C'était un poche épais, j'aimerais tellement en sentir le poids dans mes mains, là, tout de suite, et m'installer devant le poêle pour le relire.

Car il y a un poêle. Court sur pattes et noir, couronné d'un tuyau rafistolé qui doit permettre d'évacuer la fumée vers l'extérieur. Il y a des braises dans la cavité obscure, il fait bien chaud. Devant le poêle, un petit tapis aux couleurs passées ; derrière, j'aperçois une banquette avec des couvertures. Il y a une table et des tabourets dont les pieds ont tous été remplacés par des branches de formes bizarres, taillées et sculptées. Un perroquet pointe son bec vers moi, un cheval penche la tête sous une crinière bouclée, des poissons s'enroulent à des algues serpentines. Accrochées aux murs, d'autres créatures de bois, une tête de cerf, un hibou aux gros yeux écarquillés, une chatte et sa portée, un lézard, des oiseaux en grand nombre. Ils semblent si vivants, on dirait qu'ils se sont tus à mon arrivée et que, d'un instant à l'autre, ils vont se remettre à pépier, hennir, miauler, siffler.

— Entre, je t'en prie. Assieds-toi. Pose ton sac. Tu as faim ?

Adalbert me regarde avec un petit sourire.

— Tu aimes mes amis de bois ? Je m'ennuie parfois, tu sais, tout seul, alors je leur fais la conversation.

Un homme capable de créer de telles merveilles ne me fera pas de mal. La prédatrice, en moi, ricane. *Tu es bien naïve.* Je la fais taire. Pour cette fois.

Je prends place sur un tabouret, sans toutefois lâcher mon sac, et je regarde le petit homme s'affairer. Il pose une casserole sur le poêle, la remplit d'eau, y ajoute une poignée d'une poudre verte puisée dans une boîte en carton. Je fais la grimace. Cela me rappelle les rations de la mine.

— Qu'est-ce que c'est ?

— Des algues. Là-bas, ils préparent beaucoup de choses à partir du plancton marin.

— Il y en a encore ?

— Ils le cultivent. Ce n'est pas mauvais, tu verras.

« Là-bas » et « ils ». Parle-t-il des gens qui vivent dans ces choses, les cités-méduses ? Je suis curieuse d'en savoir davantage. Mais avant...

— Et cette surprise, qu'est-ce que c'est ?

J'ai conscience de ne pas me montrer très polie, mais je m'en fiche. J'ai assez attendu. Qu'il dise ce qu'il a à dire. Après, je verrai. Si je peux lui faire confiance, ou pas.

Il se retourne et me tend un bol plein.

— Attention, c'est très chaud.

Je bois une gorgée, sans prêter attention au goût du liquide. Adalbert remplit son propre bol et s'installe en face de moi.

— Sanna, je ne veux pas te donner de faux espoirs, commence-t-il.

— C'est déjà fait.

— Pardonne-moi, alors.

D'un air concentré, il hume le nuage de vapeur qui se dégage de sa soupe. Je bois une autre gorgée. Il a raison, ce n'est pas mauvais.

Bien meilleur, en tout cas, que tous les substituts que j'ai pu avaler ces dernières années.

— Un garçon qui ressemblait beaucoup à la description que tu m'as faite de ton ami est entré dans la ville, il y a... Voyons... je dois avoir ça dans mes livres. Laisse-moi une minute.

Il se lève, pose son bol avec précaution sur le poêle et se dirige vers un petit bureau adossé à l'une des parois. Sur le plateau s'empilent de gros registres reliés en toile grise ; les pieds, comme ceux des tabourets, sont sculptés : une vache me fait un clin d'œil, deux lapins se poursuivent de part et d'autre d'une touffe de fleurs.

Adalbert Corneille prend un des volumes et commence à le parcourir. Il tourne les pages lentement, une à une. Pourquoi ne se dépêche-t-il pas ?

— La date... ce... ce n'est peut-être pas très important. Je veux dire la date exacte. Dites-moi ce que vous savez, je vous en prie.

Je déteste ma voix à cet instant – enrouée, suppliante. Comme si j'étais au bord des larmes.

Il lève une main.

— Si, c'est important. Sois un peu patiente. Tu as déjà attendu longtemps, je me trompe ? Alors, une minute de plus ou de moins, qu'est-ce que ça change ?

Rien, bien sûr. Et tout, en même temps. J'avale ma salive et je serre les poings sur la toile du sac à m'en faire mal. Le bruit du papier continue, régulier. J'ai envie de hurler.

Enfin, cela s'arrête.

— Voilà, dit le petit homme d'une voix calme. Je l'ai retrouvé. Il est arrivé il y a près de trois ans. Quelques jours après la fin du Vent. Est-ce que cela correspond ?

J'ai l'impression de trébucher au bout d'une longue course ; il n'y a plus d'air dans mes poumons. Je souffle :

— Oui. Kay a été enlevé… le premier jour du Vent de Mort. Mais alors… ce que vous appelez Medusa… Les Glacés y habitent ? Ils ne sont pas dans le Nord ? Et le bouclier climatique, alors ? Il sert à quoi ?

Adalbert Corneille se retourne, ôte ses lunettes et fronce le nez d'un air désapprobateur.

— Je l'ignore, petite. Les Glacés se sont effectivement établis plus au nord. Ils ne viennent jamais par ici et nous n'avons aucune relation avec eux. Tant qu'ils ne se montrent pas hostiles, nous pouvons vivre de notre côté, et eux aussi. Veux-tu, oui ou non, entendre mon histoire à présent ?

Cette fois, j'éclate :

— Je n'attends que ça !

Il a commencé à boire le contenu de son bol et me regarde en clignant des yeux.

— Pourquoi es-tu si en colère ?

— Parce que… parce que…

Parce que ça fait trop longtemps. J'ai attendu. Rêvé. Enduré. Marché. J'ai eu peur, j'ai failli mourir. Mon corps est marqué – pas seulement mon corps.

Alors oui, je suis en colère.

— D'accord. Je vais tout te dire.

Il lampe le fond de son bol, le repose et me tend une figue de Barbarie séchée.

— Mange. Tu en as besoin. Donc, l'année qui nous intéresse, j'ai vu arriver ce jeune homme. Il ne m'a pas dit d'où il arrivait. Peut-être, comme tu me l'as dit, avait-il été enlevé et s'était-il enfui. Il était tel que tu l'as décrit : de beaux cheveux noirs, de grands yeux, de grands pas, de grands gestes… et la parole facile.

— Ça lui ressemble, même s'il ne parlait plus beaucoup, à la fin. Il était découragé, ou révolté, ou les deux. A-t-il vu les méduses ?

— Pas tout de suite. Les trois cités étaient loin. Je suis tombé sur lui en ramassant du bois. Il était seul, affamé, perdu. Je l'ai accueilli quelques jours. Le temps de me faire une idée de ses compétences.

Adalbert écarte les mains comme pour prévenir une protestation.

— C'est ce qu'ils exigent de moi, tu comprends. J'ai des fiches, je dois les remplir. Âge, état de santé, force physique, aptitudes intellectuelles, capacité d'adaptation, etc.

— On vous demande ça à vous, alors que...

Les mots m'ont échappé ; je les regrette aussitôt. Mais le petit homme esquisse un sourire.

— Alors qu'ils m'ont recalé, c'est ce que tu veux dire ? Tu as raison, brindille. Mais il faut bien que quelqu'un fasse un premier tri.

Un premier tri. Je n'aime pas le frisson qui me parcourt. Je n'aime pas non plus ce mot : tri. Il a quelque chose d'impitoyable, d'inhumain.

— Je sais ce que tu penses, dit Adalbert Corneille. Je le pense aussi. Mais je n'ai pas le choix... Si je m'éloigne de celle qui tient un peu à moi, je deviendrai fou pour de bon. Je le sais.

Il ramasse mon bol et le porte avec le sien au fond de sa tanière. Je le vois se pencher, ramasser une poignée de sable dont il se sert pour les nettoyer. Le dos tourné, il reprend :

— J'essaie de leur trouver des qualités, de les laisser tous entrer. Au moins le temps qu'ils soient évalués. Ça leur donne un répit. Je ne peux pas faire grand-chose d'autre... mais pour lui, pour ce garçon, je n'ai pas eu à me forcer. Il était vif d'esprit, costaud, curieux de tout. J'ai vraiment apprécié les moments que j'ai passés avec lui. Alors, quand les cités sont venues pour la Purification des Eaux, comme tu l'as vu toi-même, je l'ai mené à l'Embarcadère. Il a été admis. Et je ne l'ai jamais revu.

Mes doigts se dénouent, je lâche le sac qui tombe à terre, entre mes pieds.

— C'est tout ? Il a dû vous raconter des choses sur lui… sur sa famille… sur sa vie d'avant !

— Non, rien. Il disait qu'il voulait oublier. Redevenir un enfant qui a tout à apprendre. C'est un état d'esprit qui leur plaît bien, à Medusa. Mais j'ai quand même appris une chose…

— Quoi ?

— Par la personne qui m'est chère. Elle a beaucoup de relations dans les cercles du pouvoir. D'après elle, le garçon aurait fait son chemin au-delà de ses espérances.

4

Pendant trois jours, le Vent de Mort souffle sans discontinuer. Adalbert a refusé de me dire un mot de plus à propos de Kay, ou du garçon qui lui ressemble. En revanche, sur d'autres sujets, il est intarissable. Tout en bavardant, il sculpte une nouvelle branche.

— Comme je te l'ai dit, j'ai parfois des invités de passage, précise-t-il avant de se mettre au travail. J'aime qu'ils prennent plaisir à considérer le siège sur lequel ils vont prendre place pour profiter de mon feu.

Le morceau de bois auquel il a décidé de s'attaquer est court, trapu, bossu d'un côté ; il l'installe d'abord au milieu de la pièce et tourne longuement autour, un peu courbé, une main au-dessus des yeux pour ne pas être gêné par l'éclat des flammes. Au bout d'un moment, il s'assied et soupire.

— Tu dois penser que je suis vraiment fou.

Comme je ne réponds pas, il continue :

— J'attends, vois-tu, que le bois me dise quel animal il abrite. Et pour cela, il faut du temps. Retiens bien ça, brindille : rien de bon ne se fait à la hâte.

Adalbert se met à siffloter, va chercher dans une caisse son ciseau et sa gouge, s'agenouille et donne un coup dans l'écorce – un tout petit coup. Un copeau saute, une entaille blanche apparaît, une bonne odeur de résine flotte jusqu'à moi.

— Dis-moi qui tu es, chantonne-t-il.

Recroquevillée sur la banquette, les épaules recouvertes d'une couverture, je n'ai rien d'autre à faire que de l'observer. Au-dehors résonne une plainte puissante, ininterrompue : le Vent ne se calmera pas de sitôt. Je dois oublier les tiraillements électriques qui agitent mon ventre, faire taire mon impatience. Je sais déjà que le petit homme ne répondra à aucune de mes questions, car depuis hier, il oppose à chacune de mes tentatives la même phrase : « Celle qui m'est chère continuera pour toi ce récit. »

Il rit.

— Je sais, je sais. Tu es... un buffle ! Tu parcours les grandes plaines, tu portes vaillamment ta bosse de graisse et ton habit de longs poils emmêlés. Je vais te faire sortir de là.

Les coups de ciseau se succèdent. Adalbert s'interrompt souvent pour caresser le bois, le humer, lui chuchoter quelques mots. Je me force à respirer avec régularité ; je laisse la lassitude s'écouler le long de moi, comme si j'enlevais un manteau taillé dans un tissu trop épais, et que j'aurais porté longtemps. Je somnole, ma tête bascule, je me réveille en sursaut. Lui continue sa besogne. Sur les parois de terre, j'observe les ombres : cornes effilées, ailes d'oiseau géant. Le temps n'existe plus.

— Tu t'ennuies, dit-il enfin.

Il a déjà rechargé plusieurs fois le poêle et m'a donné de la tisane d'herbes à boire. Un peu plus tôt, nous avons mangé un ragoût de haricots de mer avec quelques petits morceaux de morue séchée. Un luxe, m'a-t-il fait remarquer. Le poisson revient dans certaines zones de l'océan, mais la pêche, dans les cités-méduses, reste sévèrement rationnée. Juste de quoi alimenter les bacs d'élevage.

— Mais c'est la fête, aujourd'hui, puisque tu es là.

« Tu t'ennuies », a-t-il dit. Je ne réponds rien. L'ennui aussi est un luxe, et je pourrais le savourer si je n'étais pas obsédée par la pensée que Kay est peut-être là, tout près. Si c'est vraiment lui. Combien de temps le Vent va-t-il souffler ? Combien de temps à attendre encore ?

— Le projet des cités-méduses a vu le jour bien avant le Nuage, commence-t-il. Dès l'échec des différents accords sur le climat, qu'aucun pays n'a jamais respectés. Le Seasteading Institute avait conçu un véritable État flottant qui aurait été installé au large de la Polynésie française ; d'autres architectes avaient imaginé des nénuphars géants installés sur un lagon artificiel, ou encore une ville arrimée à des récifs en pierre de synthèse, composée de plusieurs villages et comportant sous les plates-formes des fermes sous-marines verticales – pour cultiver les algues et élever des poissons, des mollusques et des crustacés, comme à Medusa. C'est cette dernière idée qui a servi de matrice. Être autonome en énergie, en nourriture, pouvoir résister à la montée des eaux, aux ouragans... à tous les phénomènes climatiques extrêmes qui se sont multipliés à partir du début du XXIe siècle. Évidemment, elle a été modifiée de nombreuses fois depuis. La technologie a évolué. Ne me demande pas les détails, surtout ! Je serais bien incapable de t'expliquer comment tout cela fonctionne. Ce que je peux te dire, c'est qu'ils ont rassemblé les meilleurs experts, et...

Je le coupe :

— « Ils » ? Qui, au juste ? Vous ne savez pas, ou c'est une façon de parler ?

Il hésite.

— En fait... je ne les connais pas. Mais celle qui m'est chère...

— C'est ce que je disais : vous ne savez rien.

Adalbert pose son ciseau et reste un instant silencieux. Je l'ai vexé. Ce n'est pas ce que je voulais, mais tant pis. J'ai besoin de dire ce que je pense, de ne plus éviter la confrontation. De ne plus baisser la tête. Le petit homme aux bottes jaunes est peut-être mon seul espoir de retrouver Kay, tout dépend de lui à présent, de sa bienveillance, mais je ne m'excuserai pas. Je n'en peux plus d'avoir fait le dos rond pendant des mois et des années, d'avoir agi comme si je n'existais pas, comme si je n'avais pas de désirs et pas d'opinions.

Tu ne pouvais pas faire autrement.

Sanna-la-guerrière me jette quelques miettes d'indulgence. Non. Je n'en veux pas. Je serre les poings, mes ongles meurtrissent mes paumes. Je pourrais crier plus fort que le Vent.

— Sanna… tu as raison. Je ne sais pas grand-chose. Seulement… que je suis arrivé là, comme toi, alors que les voix de mes enfants ne me laissaient aucun répit… que j'ai rencontré quelqu'un. Et qu'on m'a donné une chance de me rendre utile. J'essaie de faire taire mes pensées parce qu'elles me font trop mal, tu comprends ? J'essaie même de ne pas penser. Je parle au bois que je ramasse, aux arbres qui recommencent à pousser près de l'eau, et même à ces affreux nuages noirs. Aux cailloux. Je creuse la terre, je vois bien qu'elle est malade, je défèque et je la nourris. Je prends soin de celles et de ceux qui arrivent, effrayés mais tellement courageux, bien plus que moi. Je pourrais les aider davantage. Je pourrais prévenir ceux des mines qu'un refuge existe, au moins pour quelques-uns, mais je n'en ai pas le droit : si je le faisais, je perdrais tout. Je suis un couard, je le sais. Ne me juge pas trop vite.

Il soupire et va ranger ses outils. Je sens que je l'ai blessé. Je voudrais dire quelque chose, réparer, mais je ne trouve pas de mots. Alors je me lève et je pose une main sur son épaule. Quelques secondes. C'est tout. Et le silence, entre nous, s'emplit à nouveau de la voix du Vent qui s'acharne au-dehors sur les moindres traces de vie.

Une nuit, et encore une journée, et encore une nuit.

Au matin, un calme étrange s'établit dans la tanière aux murs courbes. Je me réveille, terrorisée, et saute de la banquette où j'ai dormi, entraînant mes couvertures.

— Ce n'est rien, me rassure Adalbert. Ou plutôt si : c'est fini. Nous allons pouvoir gagner l'Embarcadère. Tu rencontreras celle qui m'est chère et nous verrons ensemble ce que nous pouvons faire pour toi. Habille-toi.

M'habiller ? Ce n'est pas comme si mon sac débordait de fringues – je n'ai même pas de pyjama. À dire vrai, ce mot a disparu de mon vocabulaire.

Il brosse sa veste et les revers jaunes de ses bottes, ajuste un bonnet de la même couleur sur sa tête. Contrairement à ce que j'aurais pensé, il n'est pas chauve, enfin pas tout à fait : deux touffes de cheveux bouclent autour d'une calvitie bien nette, ronde comme un ballon de foot.

Maussade, je réplique :

— Je n'ai rien d'autre.

Il fronce les sourcils.

— Tu ne peux pas te présenter comme ça. Attends.

Le petit homme se précipite vers une niche creusée dans la paroi dans laquelle sont entassées les unes sur les autres trois vieilles valises, tire celle du dessous et l'ouvre.

— Voyons, voyons... Tu te souviens, Sanna, de ce conte, Cendrillon ? Je suis ta marraine la bonne fée et je vais te transformer en princesse. Quel dommage qu'on ne trouve plus de citrouilles nulle part ! Ah, voilà ce que je cherchais ! Il t'ira à merveille.

Il se lève, tenant un long vêtement qu'il déplie devant lui. J'ai l'impression de voir tomber un rideau de théâtre. C'est un manteau rouge vif, agrémenté d'un col à très longues pointes. Le tissu souple chatoie sous la lumière du feu.

— De la panne de velours, annonce Adalbert avec satisfaction. Je portais ce manteau, avec une couronne dorée, quand je jouais le rôle d'un roi pour mes enfants. Par chance, j'ai gardé quelques dépouilles de ma splendeur d'antan ! Tu vas être superbe là-dedans.

Superbe ? Ridicule, oui ! Exaspérée, je lève les yeux vers les poutres qui soutiennent la voûte.

— Pas question.

— Fais-moi plaisir. La première impression est si importante. Je sais de quoi je parle, crois-moi.

Sa voix est suppliante ; je cède. Après tout, il a raison : il sait ce que les gens qui habitent ces étranges cités flottantes apprécient. Et je ne peux pas prendre le risque de le mettre en colère alors que je touche presque au but – je l'espère tellement !

— D'accord.

J'enfile le manteau. Les manches collantes cachent presque mes doigts. Le col haut et raide me gêne, mais je laisse Adalbert le boutonner jusqu'en haut. Il trempe un carré de tissu dans un seau plein d'eau et me nettoie délicatement le visage ; puis il brandit triomphalement un peigne en bois et entreprend de me démêler les cheveux. Alors qu'il s'acharne sur un nœud, je lance :

— Adalbert, je voudrais savoir une chose… une seule chose.

— Quoi, brindille ?

— Pourquoi dites-vous toujours « celle qui m'est chère » ou « celle qui tient un peu à moi » ? Elle n'a pas de nom ?

Décidément, la délicatesse n'est pas mon fort. Mais il ne se fâche pas ; au contraire, il sourit.

— Si, petite Sanna. Et je comprends que tu sois intriguée. Depuis que tu es ici, tu as prononcé plusieurs fois celui de ton ami, et j'ai vu que cela te faisait du bien. Je me trompe ?

Je fais « non » de la tête, étouffant un gémissement de douleur quand le peigne arrache quelques-uns de mes cheveux. Depuis sa disparition, j'ai chuchoté, crié, épelé le nom de Kay des milliers de fois. En touillant ma ration. En nettoyant les pièces où nous vivions, Grand' et moi. En poussant mon chariot dans les profondeurs de la mine. Avant de m'endormir. En me réveillant, pour me donner le courage d'affronter une nouvelle journée sans lui. Tant que son nom franchissait mes lèvres, j'avais l'impression qu'un fil me reliait à lui, ténu mais bien réel. Un fil que, s'il se brisait, je ne pourrais jamais renouer.

— C'est cela, approuve le petit homme comme s'il avait déchiffré ma pensée. Et je te comprends. Pour moi, les choses sont différentes, vois-tu : cette rencontre a été un miracle. Je ne suis plus jeune, j'ose à peine y croire. Que la vie, après de telles épreuves, m'ait réservé cette merveilleuse surprise… Je me sens coupable. L'ai-je mérité ? Sûrement pas. À chaque minute, j'ai peur de réaliser que tout cela n'a été qu'une illusion, un rêve, et qu'on va me l'arracher. Alors j'évite de prononcer son nom. De peur qu'*elle* disparaisse si je le fais. C'est de la superstition, mais… voilà. Je donne au destin cette preuve ridicule de ma soumission, dans l'espoir qu'il oubliera de me maltraiter – au moins quelque temps. Le temps d'engranger assez de joie pour regarder la mort en face quand le moment sera venu.

Il fait un pas en arrière.

— Voilà. Tu es présentable. Allons-y, brindille.

Nous remontons la galerie. Près de la sortie, quelques étais sont tombés. L'ouverture est obstruée par des branches cassées qu'Adalbert écarte en grommelant.

— Comme si les arbres n'avaient pas assez de mal à pousser. Maudit Vent ravageur !

J'ai l'impression qu'un géant a donné des coups de pied dans le petit bois qui entoure l'habitation souterraine. Tout est de travers, une image bouleversée. Nous nous frayons un chemin au milieu de cette désolation. Les écorces arrachées par la tempête craquent sous nos pas.

— J'en ai pour des mois à nettoyer tout ça, maugrée le petit homme, et après, ça recommencera. Quelle galère.

Je relève les longs pans de mon manteau rouge, un geste dont je n'ai pas l'habitude. Je me sens déguisée, mal à l'aise. La sueur me mouille le cou.

— Dépêche-toi, me lance Adalbert.

Tenant son bonnet d'une main, il fonce droit devant lui. J'essaie de tenir son rythme, affolée à l'idée de déchirer le manteau dont il m'a affublée. Autour de moi, je ne discerne qu'un tourbillon brun ponctué de rares taches vertes. Puis c'est l'eau, étale, à la surface de laquelle flottent des débris végétaux.

— Maudit Vent, répète Adalbert.

Nous longeons la berge. Soudain, sans prévenir, il s'immobilise.

— Ici, dit-il. Nous attendons.

Je reprends mon souffle. La lumière est un peu plus forte que les autres jours : après le Vent, le Nuage s'affine, se disperse, laisse passer quelques rayons de soleil. Je lève le visage et ferme les yeux, heureuse de sentir cette tiédeur sur ma peau. Elle apaise un peu ma nervosité.

— Adalbert… Votre tanière… Vous l'avez creusée vous-même ?

Son rire haut perché fuse.

— Ça non ! Je ne suis pas un colosse, au cas où tu n'aurais pas remarqué, brindille. Je l'ai trouvée. Je ne sais pas à quoi elle servait. Peut-être de réserve à munitions pendant l'une des guerres du XXe siècle. Peut-être d'abri pour les survivalistes…

— Les survivalistes ? C'est quoi ?

Je parle pour parler, sans vraiment prêter attention à ses réponses.

— Oh, c'est un mouvement qui est né au début du XXe siècle et a commencé à se populariser soixante ans après. Les gens, à l'époque, avaient surtout peur d'un effondrement économique : il fallait pouvoir vivre en pleine nature et être autosuffisant. On vendait des kits de survie qui comprenaient toute sorte de matériel, des couteaux aux générateurs d'électricité en passant par des appareils qui permettaient de déshydrater les aliments pour mieux les conserver… La course à l'armement nucléaire et les attentats terroristes des années 2000 ont ravivé ces peurs. On a commencé à parler d'effondrement, de pandémies… et de catastrophe climatique. Certains ont construit des abris antinucléaires dans leur jardin, d'autres ont décidé d'adopter le mode de vie des pionniers américains ; je pense que ma tanière date de cette époque, et… Ah, la voici !

Je n'ai perçu aucun bruit, mais lui si. Je plisse les yeux. Une embarcation se dirige vers nous. Longue, fine et noire, si lointaine que je discerne à peine la silhouette qui actionne l'unique rame fixée à la poupe.

— Voici celle qui m'est chère, dit Adalbert d'une voix un peu tremblante.

La barque se rapproche. Sur la rive, le rythme des vaguelettes se fait plus rapide. Est-ce cela qui a alerté le petit homme, ou son ouïe s'est-elle affinée durant ces mois de solitude entre les arbres et l'eau ?

— La voilà, répète-t-il.

Je la vois mieux, maintenant : elle semble frêle, pourtant il faut de la force pour manier seule une rame qui doit être lourde ; son menton est pointé vers nous. Ses cheveux, qui flottent sur ses épaules, sont d'un blanc pur. À mesure qu'elle approche, je peux détailler ses vêtements et ses traits. Elle est très âgée. La surface de ses vêtements a l'air de frissonner dans la brise créée par son déplacement, car il n'y a pas de vent. Quand la proue de la barque heurte la bande de sable, je constate avec surprise que la femme, à bord, est couverte de plumes. Sa cape ressemble à deux énormes ailes de corbeau, ses poignets ainsi que ses chevilles sont entourés de bracelets faits d'un duvet noir très fin.

Et ses yeux, noirs eux aussi, sévères, sont braqués sur moi.

5

— Qu'as-tu trouvé là, Adalbert Corneille ?

La voix de la vieille femme lui ressemble – ténue et sèche. Elle a sauté avec légèreté de son embarcation et m'examine d'un air dégoûté, comme si j'étais une marchandise avariée. Je serre les poings. Je dois me contenir. Pour Kay.

— Chère, très chère amie, la jeune Sanna que voici m'a conté une histoire tout à fait surprenante. Il faut que je vous en entretienne. En privé. Venez donc faire quelques pas avec moi.

Adalbert me fait un clin d'œil, puis prend la femme par le coude. Doucement, il l'entraîne à l'écart. Je ne peux plus les entendre. Je reste immobile. La colère et l'angoisse me paralysent. Et si elle refusait de m'emmener ? Et si elle m'apprenait… quelque chose de terrible ? Que Kay soit mort, je n'ai jamais pu y croire. Mais les gens meurent. Tout le temps. Ils sont malades, ils ont des accidents. Ils sont exécutés. Rien ne nous met à l'abri de ça, même pas l'amour.

Je sens la nausée monter. Pourtant, je n'ai rien mangé ce matin – si c'était le matin. Je me précipite derrière un buisson pour vomir un filet de bile. Derrière moi, le murmure des voix a repris : Adalbert et l'étrange femme ont fait demi-tour. Vite, je m'essuie les lèvres du dos de la main. Ne pas tacher la manche du manteau rouge. Me redresser. Aller à leur rencontre comme si de rien n'était. Ne pas montrer ma peur.

Les yeux noirs ne se sont pas adoucis, au contraire. La femme me dévisage avec une franche hostilité.

— J'espère que tu n'es pas venue pour semer le trouble, dit-elle d'une voix acide. Sache que je ne le supporterai pas.

Adalbert, resté en arrière, me fait un signe qui semble vouloir dire « reste calme ».

Une fois de plus, maîtrisant ma fureur, je hoche la tête.

— Je comprends. Je n'ai pas l'intention de... semer le trouble. Je voudrais juste savoir...

— Oh, ton ami ? Oui, Adalbert m'a raconté. Nous ne sommes même pas sûrs que ce soit lui. L'équation est simple, jeune fille : veux-tu entrer à Medusa ? Et pour cela, es-tu disposée à accepter les examens que tu auras à subir ?

Discrètement, je regarde Adalbert qui, en silence, approuve. Je prends une grande inspiration avant de répondre :

— Si le garçon dont il m'a parlé est bien Kay, oui. Sinon, je continuerai mon voyage jusqu'à ce que je l'aie retrouvé.

Ces mots sonnent comme un défi, j'en suis consciente. Si simples, pourtant. Si évidents.

Celle-qui-m'est-chère réagit aussitôt :

— Tu es folle ! Sais-tu que beaucoup de résidents ont payé une fortune leur droit d'entrée ? Des millions, parfois. Pour certains, leurs parents avaient déjà pris une inscription avant même de les concevoir. Au tout début. Medusa est une des arches destinées à sauver le meilleur de l'humanité. Comment t'appelles-tu, déjà ? Sanna ? Tu dois en être consciente. Être admise parmi nous est un privilège.

Gonflée de sa propre importance, elle rejette la tête en arrière.

La brise ébouriffe les plumes de sa cape et soulève ses mèches blanches. Je devine à son attitude tout ce qu'elle ne me révèle pas – elle aussi est une esclave. Oh, elle ne creuse pas la terre pour y trouver des métaux rares, elle est propre, bien nourrie, et reçoit probablement des soins quand elle est malade. Mais elle n'est pas libre pour autant. Elle s'est mise au service de l'argent.

Elle pince les lèvres.

— Bon, je pense que la seule façon de nous débarrasser de toi est de t'apprendre ce que tu veux savoir. Ce n'est pas très régulier… mais par égard pour vous, très cher Adalbert… je le ferai. Non, ne me remerciez pas. Quand on a des responsabilités comme les miennes, on sait qu'il est bon, parfois, de faire une entorse aux règles. Viens, petite. Je t'emmène. Mais je te demande la plus grande discrétion. Tu n'adresseras la parole à personne et tu feras exactement ce que je te dirai. Tu as compris ?

Sans attendre ma réponse, elle fait volte-face pour retourner vers sa barque. Adalbert me retient par la manche.

— Obéis-lui et tout ira bien, souffle-t-il. J'espère que tu trouveras celui que tu cherches, brindille. Et aussi la paix dont tu as besoin.

Il hésite, puis ajoute :

— Ma tanière est ouverte, si tu veux revenir me voir. Je serai heureux de ta compagnie.

Je lui souris.

— Merci, Adalbert. Merci pour tout.

Je suis sincère. Le petit homme m'a protégée, nourrie, aidée, sans rien demander en échange. Il a partagé avec moi le peu qu'il possède, ne m'a pas posé de questions indiscrètes, n'a pas cherché à se servir de moi dans son propre intérêt. Si je dois repartir, ne plus jamais le revoir, il me manquera. Je me penche et l'embrasse sur la joue. C'est tout ce que je peux offrir, et il le sait, probablement. Son visage s'illumine.

— Va, Sanna. Je penserai à toi. Je forme des vœux pour ton bonheur. Va !

* * *

De loin, les trois cités ressemblent à des méduses ; de près, à un vaisseau spatial sur le point d'imploser. Des filaments lumineux courent à la surface de leur enveloppe, laissant entrevoir, à l'intérieur, des jardins et de très hauts bâtiments recouverts de végétation. Celle-qui-m'est-chère (je commence à croire que je ne connaîtrai jamais son nom) amarre sa barque à un ponton au bout duquel est fixée une sorte de rampe menant à la plus grande unité. À la suite l'une de l'autre, nous la gravissons jusqu'à un sas en forme de fleur à cinq pétales.

— La porte quintefeuille, m'apprend la femme. Destinée au personnel et aux nouveaux arrivants.

Elle me précède, sort un badge de sa cape de plumes et le pose sur un détecteur. La paroi coulisse. Nous entrons.

Dedans. Je suis dedans.

— Où est-il ?

La question m'a échappé. Ça commence mal. Est-ce que j'étais censée rester muette tout le temps ?

— Tais-toi. D'après la description d'Adalbert, je pense savoir où se trouve ton ami. Je te conduis à lui. Ne m'en demande pas davantage.

La voix est coupante. Me voilà renseignée. Je serre les lèvres et suis mon guide sur une allée de sable ocre. Il crisse doucement sous mes pas. Dehors, il fait encore jour mais ici, la lumière est celle d'une aube d'été – pour autant que je m'en souvienne. Sous le dôme, la ville ressemble à un joyau prêt à jeter ses feux aux premiers rayons du soleil : immeubles bas et tours semblables à des flèches d'argent ou de cristal s'imbriquent harmonieusement. Partout, des fontaines, des jardins. Nous ne croisons que quelques passants revêtus de la cape de plumes noires – ce doit être une sorte d'uniforme. Aucun ne nous salue. Sur une terrasse, j'aperçois un petit groupe d'hommes assis en cercle. Ils émettent un son bas, hypnotique. En passant devant les murs végétalisés, je sens le parfum des fleurs et je m'arrête pour respirer, les yeux fermés.

— Ne traîne pas !

Docile, je me remets à trottiner derrière mon guide. Nous longeons un bassin où nagent des poissons énormes.

— Des bélugas, murmure Celle-qui-m'est-chère. Un mets très recherché. J'en ai goûté une fois, c'était exquis. Mais bien sûr, il n'est pas donné à tout le monde de pouvoir apprécier un tel raffinement de gourmandise.

Je hausse les épaules. Si cela lui fait plaisir de se donner des airs supérieurs, ce n'est pas moi qui l'en empêcherai. Mais comment Adalbert a-t-il pu tomber amoureux de cette... cette... et surtout, pourquoi lui fait-elle croire qu'elle tient à lui ? Je suis sûre qu'elle n'en a rien à faire. Est-elle si seule ?

— Par ici.

Elle s'engouffre dans un passage étroit entre deux tours de verre. Quelques secondes plus tard, nous débouchons sur une place bordée elle aussi de bassins en forme de demi-lune. Ils encadrent une maison qui a l'air de sortir de mon vieux livre de contes : des murs de briques, des volets bleus, un toit de chaume surmonté d'un nid d'oiseau à la taille disproportionnée. On y accède par un jardin où poussent en désordre des fleurs et des arbres nains.

— C'est ici que vit la fille du fondateur de cette ville, me glisse la femme. Il est mort il y a quelques années, et elle a pris sa succession, étant actionnaire majoritaire.

Perplexe, je répète :

— Actionnaire majoritaire ?

— Medusa a été fondée sous forme de société par une centaine de familles, daigne-t-elle me renseigner. L'avis de l'actionnaire majoritaire est prépondérant pour définir la stratégie d'une entreprise. C'est le cas ici. Tu n'as pas appris cela à l'école ?

— Je n'en ai pas eu le temps. Vous êtes au courant que ça n'existe plus ?

— Là d'où tu viens, peut-être... On ne peut pas sauver tout le monde. Ici, nous dispensons un enseignement de qualité à des enfants, et quelques adultes aussi, qui ont une réelle volonté de progresser.

Elle ouvre la barrière basse qui pivote en grinçant et me fait signe de la suivre. Mais je reste immobile.

— Vous pourriez être plus claire ? Qu'est-ce que vous voulez dire par « une réelle volonté de progresser » ?

Agacée, elle se penche et referme sa main froide sur mon poignet.

— Tu le sais, dit-elle d'une voix hargneuse. Dépêche-toi, je suis pressée. J'ai mille choses plus importantes à faire.

— Ça, je n'en doute pas.

D'une torsion, je lui échappe.

— Répondez-moi. Ou je ne bougerai pas d'ici.

Elle lève les yeux vers le dôme parcouru de filaments lumineux : en quelques minutes, ils ont viré du bleu sombre à un rose-mauve apaisant. Matin de printemps sur la campagne.

Je ne me sens pas apaisée. J'ai envie de hurler, de piétiner les fleurs bien alignées des plates-bandes. De donner des coups de pied dans cette barrière pimpante, dans tout ce décor de parc d'attractions. Je n'en ai jamais visité, mais je sais ce que c'était, Kay me l'avait expliqué : un bocal où les gens allaient s'enfermer pour essayer de croire que tout allait bien. Ils se baignaient en plein hiver dans une piscine chauffée, sous un dôme chauffé, mangeaient dans un restaurant où ils étaient servis par des employés costumés en pirates ou en cosmonautes et se faisaient prendre en photo avec des acteurs débutants et sous-payés qui transpiraient sous une énorme tête postiche de personnage de dessin animé... Ici, j'ai l'impression d'être au théâtre : la scène est vide, on attend que les acteurs entrent en scène pour réciter un texte écrit à l'avance.

J'accroche le regard de Celle-qui-m'est-chère. Je ne m'inclinerai pas. Pas cette fois.

— Répondez-moi.

Elle soupire exagérément.

— Si mon ami des bois m'avait prévenue que tu étais une telle tête de mule, je me serais épargné la fatigue de t'introduire ici. Ils ne voudront jamais de toi.

— Et si c'était moi qui ne voulais pas d'eux ?

La femme hausse les épaules.

— Pas de doute, tu es folle. Mais je vais quand même te répondre, pour en finir : il y a des gens qui sont prêts à faire des sacrifices pour réussir, et d'autres qui n'ont pas envie de s'en sortir. Tu es bien placée pour le savoir. Dans cette mine...

Je réagis aussitôt.

— Quoi ? Vous croyez que les Cramés ont le choix ?

— Bien sûr. On a toujours le choix. La preuve, tu es là, même si tu es en train de gâcher toutes tes chances. Certains sont nés pour suivre, et ils feraient mieux d'en prendre conscience le plus tôt possible. Dès l'enfance, si tu veux mon avis. Évidemment, ils ne le savent pas. Ils pensent qu'ils sont victimes d'une injustice, ils essaient de se révolter, ils ne veulent pas travailler dur : on doit donc les y forcer. Tu comprends, petite ? Je te...

— Taisez-vous un peu ! Mon bien-aimé dort.

La voix vient du premier étage de la maison. Encore sous le choc de ce que je viens d'entendre, je lève la tête. La fenêtre centrale s'est ouverte ; des rideaux blancs ondulent de part et d'autre d'une silhouette vêtue d'une robe rouge vif, comme mon manteau. Je crois que je n'ai jamais vu de fille plus belle : ses longs cheveux noirs cascadent sur ses épaules en boucles apprêtées, sa peau est éclatante et ses lèvres aussi rouges que sa robe. On dirait Blanche-Neige. Il ne manque plus que les sept nains.

— Que se passe-t-il, Nannie ?

Celle-qui-m'est-chère plonge dans une profonde révérence.

— Rien, rien du tout, ma merveilleuse. Pardonnez-moi, je vous en supplie, si j'ai troublé votre repos. Cette jeune…

— Qui est-ce ?

Le ton est impérieux, enfantin. Je la regarde, ébahie : on dirait une poupée tout juste sortie de sa boîte. *Elle* n'a jamais dû travailler un seul jour de sa vie. Ses pieds et ses mains sont sûrement dépourvus de cals. J'ai envie de cacher les miennes, rugueuses, dans les plis de mon manteau.

— J'adore ce que tu portes, me lance-t-elle avec un sourire. Le rouge est ma couleur préférée. Tu vas travailler avec Nannie ?

— Il n'en est pas question ! s'offusque celle-ci. Nous allons partir. Venir ici – vous déranger si tôt – était une très mauvaise idée, et…

— Attendez-moi, j'arrive !

Je vois « Nannie » hésiter. Si elle pouvait me faire disparaître, il est clair qu'elle n'hésiterait pas. En même temps, elle paraît effrayée. Que craint-elle ? Les caprices d'une adolescente ? La fille apparue à la fenêtre n'a pas plus de quinze ans…

La porte pivote et heurte le mur. Je sens une bouffée de parfum. Une main douce se glisse dans la mienne.

— Tu peux t'en aller, Nannie. Ta nouvelle amie va s'occuper de moi ce matin.

— Ce n'est pas mon amie ! s'écrie la femme aux ailes d'oiseau d'une voix stridente. Nous ne la connaissons pas… Nous ne savons pas de quoi elle est capable… Nous ne pouvons pas la laisser entrer dans la maison ! Ma merveilleuse, soyez raisonnable… Je vous en prie !

Trop tard : le battant s'est déjà refermé derrière nous.

6

— Tu dois tout me raconter ! s'écrie la fille en rouge. Tu viens de l'extérieur, toi aussi... C'est tellement excitant ! Au fait, je m'appelle Aurore. Et toi ?

— Sanna. Je...

— Assieds-toi ! Tu es nouvelle, alors c'est moi qui vais faire le thé. Demain, tu devras t'en charger. C'est un thé d'algues, tu n'as jamais dû en goûter. Mon bien-aimé croyait que ça sentirait le poisson, mais il a vite changé d'avis. Il adore ça, maintenant.

Je la regarde remplir la bouilloire. La cuisine ressemble à celle de la sorcière d'Hansel et Gretel dans le livre que nous lisions ensemble, Kay et moi. Une longue table de bois recouverte d'une nappe brodée, des carreaux de faïence au mur, des coussins rouges sur une banquette...

Et, sur la banquette, un chat gris profondément endormi. Son pelage a un éclat soyeux, sa longue queue est enroulée autour de son corps, ses pattes repliées.

J'avance doucement la main.

— Je peux le caresser ?

Aurore tourne la tête vers moi et éclate de rire.

— Bien sûr ! Rien ne dérange ce vieux matou. On peut faire de lui tout ce qu'on veut.

Elle jette une pincée de thé vert foncé dans une théière ornée de roses grosses comme mon poing, y verse l'eau fumante, sort d'un placard deux tasses qu'elle dispose sur la table.

Je frôle la tête du chat. Il ne frémit même pas. Ses longues moustaches sont immobiles. Mes doigts s'enfoncent dans le doux poil gris : rien, aucune réaction... aucune chaleur.

Il n'est pas vivant.

Le rire d'Aurore tinte à nouveau. On dirait des clochettes.

— Tu as cru que c'était un vrai ? On ne peut pas avoir d'animaux familiers, ici. Ils coûtent trop cher à nourrir et ils ne servent à rien. Cela a été décidé bien avant ma naissance. Mais Vieux Matou est formidable pour les câlins.

Elle saisit la peluche par les pattes avant, la jette sur son épaule. Le petit corps souple se déploie, la tête renversée vient se loger entre les seins d'Aurore. Entre les paupières du chat, l'éclat sombre, vigilant, de ses yeux de verre semble dirigé vers moi : mal à l'aise, je baisse les yeux.

— Tu as déjà vu un chat, un vrai, Sanna ? C'est comment ? Raconte !

Aurore me tend une tasse. Le thé, très noir, a un parfum de framboise. Où trouvent-ils des fruits, ici ? Sont-ils cultivés hors-sol, dans des serres ? Les arômes synthétisés en laboratoire ?

Je bois une gorgée. Le goût de fruit est trop fort, presque écœurant. Mon estomac gargouille, mais elle ne m'a rien proposé et je n'ose pas réclamer. Cette fille ne sait pas ce que c'est – la faim.

Un chat... Le dernier, les mineurs l'ont mangé. Il était si maigre qu'une fois la carcasse dépecée, il ne restait qu'une bouchée pour chacun. Je ne peux pas lui raconter ça.

— Nannie t'a tout expliqué ? demande Aurore. Tu ne dormiras pas ici, il y a des dortoirs pour les servants au niveau inférieur.

Tu seras très bien installée. Il y a des salles de sport, une piscine… Le matin, j'aime que mon thé soit prêt quand je me réveille, et…

Je me lève, repose ma tasse.

— Je… En fait, je ne suis pas venue pour travailler. Je cherche quelqu'un. Un ami. Nous avons grandi ensemble. On m'a dit que votre…

Incapable de continuer, je lève les yeux vers les poutres du plafond. Le bois brun est sillonné de longues encoches, traces de scie ou de hache, et près du mur scintille un cercle métallique au centre duquel veille une lueur. Une caméra de surveillance. L'appareil pivote lentement vers moi.

— Tu veux le prendre. Mon bien-aimé. C'est ça, bien sûr. Tu crois qu'il est à toi, mais ce n'est pas vrai !

Toute douceur a soudain disparu de la voix d'Aurore. Fini le tintement de clochettes : une lame nue. Elle contourne la table pour me faire face.

— Tu vas partir. Maintenant. Ou je vais appeler les gardes.

Je tends les mains, paumes en l'air, dans l'espoir de l'apaiser.

— Je ne veux pas le prendre, comme tu dis. Il est libre. Juste le voir. Si c'est lui, je saurai qu'il est en sécurité, heureux. Je n'essaierai pas de…

— Menteuse !

— Je ne mens pas. Il a été enlevé par les Glacés. S'il s'est échappé, il a peut-être trouvé refuge ici. Adalbert Corneille m'a dit qu'il avait fait entrer un garçon qui lui ressemblait…

— Je ne sais pas qui est Adalbert Corneille. Tu inventes.

Brutalement, je réplique :

— Tu ne sais pas qui fait entrer les réfugiés dans ta ville ? Je croyais que tu la dirigeais ? Que ton père l'avait fondée ? C'est pourtant ce que ta Nannie m'a dit. Ce n'est pas vrai, alors ? Tu ne sais rien de ce qui se passe à l'extérieur ?

À chaque question, elle sursaute comme si je la frappais. Le bourdonnement de la caméra de surveillance s'intensifie. Son objectif clignote frénétiquement. Est-elle équipée d'une alarme réglée sur le volume des voix dans la pièce ? Aurore surprend mon regard ; ses lèvres découvrent ses dents, petites et pointues, dans une grimace. La tête du chat danse sur son torse au rythme saccadé de ses mouvements.

— Tout est enregistré, crache-t-elle. Partout. Nous écrivons notre histoire.

— Comme ça ? En espionnant les gens ? Et vous supportez ça sans rien dire ?

Tout à coup, je n'ai qu'une envie : sortir de là. De cette maison de poupée où tout est artificiel, même l'intimité. De m'éloigner de cette femme-enfant qui geint en étreignant son chat empaillé et qui récite des phrases qu'elle semble avoir apprises par cœur :

— Tu es une ignorante, et tu es méchante. Comment tu as pu arriver jusqu'à moi ? La Commission d'Évaluation ne délivre de verdict favorable que si le candidat a toutes les qualités nécessaires pour s'intégrer. Tu leur as joué la comédie, alors ? Pourquoi ? Pourquoi veux-tu me le prendre ?

Sur ces derniers mots, elle s'est mise à crier. Un nouveau coup d'œil à la caméra, qui vient de pivoter vers l'angle opposé de la pièce et va revenir vers moi ; je n'ai qu'une seconde pour agir. Je fais un pas en avant et j'applique ma paume sur la bouche d'Aurore en la poussant vers une porte basse, découpée dans les boiseries couleur de miel. Elle pousse un cri étouffé, mais ne se débat pas. Personne n'a dû poser un doigt sur elle, jamais, sauf pour la bercer ou lui tartiner les fesses de crème quand elle était bébé. Elle ne sait même pas comment réagir. Quelle chance.

D'une main, je tourne la poignée, le battant cède et nous nous retrouvons dans un espace obscur – je distingue un escalier sur ma gauche, et ce qui doit être un grand placard en face de moi. Pas de caméra.

Sans relâcher la pression de ma main, je chuchote :

— Je ne vais pas te faire de mal. Sauf si tu cries. Tu as compris ?

Tremblante, elle hoche la tête.

— Je veux juste voir celui que tu appelles ton bien-aimé. Tu as dit qu'il dormait, c'est ça ? Il a le sommeil lourd.

Nouveau hochement de tête. J'ai honte de ce que je suis en train de faire. Mais je n'ai pas le choix.

— Conduis-moi à lui. J'essaierai de ne pas le réveiller. Et après, je m'en irai.

* * *

La chambre est petite et douillette ; les rideaux blancs tamisent la lumière. Là encore, je crois entrer dans la page illustrée d'un livre dont toutes les histoires se termineraient par la victoire du Bien sur le Mal. Un univers conçu pour les enfants riches. Protégés, pour un temps, de la dure réalité. Ces enfants qui écrivaient au père Noël pendant que d'autres travaillaient dans les filatures ou ramassaient des ordures sur les décharges. Près de la fenêtre, deux fauteuils sont couverts de vêtements somptueux jetés en tas. Une chaussure rose à boucle argentée pointe vers moi comme le pied d'un danseur. Un chapeau coiffe une poupée dont les poignets et le cou sont surchargés de bijoux scintillants.

Je ne m'attarde pas sur ces détails : dans le lit, sous une couette volumineuse, se dessine la forme d'un corps allongé. Sur l'oreiller, une masse de boucles sombres.

Kay ! Est-ce que c'est vraiment Kay ? Est-ce ainsi qu'il a « fait son chemin », comme Nannie l'a raconté à Adalbert ? En tombant amoureux de cette fille ?

— Ne fais pas de bruit, chuchote Aurore. S'il se réveille en sursaut, il sera effrayé.

Effrayé ? Le Kay que je connaissais n'avait peur de rien. Mais à force de vivre dans une image, il a peut-être changé. Traînant Aurore, je m'approche du lit. Le jeune homme me tourne le dos. Je ne vois que sa nuque sous la masse des cheveux. Je me penche un peu. Kay avait une marque de naissance juste entre les épaules. Elle doit se trouver juste sous le col du tee-shirt en coton blanc qu'il porte – non, c'est une chemise sans col avec une discrète broderie rouge. Décidément, on est vraiment dans *Blanche-Neige*...

J'avance un doigt et, doucement, je soulève le tissu. Aurore pousse un couinement indigné : dans son petit monde fermé, toucher son prince doit être un crime de lèse-majesté.

La peau est nette, plus pâle que dans mon souvenir. Sans aucune marque.

Ce n'est pas lui.

— Tu dois partir maintenant. Tu as ce que tu voulais.

Le murmure à mon oreille ressemble au sifflement d'un serpent. Il a peur, il attend de pouvoir cracher son venin. Je reste figée, la main tendue, à quelques millimètres de ces épaules qui, avec ou sans marque, ne sont pas celles de mon ami.

— Ne le touche pas ! Je te l'interdis !

Kay, je l'ai dévoré des yeux toute mon enfance et bien au-delà. Il était mon héros, mon frère, mon modèle. La base de sa nuque était plus large, ombrée d'une fine ligne de poils. Je pourrais, les yeux fermés, en reproduire le tracé. L'une de ses vertèbres saillait curieusement. Je l'ai vu en maillot de bain, en short, en pyjama. Je le connais par cœur.

Ce garçon n'est pas Kay. Je n'ai pas besoin de voir son visage pour le savoir. Je ne *veux* pas voir son visage : s'il lui ressemblait vraiment, ce serait trop douloureux.

Il dort si profondément. Trop profondément. Je me penche encore. Non : il respire. Mais pourquoi Aurore tient-elle tant à ce qu'il ne se réveille pas ? « Il serait effrayé... » Bizarre. Elle le drogue probablement pour qu'il reste avec elle.

— Va-t'en. Va-t'en. Va-t'en.

Aurore répète ces mots comme une incantation ou une formule magique – espère-t-elle me faire disparaître par la seule force de sa volonté ? Pauvre petite princesse à deux balles !

Je me retourne, la repousse sur le palier, loin des caméras.

— Écoute-moi bien. Si tu fais quoi que ce soit, si tu appelles quelqu'un, je hurle. Ton bien-aimé se réveillera. Je dirai que c'est lui, mon ami. Je parie qu'il ne se souvient pas très bien de sa vie d'avant, je me trompe ? Tu lui fais avaler quelque chose pour qu'il reste là, avec toi, dans cette... bulle pour riches.

Des larmes perlent à ses grands yeux noirs. Je pourrais presque me laisser attendrir, mais Sanna-la-forte a pris la main ; elle sait ce qu'il nous faut et comment l'obtenir.

— Tu vas me donner un moyen de sortir d'ici et de continuer mon voyage. Ça t'arrange, non, que je parte très loin ? Et que je te promette de ne jamais revenir ?

Le souffle court, elle hoche la tête.

— Ce fleuve. Là où vous puisez votre eau potable. Il coule dans quelle direction ? Tu sais ça, au moins.

— Par là...

Elle montre une petite fenêtre en haut de l'escalier. La lumière du matin vient de la droite. Son doigt fin indique donc le nord. Sauf si...

— OK. Votre soleil artificiel... est-ce que sa course est réglée sur les points cardinaux, ou est-ce que ça ne vous concerne pas non plus, les trucs de la nature ?

Mes phrases sont précises, brutales. À chaque mot, elle tressaille.

— Je… oui. Mais le vrai soleil est mort, papa me l'a dit, réussit-elle à articuler. Et c'est dangereux dehors. Tu aurais dû passer par la zone de quarantaine. Tu aurais dû…

— Oh oui. Sûrement. C'est très, très irrégulier. Mais tu vas oublier tout ça vite, tu verras. Dès que tu m'auras fourni un bateau, des vêtements chauds et des provisions. Et un certain nombre d'objets utiles. Je vais te faire une liste.

— Je ne peux pas…

— Je suis sûre que si. Réfléchis.

Mon bras pèse sur son cou. Elle déglutit avec difficulté, tousse, s'étrangle.

— Tu me fais mal.

— Je t'aide à réfléchir. Dépêche-toi. Ton bien-aimé va se réveiller.

— Je ferai ce que tu veux. Nannie…

— Oui ?

— Elle peut trouver tout ça. Je vais l'appeler.

Je me recule très légèrement pour la laisser respirer.

— Nous allons l'appeler ensemble. N'essaie pas de prévenir quelqu'un d'autre. Qui regarde les images filmées par les caméras ?

— Je… ne sais pas. Le Conseil, probablement. Ou le chef des gardes. Mais seulement à la fin de chaque journée. Pour composer le Récit. Une fois par lunaison, nous nous rendons au Gymnase pour écouter le Récit, les Félicitations et les Remontrances.

Les Félicitations. Les Remontrances. C'est juste… Je déteste ce que je suis en train d'infliger à cette fille. Mais je déteste encore plus l'endroit où elle vit, ce paradis clinquant où des enfants qui n'ont jamais grandi jouent à construire une civilisation en circuit fermé, coupée de la misère, des guerres, de l'esclavage. Comme s'ils étaient seuls au monde. N'accueillant d'étrangers que dans la mesure où ceux-ci peuvent accomplir les tâches qui les rebutent ou leur servir de peluche. Ils laissent les Glacés piller ce qui reste du monde. Sont-ils si différents d'eux, au fond ?

Et suis-je si différente d'eux ?

Si j'avais reconnu Kay, tout à l'heure, qu'aurais-je fait ?

PARTIE IV

Mes rêves sont taillés dans la glace. Là où tous bâtissent des illusions de chaleur, je cherche l'harmonie des formes géométriques. Les réfractions infinies de la lumière. Sa musique insaisissable et parfaite.

Je m'enfonce de plus en plus profondément dans ce royaume qui m'a été promis à ma naissance. Là, tout sera prévisible, pour toujours. Une succession vertigineuse de possibles savamment ordonnés. Un abîme lisse, infiniment déroulé. La notion de jouissance m'est étrangère, pourtant je pourrais la comprendre – presque – à l'évocation de cette image.

Mais pour atteindre cet état de béatitude, ou d'indifférence, il faudrait supprimer la variable principale de ce monde dévasté.

La variable humaine.

Le garçon m'y aidera. Il ne le sait pas encore. Il ne le saura pas, jusqu'à l'ultime instant.

En attente de sa métamorphose, il me laisse visiter une à une les strates de son esprit. Un chaos où je me réjouis déjà de mettre de l'ordre. De créer la beauté sans défaillance possible. D'introduire le savoir et la sagesse.

C'est ma mission.

1

Cela se passe le soir où, pour la première fois, le ciel devient rouge. Toute la journée, j'ai suivi le cours du fleuve. Les cités-méduses sont loin derrière moi, et les mines, encore plus. La proue de ma barque, un triangle sombre, ne quitte presque jamais mon champ de vision ; la nuit, je la vois en rêve. La nuit, mes mains croient encore tenir la rame qui me sert de gouvernail. Je suis devenue inséparable de l'embarcation, je lui parle comme à un cheval, je caresse ses planches rugueuses après l'avoir tirée sur la berge pour la nuit. Je dors blottie contre sa coque, enroulée dans la couverture fournie par Nannie.

Nannie. De mauvaise grâce, elle a obéi aux ordres, a jeté un manteau de plumes sombres sur mes épaules puis m'a reconduite à la porte quintefeuille où m'attendait un esquif semblable au sien, peint en noir. Sous le banc de nage étaient calées plusieurs caisses. Elles devaient être lourdes, car la coque s'enfonçait presque jusqu'au bordage. J'ai mesuré du regard la partie émergée, espérant que la barque supporterait mon poids.

— Eau purifiée, lait de soja en poudre, nourriture lyophilisée, bottes imperméables, vêtements, couverture, a énuméré la femme aux cheveux blancs. De quoi allumer un feu. Une bâche.

Une corde. Un couteau, même si c'est un risque non négligeable de te confier une arme. Je pense que…

Elle s'est brusquement interrompue ; le reste était facile à déchiffrer dans ses yeux brûlants de haine. Personne ne m'avait jamais regardée ainsi. Une des petites Sanna, dans un coin de ma tête, a courbé le dos en pleurant, prête à demander pardon sans même savoir quel mal elle avait pu faire. Je l'ai repoussée avec rudesse, je n'ai pas voulu écouter ses gémissements ni plier sous le poids de la culpabilité. J'ai soutenu le regard de Celle-qui-m'est-chère jusqu'à ce qu'elle détourne les yeux.

À cet instant, j'ai compris qu'elle était très vieille, très fatiguée, qu'elle se raccrochait au moindre simulacre d'affection. Pire, elle n'était même plus capable de faire la différence entre les caprices enjoués de sa maîtresse et l'amour bien réel du petit homme aux bottes jaunes.

Adalbert. La tentation était grande de rejoindre sa tanière dans les bois. Auprès de lui, je me serais reposée, j'aurais pris soin d'un tout petit coin de terre, j'aurais appris à sculpter le bois, laissé les jours et les nuits passer sur moi et me changer, en douceur.

Mais j'aurais manqué à la promesse faite à Grand'. Déchiré la trame de l'histoire que j'avais commencé à tisser pour elle le jour où je lui ai parlé des roses réfugiées dans un lieu de paix et de beauté – tout ce qui avait déserté sa vie. Et de Kay. Loin dans le dessous, il attendait, plongé dans le sommeil, que je vienne le délivrer. Encore une image surgie d'un conte. Je n'y croyais pas moi-même, mais j'en étais aussi captive.

Alors j'ai laissé tomber à terre ma défroque de plumes sombres, je me suis avancée d'un pas assuré sur l'embarcadère et je suis montée dans la barque. Elle a tangué, sans chavirer pourtant.

— J'espère que le fleuve t'avalera. Que tu te noieras et qu'on n'entendra plus jamais parler de toi, a craché Nannie.

— Merci, ai-je lancé sans me retourner. C'est un risque, en effet, et c'est sympa de me le rappeler. Prenez soin d'Adalbert. Il est fidèle et sincère. Quand la belle Aurore vous aura jetée, ça ne tardera pas d'ailleurs, il prendra soin de vous. Lui, personne d'autre...

— Rends-moi le manteau ! Rends-le-moi !

J'entendais le bruit de ses talons sur les planches du ponton. Elle trépignait. Une vraie gamine. Peut-être que personne n'avait mûri, dans cet endroit. Je ne le saurais probablement jamais.

J'ai répliqué :

— Non, je le garde. En souvenir de lui.

Et j'ai appuyé de toutes mes forces sur la longue perche ramassée au fond de l'embarcation. Elle s'est écartée du ponton et, très vite, s'est trouvée prise dans un tourbillon qui l'a éloignée du quai. J'ai lâché la perche et glissé l'unique rame dans le tolet situé à la poupe. Le courant était rapide, plus que je ne le pensais. La nappe d'eau, hérissée de courtes vagues roulant une écume sale, semblait se précipiter vers le nord. Tant mieux. Je ne demandais que ça, atteindre mon but le plus vite possible, en finir avec l'attente, affronter des dangers qui en vaudraient la peine, des dragons s'il le fallait, des gouffres vomissant des vapeurs putrides, des soldats armés et même les Glacés, ces êtres dissimulés par des masques d'où suintaient des menaces feutrées, des promesses hypocrites.

J'allais voir ce qu'elles valaient, leurs promesses.

* * *

Oui, cela arrive ce jour-là – l'horizon brusquement embrasé comme si quelqu'un avait allumé un gigantesque incendie ou déversé des seaux et des seaux de sang contre le ciel. Le lit du fleuve est de plus en plus large ; les berges portent une végétation maigre et monotone, des branches, frêles esquisses de monstres assoiffés, tendent leurs doigts griffus vers le ciel. La plaine est aride, semée d'étangs d'un bleu moiré d'où montent des fumerolles qui se rejoignent pour dériver jusqu'à moi. Une odeur âcre me prend à la gorge, je tousse, noue hâtivement sur ma nuque un morceau de tissu trouvé au fond d'une des caisses. Le courant me pousse vers un haut-fond hérissé de pierres, ce n'est pas le moment de lâcher ma rame. Que s'est-il passé ici ? Quel genre de produit toxique a brûlé la terre, pollué les eaux au point que, des années après l'exode des humains, ces fumées s'élèvent encore ? Je pèse sur le tolet pour dévier la proue de la barque. Tout mon corps se raidit ; mes muscles brûlent, je plie les genoux, tentant de contrer la force brute qui, aveuglément, cherche à me rejeter.

Puis tout s'arrête, le flot se calme. Et c'est là, de l'autre côté de la boucle du fleuve, alors que je me redresse, en sueur et le souffle court, qu'elles surgissent devant moi.

Les montagnes.

Le ciel rouge s'incurve, non, c'est sa couleur qui reflue, se tasse, formant une sorte d'immense bol au creux duquel leurs silhouettes massives apparaissent. Comme des navires fendant l'océan, elles tournent vers moi, altières, leurs proues rocheuses. Elles sont encore très loin, à une distance impossible à estimer, pourtant elles m'écrasent déjà de leur masse. Je dois ressembler pour elles à un dérisoire trait de plume au coin d'une page froissée. J'ai pourtant la sensation d'un regard tourné vers moi, ni hostile ni bienveillant, simplement attentif. Une présence. Sans réfléchir, je chuchote :

— S'il vous plaît, laissez-moi approcher. Je ne vous salirai pas. Je ne vous blesserai pas. Je ne ferai pas de bruit. S'il vous plaît.

Aucune réponse ne me parvient – évidemment. Le ciel se décolore de minute en minute, du moins la partie du ciel délimitée par ce demi-cercle parfait dans lequel un autre demi-cercle, blanc argenté, s'imbrique. Je n'ai jamais rien vu de pareil. Tout à coup, je comprends : c'est le bouclier climatique. Cette séparation radicale entre le monde d'en bas et celui des Glacés n'est pas une légende. Elle existe, *physiquement*. Et je peux en suivre le tracé d'un seul coup d'œil.

Fascinée, je ne pense plus à diriger mon embarcation qui file sous la pression de l'eau, je reste debout, jambes un peu écartées pour conserver mon équilibre, la tête levée vers les cimes. Malgré la distance, chaque détail m'apparaît avec netteté : les cassures de la pierre gorgées de glace bleue, la cime des mélèzes qui montent à l'assaut des premières pentes, et partout la neige, épaisse, d'apparence si moelleuse, si pure. C'est un spectacle à couper le souffle.

Alors que le soir tombe, j'oublie tout ce qui m'entoure. J'oublie mes muscles douloureux, j'oublie de me méfier, de scruter les rives et le courant. Et c'est alors que je l'aperçois, trop tard : un large filet tendu en travers du fleuve.

Trop tard, car un cri retentit dans les fourrés, et les mailles de grosse corde se referment aussitôt sur moi.

* * *

Je me débats. Empêtrée dans le filet, je donne des coups de pied, des coups de poing qui n'atteignent rien ni personne. J'entends un rire, des craquements de bois mort. Des grognements étouffés.

Une secousse. Quelqu'un tire le filet vers la droite. La barque fuit sous mes pieds, j'essaie de la retenir en coinçant le bout de ma botte sous le banc de nage, en vain. Le courant est trop fort. Je m'agite de plus belle ; je ne veux pas la perdre, les montagnes sont là, lointaines mais présentes, c'est là que je veux aller et le fleuve me portait...

— Laissez-moi ! Lâchez-moi ! Non !

Une voix d'homme grommelle :

— Elle n'a pas l'air d'une Cramée. Trop bagarreuse.

Une autre voix lui fait écho – celle d'une femme, jeune :

— On a pris de plus gros poissons. Tire donc ! Tu as peur, Aurel ? C'est juste une fille des Méduses, si ça se trouve.

— Impossible. Personne ne quitte les Méduses de son plein gré. Et tu as vu comment elle est équipée ?

— Elle a peut-être tué quelqu'un. Volé ce joli manteau rouge et cette barque... Tire !

Je sens mon corps se désarticuler. Je lâche prise. J'ai tout perdu : ma barque, mes provisions, mes vêtements de rechange, ma couverture... Moi qui ne possédais rien, je me suis habituée à compter sur mes réserves. Je n'aurais pas dû. C'est de la faiblesse. Sur la route que je suis, il n'y a pas de place pour ça.

Je ne sais pas qui ils sont, ceux qui m'ont prise au filet. Mais ils vont sentir mes dents. Ma colère. Même si je dois y laisser ma peau.

— Tendez... Laissez aller ! Doucement, bon sang !

À nouveau cette voix jeune, vibrante d'autorité. La corde qui retient la nasse se relâche brusquement, je heurte le sol. Mal. J'ai mal. Une douleur fulgurante traverse mon genou gauche. Je me mords la lèvre pour ne pas gémir.

— Allez, relève-toi. Aurel ? Vous avez récupéré la barque ? Non ? Que fait l'équipe en aval ? J'espère qu'ils se bougent.

Les cordes glissent contre mon visage, autour de mes épaules. Ignorant la douleur de ma jambe, je me ramasse pour bondir. Si je leur échappe, je peux peut-être encore rattraper la barque. Sans gouvernail, elle s'échouera à un moment ou à un autre dans un bras mort du fleuve, une anse – sera retenue par des branches au ras de l'eau...

— Attention !

Des bras solides me ceinturent par-derrière, me soulèvent. Je frappe aveuglément dans la chair de mon agresseur.

— Une vraie tigresse.

— Ça devrait te plaire.

— On verra. Bande-lui les yeux et allons-y.

Une bande de tissu est appliquée sur mes yeux, serrée derrière mon crâne. Dans l'obscurité, je n'ai pas eu le temps de voir grand-chose : des silhouettes vêtues de sombre, des torches levées très haut, projetant leur lumière sur le feuillage roussi de quelques arbres.

Mes poignets sont liés dans mon dos, deux mains me saisissent par les coudes et m'entraînent. J'ai mal, je trébuche. Chaque aspérité du sol provoque un élancement dans ma jambe blessée. Le rythme ne ralentit pas, on me traîne quand je m'affaisse, sans un mot, sans brutalité. Autour de moi, des souffles seulement. Réguliers, profonds. Entraînés. L'odeur de l'eau s'estompe, je comprends que nous nous éloignons du fleuve. Ma barque, ma barque, elle est perdue pour moi, maintenant... S'ils la retrouvent, ils voleront tout ce qui se trouve à bord.

Mais qui sont-ils ?

Il y a des arbres tout autour, de plus en plus. Privée de la vue, je perçois pourtant leur présence. Nous courons sur une épaisse couche de feuilles mortes. Je sens le bois humide, l'humus. Une forêt. Il y en a donc encore.

Et brusquement s'ouvre autour de moi un vaste espace. C'est une sensation plus familière, celle des lieux ravagés. Différente, cette fois : le silence n'est pas celui des friches industrielles qui entourent la ville de mon enfance. Nous sommes simplement sortis des bois. Et, devant, il y a... quelque chose de massif, de dur. De grand, aussi.

On me pousse. Nos pas sonnent sur un plancher, quelques mètres à peine, puis sur un sol plus dur, irrégulier, bombé à certains endroits, sillonné de cassures. Toujours aveuglée, je tourne la tête à gauche et à droite ; je n'arrive pas à créer mentalement une image de l'endroit où on m'a conduite. Où sont les murs ? Il y avait des murs, j'en suis sûre. Une porte claque. Des voix indistinctes résonnent. J'entends même un chien aboyer, puis gémir comme si on l'avait muselé à deux mains.

Un chien ! On m'a dit que, depuis le Nuage, ils étaient redevenus sauvages, qu'ils erraient aux abords des villes et pouvaient se montrer très agressifs. Toute ma hargne m'abandonne ; je me fige, terrifiée.

— Calme, Orion. Calme-toi.

Un battant grince devant moi. Odeur de pierre humide, des marches, nous montons en tournant. Une halte, encore une porte, que nous passons. Une chaleur sur mon visage. Je ne m'étais pas rendu compte que je grelottais. Je serre les lèvres pour empêcher mes dents de claquer.

— Tu peux lui enlever son bandeau, Aurel.

Des doigts s'affairent dans mes cheveux, le nœud se défait. Je cligne des yeux dans la lumière éblouissante.

Des flammes presque aussi hautes que moi s'élèvent au ras de mes pieds. Je sursaute, étouffe un cri. Les mains qui me tiennent m'empêchent de faire un bond en arrière.

— Qui es-tu ? reprend la voix déjà entendue. Une espionne de Medusa ?

2

La brûlure du feu est intense. J'essaie de détourner la tête, d'échapper aux doigts qui me broient les épaules. En vain.

— Je ne suis pas une espionne ! Laissez-moi !

Mon cri soulève les rires. Combien sont-ils ? Dix, vingt ? Davantage ? Je lutte pour m'éloigner des flammes, ma peau va éclater, je ne peux plus respirer, je...

— Allez, assez joué. Montre-nous son visage, Aurel.

Mon corps pivote. Le feu est dans mon dos, à présent. Les hommes qui me tiennent avancent de deux pas. D'eux, je ne distingue que des silhouettes trapues, terreuses. Et devant moi...

Des couleurs. Un kaléidoscope de faces pâles, cuivrées, sombres, de chevelures de toutes nuances, d'armes disparates qui renvoient l'éclat des flammes, de foulards et de ceintures, du rouge, du vert, du bleu, de l'ocre...

Des femmes. Des hommes aussi, en moins grand nombre. Quelques enfants assis en tailleur sur le sol fait de grandes dalles irrégulières. Ils jouent avec trois grands chiens tachetés de fauve, sans la moindre peur. Je les entends rire. Ils ont l'air heureux, en bonne santé.

— Alors ? Tu as avalé ta langue ? Tu braillais pourtant assez fort, à l'instant !

La fille qui m'apostrophe ainsi se détache du groupe pour m'examiner. Elle s'avance d'une démarche souple, les mains croisées dans le dos. Les pointes de ses longs cheveux noirs et lisses sont glissées dans sa ceinture de cuir. Elle porte un pantalon large enfoncé dans des bottes lacées et une blouse à manches bouffantes sous un gros gilet de laine écrue. Autour de son front, un bandeau écarlate, comme une blessure.

— Qui es-tu ? répète-t-elle en détachant chaque syllabe.

— Pas… une espionne…

Mes cris ont fait l'effet d'une râpe : ma gorge, elle aussi, est en feu.

— Tu l'as déjà dit. Pourquoi je te croirais ? Tu arrives ici dans une des barques noires de Medusa, tu portes un manteau qui doit venir de là-bas, un beau tissu d'ailleurs, félicitations, c'est très joli. Et tu veux me faire croire quoi, au juste ? Que tu naviguais sur le fleuve pour ton plaisir ? C'était quoi, le plan ? Cacher ton bateau un peu plus loin, te changer et venir ici en te faisant passer pour une réfugiée climatique ?

En prononçant ces derniers mots, elle esquisse une grimace ironique. Autour de nous, les rires fusent.

— À part ceux d'en haut, je ne vois pas qui ne l'est pas ! s'exclame une femme en tapant sur l'épaule de sa voisine.

— Ceux d'en haut et ceux de Medusa, réplique celle-ci. Même s'ils ont signé un pacte de non-agression. Le pacte de tous ceux qui ont décidé d'organiser leur petit bien-être et de laisser crever les autres.

Ceux d'en haut ? Parle-t-elle des Glacés ? Je n'ai pas le temps de m'appesantir sur cette question, car la fille tend une main et défait le premier bouton de mon manteau.

— On va voir si mon hypothèse est juste. Et à quoi tu ressembles là-dessous.

Interdite, je ne cherche pas à me défendre. À quoi bon, d'ailleurs ? Même si j'échappais à la poigne des deux hommes qui m'encadrent, je ne pourrais aller nulle part.

Le manteau s'ouvre. On dégage mes bras des manches. Le tissu tombe à mes pieds, une flaque écarlate dans laquelle je baigne jusqu'aux chevilles.

— Et voilà !

La voix est triomphante. La fille recule et se tourne vers l'assemblée.

— Regardez ! Sous son beau plumage, l'oiseau paraît misérable... Un pantalon plein d'accrocs, une tunique tachée, un pull minable... J'avais raison ! C'est un déguisement. Cette fille a été envoyée par Medusa pour nous infiltrer. Et leur donner le moyen de nous détruire !

La clameur qui succède à ses paroles m'étourdit. Cris de colère. De menace. Visages convulsés. Poings serrés brandis vers moi. Les mains des deux hommes, sur moi, comme des pinces d'acier.

Ils vont me tuer. Je ne reverrai jamais Kay. Je ne pourrai pas tenir ma promesse.

Sans me quitter des yeux, la fille au bandeau rouge s'est mise à marcher de long en large devant moi. Elle ressemble à ces grands félins qui ont disparu il y a longtemps. Belle, et dangereuse.

— Tu n'as plus rien à perdre, dit-elle. Parle, ici et maintenant, devant notre assemblée. Donne-nous tous les renseignements que tu possèdes. Apprends-nous quelle était ta mission, dans les moindres détails. Si tu refuses, nous te ferons parler.

Mon sursaut d'horreur ne lui échappe pas. Elle laisse échapper un rire bref.

— Il y a d'autres moyens que le fouet et le feu pour délier les langues. Certaines, parmi les plus anciennes d'entre nous, possèdent la capacité de fouiller la mémoire d'autrui. Elles entreront dans ta tête de gré ou de force. Elles t'arracheront jusqu'au souvenir de ton nom. Quand elles en auront fini avec toi, tu ne seras plus qu'une outre vide ; tu baveras, tu gémiras, tu te traîneras sur le sol avec nos chiens. Alors ? Que choisis-tu ?

Au dernier rang de l'assistance, trois femmes viennent de se lever. Leurs cheveux blancs tombent sur leurs épaules, leurs traits figés et flétris révèlent leur grand âge. La plus petite, pour marcher, s'appuie sur l'épaule d'une de ses compagnes : ses globes oculaires, comme ceux de Grand', sont couverts d'une taie blanchâtre. Elle est aveugle.

— C'est elle qui voit le mieux, souligne la fille, les bras croisés. Prends ta décision. Vite. Nous avons d'autres tâches.

Parler. J'en suis incapable. Ma langue est collée à mon palais. Haletante, je regarde les trois femmes avancer. Les autres, déférents et subitement silencieux, s'écartent pour leur faire place.

Elles sont tout près. Je crois sentir déjà la pression de leur esprit contre le mien. Affolée de terreur, j'essaie de me dérober, je tourne la tête, en quête d'un secours dont je sais bien, pourtant, qu'il ne viendra pas.

Et c'est alors que je les remarque. Au bout d'un lacet de cuir, deux minuscules chaussures rouges reposent entre les seins de celle qui vient de me promettre un sort pire que la mort.

— Sanna... Je suis Sanna !

Ma voix, enfin libérée, est stridente. En un éclair, je revois avec netteté ce jour de mes huit ans où j'ai introduit dans une gourde de métal cabossée ma lettre et mon cadeau – dans l'espoir que quelqu'un les trouverait et me répondrait, d'une manière ou d'une autre. C'était un geste enfantin, mais il m'avait apporté un certain réconfort, et de l'espoir. Même si aucun écho ne m'est jamais parvenu.

Comme si le temps s'était aboli, je sens au creux de ma paume la forme des petites chaussures de bois. Je respire l'odeur du grenier de la maison de mes parents, j'entends le froissement de la mince feuille de papier sous mes doigts.

— Les chaussures rouges... C'est moi qui te les ai envoyées. J'ai jeté la gourde dans la rivière. Écoute-moi ! Je suis Sanna. Tu ne peux pas avoir oublié puisque tu les portes toujours...

Lentement, la fille lève la main. Les trois anciennes s'immobilisent. Les sourcils froncés, elle me dévisage.

— Sanna ? Mais...

Je la sens troublée, encore méfiante. Fébrile, je reprends :

— Il y a neuf ans maintenant. Dans la gourde, il y avait aussi une lettre, pliée très serré pour pouvoir passer par le goulot. Je me souviens encore de ce que j'avais écrit, enfin, seulement le début mais...

Elle porte la main à son pendentif, le serre entre ses doigts, puis le soulève et l'examine. À la lueur du feu, les chaussures rouges brillent d'un vif éclat. Le silence, dans la vaste salle, est écrasant. On dirait que chaque membre de l'assemblée retient son souffle. Luttant pour maîtriser les violents frissons qui me parcourent, je récite :

— « *Je m'appelle Sanna Devi, j'ai huit ans. Mon père est né en Inde, dans la région du Penjab. Il est parti de chez lui quand il avait dix-huit ans pour faire le tour du monde et il a rencontré ma mère, alors il est resté ici. J'habite une petite maison dans le quatrième quartier de...* »

— Sanna. Incroyable. Je ne m'attendais pas à ça. Vraiment pas.

La fille sort enfin de sa torpeur. Sur ses traits, une expression de pure stupéfaction a remplacé la tension menaçante qui les figeait.

— Lâchez-la, ordonne-t-elle.

Libérée, je vacille, sur le point de m'effondrer. Elle me saisit par le poignet.

— Viens avec moi. Nous devons parler. Et on va soigner cette jambe. Vous tous, vous pouvez retourner à vos occupations.

Nous nous réunirons de nouveau demain, à l'heure habituelle. Je m'occupe d'elle.

Personne ne proteste. Les trois vieilles femmes font demi-tour et disparaissent sous une arche basse, à côté de la cheminée. Les autres s'éparpillent dans la salle par petits groupes puis sortent sans se presser par la grande porte. Les suivant des yeux, je découvre enfin le lieu, immense, voûté de pierre ; certains pans de mur sont cachés par des tapisseries si usées que les scènes représentées ne sont presque plus discernables ; je crois deviner un cerf, peut-être une colline, des buissons touffus. Outre le foyer monumental, il n'y a ici que des bancs de bois et deux longues tables. Les fenêtres, placées très haut, sont ogivales. La salle d'un château – ou une ancienne église ? Dans un coin s'entassent toutes sortes d'objets, pelles, pioches, piquets, mais aussi des armes de forme ancienne.

Une traction sur mon bras. J'emboîte le pas à la fille, non sans demander :

— Où sommes-nous ? C'est quoi, cet endroit ?

— Je te le dirai... peut-être, répond-elle. Plus tard.

Elle marque une brève pause et m'offre un demi-sourire.

— Au fait, je m'appelle Alaïs.

* * *

Nous gravissons d'autres escaliers, empruntons de longs couloirs poussiéreux pour arriver enfin dans une pièce ronde, aux murs percés de fenêtres étroites. À l'extérieur résonne le son d'une cloche.

— C'est le repas, m'explique Alaïs. Ceux qui sont de corvée de cuisine mangent après les autres ; ils aiment bien que tout le monde soit à l'heure.

Je répète :

— Tout le monde ? Vous êtes si nombreux ?

Elle sourit.

— On devrait dire *nombreuses*, car il y a parmi nous beaucoup plus de femmes que d'hommes. Encore une règle bizarre de notre langue. Enfin, quand je dis bizarre, ce n'est pas vraiment ça : on sait très bien pourquoi elle existe.

— Pourquoi ?

— Tu ne t'es jamais posé la question ? D'où tu sors ?

— Tu le sais.

— Non, justement, je ne le sais pas. En neuf ans, il peut se passer beaucoup de choses… Tu n'es plus la petite fille qui a jeté cette gourde dans la rivière. Et moi, j'ai changé aussi, j'ai vécu… comme toi… J'ai besoin de savoir, Sanna. Sinon, en dépit de cela – elle touche les souliers qui se balancent sur son torse –, je ne pourrai pas te faire confiance.

Elle se laisse tomber sur le lit qui occupe presque une moitié de la chambre et m'invite, d'un geste, à prendre place sur un tabouret en face d'elle.

— Parle-moi. Je t'en prie.

La cloche s'est tue. Le silence a une qualité particulière, comme si l'air ambiant avait gagné en légèreté. Je ne ressens plus aucune peur. Quelque part, nos enfances mêlées – même si je ne l'ai jamais su – me protègent. Je ne sais pas d'où me vient cette certitude. Mais elle est bien là. Et quand ma voix s'élève, les premiers mots que je prononce me surprennent et me délivrent d'un poids.

— Il ne m'attend pas. Mon ami d'enfance, Kay. Il m'a sûrement oubliée. Je cherche un fantôme…

3

La nuit est tombée pendant que je parlais. Absorbée par mon récit, je n'ai pas vu l'obscurité effacer peu à peu les traits d'Alaïs. Son mouvement pour quitter le lit me ramène à l'instant présent : elle se lève, prend un bougeoir sur la table et l'allume en l'approchant des braises qui rougeoient dans la cheminée.

— Continue, m'encourage-t-elle.

— J'avais fini.

J'hésite. Je pourrais très bien n'avoir dit qu'une partie de la vérité – elle doit en être consciente. Être la Sanna des souliers rouges et une espionne à la solde de Medusa.

Alaïs pose le bougeoir sur un tabouret puis lève les yeux vers moi.

— Rassure-toi, dit-elle. Les anciennes m'ont entraînée à reconnaître les menteurs. Il y a toujours quelque chose, dans leur corps, dans leurs gestes ou leurs regards, qui les trahit. Tu ne m'as pas menti. Tu auras peut-être du mal à convaincre les autres, mais moi, je te crois.

Elle s'installe à nouveau sur le lit, les jambes croisées.

— À mon tour. Tu ne veux pas savoir comment j'ai trouvé ta lettre et ton cadeau ?

— Si, bien sûr.

— J'avais dix ans, deux ans de plus que toi, commence-t-elle. J'habitais alors un village, un peu plus loin au bord du fleuve. Si tu regardes une ancienne carte – nous en avons encore quelques-unes –, tu verras que ta rivière s'y jetait. Elle est à sec maintenant, mais on peut encore suivre son tracé. Notre communauté vivait de la pêche et du fumage des ombles et des saumons. Avec la pollution et les rejets toxiques, les poissons se faisaient de plus en plus rares ; la plupart des familles qui vivaient là ont alors décidé de partir. La mienne en faisait partie. Le dernier jour, je suis descendue sur la rive pour dire au revoir à tout ce que j'aimais et qui allait tellement me manquer : le fleuve, les montagnes, un arbre creux où je me cachais pour lire. J'ai toujours adoré ça. J'y gardais une vieille valise où je rangeais ce que les eaux rejetaient, des bois flottés, des cailloux, des morceaux de verre... Ta gourde, je l'avais trouvée des semaines plus tôt. En la secouant, je m'étais rendu compte qu'il y avait quelque chose à l'intérieur, mais je n'avais même pas essayé d'enlever le bouchon. Tu peux croire ça ?

Elle se met à rire doucement.

— Je voulais attendre une occasion spéciale. Et j'ai réalisé ce jour-là que je n'en aurais plus jamais d'autres. J'étais triste, un peu excitée quand même : j'allais enfin savoir. Je me suis faufilée à l'intérieur du tronc, j'ai ouvert la valise. Les cailloux, les morceaux de bois, je les ai mis de côté pour les porter au fleuve – je lui rendais ce qu'il m'avait donné, en signe d'adieu. Je n'ai gardé qu'une seule pierre et un morceau de racine pas plus grand que la paume de ma main. On aurait dit un cheval, je lui avais même donné un nom : Shen, comme ma jument, que tu verras si tu restes avec nous. Et puis... et puis j'ai enlevé le bouchon de la gourde. Elle était en piteux état, noircie et pleine de bosses, mais encore étanche. J'ai lu ta lettre.

Alaïs baisse les yeux vers ses mains croisées. Je n'entends plus que nos respirations. Au-dehors, tout bruit a cessé. Nous pourrions être seules dans cette immense forteresse. Seules au monde, les dernières survivantes. Une pensée me traverse, fulgurante : ce serait bien. En finir. Effacer l'ardoise. Vivre sans autre espoir que la renaissance progressive de cette planète une fois les humains disparus.

— J'ai souvent pensé que j'aurais dû la lire plus tôt, repend-elle avec un soupir. On aurait peut-être pu se rencontrer. Même si c'était déjà difficile de se déplacer à cette époque, Internet fonctionnait, et tu avais noté une adresse e-mail.

— Celle de mes parents.

— C'est vrai, tu n'avais que huit ans... Tu sais, j'ai gardé cette lettre. Le jour de mon départ, j'ai volé un lacet à ma mère pour pouvoir porter tes petits souliers rouges autour de mon cou. Les toucher me rassurait, je me disais que j'avais une amie quelque part. Tu ignorais tout de moi, pourtant tu existais, tes mots, et cet objet, nous reliaient. Ça m'a aidée dans les moments difficiles.

Elle relève la tête : je comprends qu'elle n'en dira pas plus, pour le moment.

— Et nous voilà, conclut-elle. Ici. Toi et moi.

— C'est fou.

— Oui.

Nous échangeons un sourire. Je glisse mes mains entre mes genoux : elles tremblent.

— Tu es épuisée et tu dois avoir faim, constate-t-elle. Je vais m'occuper de ta jambe et nous redescendrons.

* * *

L'ambiance de la grande salle a changé quand nous y entrons : le feu n'est plus qu'un monceau de braises qui diffuse encore une douce chaleur. À l'extrémité d'une des tables, les anciennes sont installées devant leur repas. Je me raidis.

— N'aie pas peur, dit Alaïs. Elles ne te feront aucun mal. J'ai... disons un peu exagéré leurs pouvoirs.

— Pas exagéré, réplique la plus âgée d'une voix forte et assurée. Tu as menti. À nous trois, nous disposons de dons puissants, mais ils sont tournés vers le soin. Nous n'avons jamais arraché de force ses secrets à un cerveau humain.

— La seule suggestion que nous pourrions le faire suffit en général, ajoute sa voisine.

— Ce qui ne justifie pas cette entorse à la vérité, Alaïs, conclut la troisième. Je n'aime pas ça et tu le sais.

— C'est parfois nécessaire, souligne cette dernière.

— En es-tu certaine ?

Sans répondre, Alaïs, d'un geste, m'invite à m'asseoir.

— Je vais te chercher une portion à la cuisine. J'espère qu'il reste quelque chose, moi aussi, je meurs de faim ! À moins qu'Aurel ne se soit goinfré, comme d'habitude.

— Il s'est plutôt bien tenu, ce soir, fait remarquer l'aveugle. Le bruit de ses mâchoires ne m'a pas importunée dans ma méditation !

Elle se tourne vers moi et me dédie un sourire malicieux ; son visage s'épanouit. Elle a dû être très belle – elle l'est toujours. D'une beauté éprouvée et affinée par la vie.

— Tu n'es pas rassurée, constate-t-elle. Ta frayeur me fait l'effet d'un vent glacé. Quand tu auras dormi et repris des forces, si tu veux bien, tu viendras nous voir. Nous pourrons peut-être t'aider.

Sans grand enthousiasme, je murmure :

— Merci.

Elle hoche la tête et plonge à nouveau sa cuillère dans son bol. Une légère vapeur s'en échappe ; je sens mon appétit se réveiller.

— Voilà.

Alaïs, qui est revenue avec deux bols fumants, en dépose un sur la table qu'elle contourne ensuite pour s'installer en face de moi. Elle me tend une épaisse tranche de pain.

— Bon appétit. Si tu as encore faim après, il reste des fruits secs dans la réserve.

J'essaie de mastiquer lentement. Le ragoût est excellent, même si je ne sais pas ce que je mange. Des légumes, sûrement. Peut-être des céréales ou des lentilles. Un goût anisé que je ne connais pas.

— Ça te plaît ? me demande Alaïs.

J'avale ma bouchée avant d'opiner.

— Lars est un bon cuisinier.

— Ce sont les hommes qui font la cuisine, ici ?

— Non, tout le monde, à tour de rôle. Tu t'y mettras aussi.

— Je… je ne sais pas cuisiner. Et je ne peux pas rester. Il faut que je retrouve Kay. Ce matin, j'ai vu les montagnes. Et le bouclier climatique, cette espèce de… cuvette. Ce n'est pas si loin. Je ne peux pas m'arrêter maintenant.

Alaïs reste silencieuse. Je la vois échanger un regard avec l'une des anciennes, qui a cessé de manger et suit notre échange avec attention.

— Tu tombes de sommeil, intervient cette dernière. Va te coucher, fille. Tu auras les idées plus claires demain matin.

J'acquiesce. Mes paupières sont lourdes. J'avale une dernière bouchée avant de me lever. Alaïs me prend la main.

— Viens. Il y a une petite pièce à côté de la mienne qui sert de débarras, tu y dormiras cette nuit. Il y a un lit. Dorreh a raison, demain… Eh bien, il fera jour.

Je la suis à nouveau à travers la forteresse. Mes membres sont lourds ; les murs, à la clarté vacillante des torches fichées dans des anneaux de métal rouillé, semblent onduler, se rapprocher puis s'écarter. Je ne sens plus le sol sous mes pieds ni la douleur de ma jambe. Je flotte. C'est un rêve. Ou peut-être pas.

Nous arrivons sur un palier, je ne le reconnais pas, il y a deux portes. La voix d'Alaïs résonne étrangement.

— Ici, c'est ma chambre, où tu es déjà venue… et là, la tienne. Dors bien. On parlera plus tard.

Elle me lâche la main pour m'effleurer la joue. Ses yeux brillent.

— Demande à la nuit d'apporter la réponse à cette question : qu'est-ce que tu veux vraiment ? Tu m'as dit que tu cherchais un fantôme, et tu étais sincère. D'où vient ta loyauté ? Est-ce qu'elle ne te retient pas prisonnière, d'une certaine façon ? Es-tu sûre de toi ?

Elle sourit.

— Cela fait beaucoup de questions. Peut-être parce que je suis triste de t'avoir trouvée pour te perdre aussitôt. Dors bien, Sanna.

Le battant pivote sous sa poussée. Je titube vers le lit.

Je n'entends même pas la porte se refermer.

* * *

Un bruit métallique me tire du sommeil. J'ouvre les yeux, mon corps encore engourdi – j'aimerais prolonger ce moment, avant que courbatures et écorchures ne me rappellent où je suis et comment j'y suis arrivée. Quelques secondes seulement. Retourner à la nuit, aux songes, à une dimension où n'existent ni le froid, ni la faim, ni la douleur physique.

Ni le temps.

Si je rêvais encore, je n'aurais pas à faire un choix. C'est la première pensée qui me traverse alors qu'au-dehors le tintement se répète encore et encore. Lentement, je me lève et tente quelques pas incertains vers la fenêtre. La vitre qui obture l'ouverture ronde est voilée de poussière, je la nettoie du bout des doigts et plonge le regard dans la cour en contrebas. Deux femmes et un jeune garçon s'affairent autour d'un bidon où brûle un petit feu. L'espace est réduit, entouré de hautes tours de briques. Une arche large et haute permet de voir, à quelque distance, la lisière du bois. L'une des femmes tient un marteau avec lequel elle frappe un objet posé sur une énorme enclume. À quelques mètres d'elle, attachés à des anneaux scellés dans la muraille, deux animaux de grande taille, au poil brun, paraissent somnoler.

Des chevaux ! Je n'en ai jamais vu, sauf dans des films. Ils me paraissent immenses et doux malgré leurs membres forts, leurs sabots et leurs encolures musclées. Les yeux mi-clos, ils secouent de temps à autre la tête pour chasser une mouche.

— Tu es réveillée.

La voix d'Alaïs m'arrache à ma contemplation. Je me retourne. Debout dans l'encadrement de la porte, elle me fixe avec gravité. Elle ne porte plus son bandeau et ses cheveux sont tressés. Ainsi coiffée, elle paraît plus âgée, plus sévère aussi.

— Viens prendre ton petit déjeuner. Nous n'avons pas beaucoup de temps, dit-elle.

J'ai dormi tout habillée. Je me sens sale, encore ensommeillée. Hâtivement, je passe mes doigts dans ma chevelure ébouriffée.

— Pas beaucoup de temps... Pourquoi ? J'aimerais me laver...

— Plus tard. Les autres veulent te parler.

— Mais tu...

— Je ne peux pas prendre seule la décision de t'accueillir – ou de te laisser partir. Ou encore de... enfin, tu verras. Viens.

Sans un mot de plus, elle me fait signe de la suivre et tourne les talons. Un brouillard glacé s'infiltre par les meurtrières, je frissonne. Je rêve d'un baquet d'eau chaude. Je m'étonne :

— Chez moi, il n'y a pas de brouillard pendant la Sèche... Je veux dire l'hiver.

Alaïs ne se retourne pas, mais répond :

— Le climat ici est différent. Je dirais que la nature commence à reprendre le dessus. Et il y a de l'eau.

Nous n'entrons pas, cette fois, dans la salle commune, mais dans une cuisine située au même niveau. Dix personnes pourraient s'abriter sous le manteau de la cheminée où, entre de lourdes grilles de fer, brûle un feu nourri. Au-dessus, une marmite suspendue à un crochet. Un homme d'une maigreur presque effrayante en remue le contenu avec une longue cuillère en bois.

— Salut, Alaïs, lance-t-il.

— Noam. Bonjour. Ne laisse pas brûler la soupe, aujourd'hui. Tu as du pain pour nous ?

Visiblement vexé, le cuisinier se redresse.

— Rassis, mais vous le tremperez. Asseyez-vous.

Il s'éclipse par une petite porte qui doit donner sur une réserve et en rapporte deux bols qu'il pose devant nous avant d'y verser une louche de liquide bouillant.

— Tout le monde est là, précise-t-il. Vous feriez bien de vous dépêcher.

Alaïs porte sa cuillère à sa bouche, grimace.

— J'aimerais, mais c'est trop chaud.

— Jamais contente, celle-là, commente le cuisinier en ôtant son grand tablier. La soupe ne brûlera pas, sois tranquille. Et vous avez deux minutes, pas plus.

Je goûte la bouillie de pain, qui me réchauffe un peu. Mais je n'ai pas le temps d'avaler plus de trois bouchées : Alaïs est déjà debout. Elle n'a rien mangé et sa nervosité est contagieuse. Je repousse mon bol.

— On y va, ordonne-t-elle.

Je me lève. J'ai l'impression d'avoir fait ça des dizaines de fois depuis mon départ des mines : suivre des gens qui pensent savoir ce qui est le meilleur pour moi. Aux fourmillements qui me picotent les membres ainsi que la peau de mon crâne, je pressens que ça ne va pas durer. Je ne suis plus la Sanna docile qui s'efforçait de survivre un jour après l'autre, de ne pas attirer l'attention, de fuir les punitions, les représailles. Je ne suis plus la fille qui, apprenant qu'elle allait être violée, s'est effondrée en tremblant sur son matelas, attendant et redoutant que le pire se produise. Je ne suis plus celle qui a fait confiance, aveuglément, à Adalbert Corneille. Lui était sincère – bien que prisonnier, sans le savoir, de Medusa.

Sanna, la vraie Sanna, ou plutôt la Sanna d'aujourd'hui (en quoi est-elle plus vraie que les autres, je l'ignore encore) n'a pas hésité à menacer, à se battre pour obtenir les moyens de continuer son voyage. Elle a ramé sur le fleuve, a fait du feu pour se réchauffer, a dormi la tête contre la coque de sa barque ; elle a goûté la liberté.

Elle est capable de se révolter, de prendre son destin en mains.

À moi, maintenant, d'en faire la preuve.

4

Une rumeur contenue nous accueille dans la grande salle. Tandis qu'Alaïs, me précédant, se fraie un chemin dans l'assistance, je reconnais certains visages : les deux femmes que j'ai vues travailler auprès des chevaux, Noam le cuisinier, Aurel, les Anciennes. Et les enfants, toujours assis, jambes croisées, devant la cheminée. L'un d'eux, un garçon aux boucles noires, a passé un bras autour du cou du chien nommé Orion. Il me rappelle Kay, ses yeux brillent de curiosité, ses lèvres relevées en un demi-sourire moqueur sont gercées, comme l'étaient celles de mon ami en hiver. Il a les genoux couverts de croûtes, ses vêtements sont rapiécés, ses cheveux en désordre. Sa vitalité est contagieuse, je me surprends à sourire en croisant son regard.

Sur notre passage, tous se sont tus ; quand Alaïs fait face à l'assemblée, le silence est total. Sans tourner la tête vers moi, elle tend une main pour me toucher le bras.

— Nous nous sommes réunis la nuit dernière pendant que tu dormais, m'informe-t-elle. Tu n'auras donc pas à répéter ton récit. Quelques-uns d'entre nous souhaitent te poser des questions, et j'aimerais que tu y répondes. Ensuite, nous prendrons une décision.

— Qui prendra une décision ? Vous seulement ? Vous attendez donc de moi que je l'accepte sans discuter ?

J'ai dû rassembler tout mon courage pour lancer ces questions. Ma voix est rauque, je la maîtrise avec difficulté.

À ma grande surprise, c'est le jeune garçon qui me répond :

— Tout le monde peut parler, ici. Moi aussi, ils m'écoutent.

Il marque une pause.

— Enfin, presque toujours.

Un éclat de rire général ponctue sa repartie. Je sens la tension de mes épaules se relâcher légèrement.

— Nous n'attendons pas cela de toi, Sanna, confirme Alaïs. Mais je comprends que tu aies peur, car...

Je la coupe :

— Je n'ai pas peur de vous.

— Vraiment ? Si j'avais été reçue comme tu l'as été hier, j'aurais peur. Ce n'est pas une honte, seulement un réflexe de survie. Qui peut te paralyser ou, au contraire, t'aider à dépasser tes limites.

D'un mouvement du bras, elle me désigne l'assemblée.

— Ici, nous acceptons la peur, la souffrance, la colère. Et l'erreur. Ce n'est pas toujours facile. Mais on essaie, au moins. Dans cette salle, tu n'es pas obligée de te montrer forte ni de cacher tes émotions. En revanche, tu dois être honnête.

Je ne peux pas m'empêcher d'ironiser :

— Donc, hier, c'était quoi ? J'ai vraiment senti la démonstration de force !

— Tu as raison. On l'a joué bande de brigands assoiffés de sang. Plutôt réussi, non ? Il y a pas mal d'anciens acteurs dans notre troupe.

J'inspire profondément pour affronter ceux que je ne peux m'empêcher de voir comme des accusateurs.

Une femme se lève.

— Quand tu étais enfant, tu as envoyé un message en espérant trouver, loin de chez toi, une amie ou un ami. C'est un récit très émouvant, mais maintenant tu es une adulte et tu dois nous prouver que tu n'es pas venue ici pour nous nuire. Nous t'écoutons.

J'encaisse. Ça commence mal.

— Je ne peux pas vous le prouver, mais réfléchissez. Vous m'avez empêchée de continuer sur le fleuve, sinon je serais passée sans même me douter que vous viviez là. Je voulais – je veux – franchir le bouclier climatique et retrouver mon ami d'enfance, ou au moins savoir ce qu'il est devenu. C'est tout. Ce que vous faites ici ne me regarde pas.

Je m'interromps, la bouche sèche. Un homme âgé, sur ma droite, se lève à son tour et crie :

— C'est de la folie ! Personne ne peut aller là-bas. Tu ne peux pas être aussi naïve. C'est un mensonge, un piège !

— Nous en avons déjà parlé, Ivan, intervient Alaïs. Et tu sais que la majorité d'entre nous ne pense pas comme toi. Quel mal Sanna pourrait-elle nous faire ?

— Un seul fruit pourri suffit pour gâter une récolte, grommelle le dénommé Ivan en reprenant son siège. Tu verras. Ils sont nombreux, perfides. Ils n'attendent qu'une défaillance de notre part pour nous massacrer.

Son regard ne me lâche pas. J'y lis tant d'hostilité que je détourne le mien, mal à l'aise.

— Ivan a raison sur un point, reprend la femme qui a parlé la première. Nous voulons bien te croire, Sanna, mais même si tu avais poursuivi ton voyage, tu n'aurais pas pu franchir le bouclier climatique. La protection de cette zone a été conçue pour repousser les intrus. Aucun de nous n'a pu y pénétrer. Certains… ont essayé. On ne les a jamais revus. Ou dans quel état !

Son voisin se lève à son tour, enfouissant ses mains dans ses poches. C'est un adolescent – il doit avoir quinze ans. Il prend la parole.

— Je m'appelle Azar. Mon père voulait le faire. Il n'a écouté personne, il est parti. C'était il y a un an. C'était un as de l'informatique, avant le Nuage, avant… tout ça. Pour lui, il était possible de désactiver cette barrière à condition d'avoir accès à l'unité centrale. Il avait prévu de profiter d'une faille du système ou d'une période de maintenance… Je ne sais plus très bien. Il pensait pouvoir passer pour un de leurs serviteurs. C'était un projet fou. On a essayé de l'en dissuader, mais non, il était… tellement têtu… Il…

Sa voix se fêle. Il se racle la gorge et se rassied brusquement.

— Nous avons fini par lancer des recherches, poursuit Alaïs. Et nous l'avons retrouvé. Ce qui restait de lui ; un corps calciné que nous avons reconnu aux armes qu'il portait. Nous n'avons jamais su ce qui lui était arrivé. Et personne après lui n'a été assez courageux ou assez fou pour tenter la même aventure.

Je m'étonne.

— Tu dis « personne après lui ». Est-ce que cela veut dire qu'avant…

— Oui. Trois d'entre nous. Eux ont disparu sans laisser de traces. Mais le bouclier, lui, est toujours là, ce qui veut dire qu'ils ont échoué. Crois-tu pouvoir mieux faire, Sanna, avec ta seule volonté ? As-tu un plan ? Des connaissances poussées en informatique ? Une arme nucléaire à ta disposition ?

Elle a raison. Même si j'atteignais l'unité centrale qui verrouille la barrière climatique, je ne saurais pas comment la neutraliser. Et il y a très peu de chances que je parvienne jusque-là.

Je baisse la tête. Quand je me suis lancée sur les traces de Kay, je n'avais rien à perdre, sauf ma vie, et je m'en moquais. Rester à la mine, c'était la mort aussi, mais sans aucun espoir d'y échapper ou d'accomplir une tâche utile. Je n'avais pas le choix.

Et maintenant ?

Alaïs s'est rapprochée de moi. Je sens sa main chercher la mienne, la serrer. Je puise dans ce contact le courage dont j'ai besoin – est-ce du courage ? Elle a parlé d'honnêteté. Oui. C'est cela. Je dois être honnête au risque de me montrer vulnérable.

Je me décide à me confier – et tant pis si certains me sont hostiles, comme cet Ivan dont je ressens l'antipathie de manière presque palpable.

— J'ai peur. J'ai peur *maintenant*. Avant… c'était comme si je courais à une allure folle. Je poursuivais quelque chose que je ne pouvais pas voir. Ni même imaginer. Vous m'avez arrêtée, et je devrais vous en remercier car, sinon, j'aurais probablement subi le même sort que ton père, Azar. Mais si je réfléchis aux dangers qui m'attendent, je vais renoncer. Et je suis si près de toucher au but. Si près…

— Pas si près que ça, intervient l'une des femmes qui ont déjà pris la parole. Le bouclier climatique est visible à une grande distance, mais il est immense ; si tu reprenais ta route par le fleuve, il te faudrait encore des jours et des jours pour l'atteindre.

— De petites communautés vivent le long du fleuve, ajoute Alaïs. Nous troquons parfois avec elles des outils, des textes, des objets, des vivres. Mais aucune ne s'est établie à moins de cent kilomètres de la barrière. C'est trop dangereux.

— Pourquoi ?

— Les patrouilles. Et le froid. Le bouclier ne laisse rien entrer, mais les températures très basses se font ressentir à une grande distance.

Je réplique :

— Je ne comprends pas pourquoi ils vivent dans un froid pareil. J'ai l'impression de l'avoir toujours su, mais personne ne me l'a expliqué. Et je ne me suis jamais vraiment posé la question – je sais, c'est idiot. Je crois que je pensais que les Glacés n'étaient pas tout à fait humains. Qu'ils étaient... des monstres. Ou des robots.

C'est l'une des Anciennes qui me répond, celle qui n'est ni grande ni aveugle, la seule que je n'ai pas entendue jusque-là.

— Le froid permet d'éliminer la plupart des bactéries. Et vivre dans un royaume de glace... quoi de mieux pour ne jamais risquer de manquer d'eau douce ? L'eau, ils la gardent pour eux ; le reste, ils le prennent, de force s'il le faut. Ils ont sans doute trouvé des médicaments ou des drogues qui leur permettent de s'adapter.

L'homme nommé Ivan se lève, repoussant le banc dont les pieds raclent le dallage avec bruit.

— J'en ai assez entendu, grommelle-t-il. Même les bébés, ici, en savent davantage. Sommes-nous ici pour instruire une gamine sans cervelle ? Ce sera sans moi.

Il me jette un dernier regard furieux et sort de la salle. Je remarque sa claudication prononcée. À chaque pas, son pied traîne sur le sol.

— Ivan est le grand-père d'Azar, chuchote Alaïs. L'homme dont on parlait tout à l'heure, Brodnan, était son fils. C'est lui qui a trouvé le corps ; il ne s'en est jamais remis. Avant, il chantait, il récitait des poèmes et des contes, c'était l'un des plus joyeux d'entre nous ; maintenant... tu as vu.

Je souffle :

— Oui. Et sa jambe ?

— Une part de son passé qu'il n'a jamais voulu partager avec nous.

La porte s'ouvre et se ferme avec fracas. Avec un sourire triste, l'Ancienne reprend :

— Sanna, n'aie pas honte. Là d'où tu viens, on vous a maintenus dans l'ignorance. Bercés de fausses promesses et d'informations inexactes. Isolés comme du bétail contaminé, réduits en esclavage. Que peut l'esprit quand le corps est exténué ? Et tu es si jeune.

Il y a eu, il y a encore parmi vous des militants, des opposants, mais leurs voix ont été étouffées car leurs vies ne comptaient pas. La plupart sont morts, certains d'entre eux se sont réfugiés ici, ou plus loin, dans les villages dont nous venons de parler.

Elle fait un signe de la main. Une première femme se lève. Puis une autre. Deux hommes assis côte à côte. Une fille pas tellement plus âgée que moi, portant un bébé.

— Mon fils est né aveugle, dit-elle. Avec une plaie dans la gorge qui ne s'est pas encore refermée. Je ne viens pas des mines, mais des carrières de pierre qui se trouvent à cinquante kilomètres de ta ville, Sanna. J'imprimais un journal clandestin, mais j'ai dû partir avant d'accoucher. Si j'étais restée, je sais à présent que j'aurais dû confier Manoël au dispensaire, et qu'il y serait mort très vite. Ici, il est soigné. Je peux le nourrir. Je n'ai pas peur, achève-t-elle avec simplicité avant de reprendre sa place sur le banc. Sauf pour lui.

Je les regarde. L'un après l'autre. Du plus jeune, le petit Manoël, à la plus âgée – l'Ancienne aux yeux blancs. Celle-ci tend une main vers moi.

— Toi non plus, tu ne dois pas avoir peur, dit-elle. Viens là, mon enfant, que je te voie.

Je m'approche jusqu'à ce que ses doigts me frôlent la mâchoire. Avec lenteur, elle explore mon visage, s'attardant sur mes paupières, ma bouche, mes tempes. Malgré moi, je pense aux menaces d'Alaïs. Cette femme est-elle vraiment capable de s'insinuer dans mon esprit ? De me dérober mes souvenirs ? Pourtant, je me sens bien – détendue, en confiance. Une chaleur douce se répand dans tout mon corps.

Tout à coup, une main se pose, à plat, contre mon dos.

— Tu es en train de t'endormir, dit Alaïs. Ne tombe pas.

Il y a de l'amusement dans sa voix, et une tendresse qui, elle aussi, me réchauffe. Elle m'aide à m'asseoir sur le banc. Je ne suis plus face aux autres, en position d'accusée ou d'étrangère ; ils m'entourent. Je ressens avec acuité leur respiration, leurs mouvements, leur odeur. J'ai fermé les yeux ; je n'ai plus besoin de les voir, ils sont présents. Je me sens, étrangement, reliée à eux.

— Nous allons t'aider, Sanna, dit encore la vieille femme. Tous. C'est une promesse. La tâche que tu as juré d'accomplir est désormais celle de chacun d'entre nous. Mais n'essaie pas de trahir notre confiance : il y aura toujours un œil sur toi.

5

Quelques heures plus tard – c'est déjà le crépuscule, je perds la notion du temps entre ces murs épais, dans ces salles immenses et le plus souvent vides –, lavée et vêtue d'un pantalon, d'une chemise en laine brute et d'une veste chaude sans col, aux manches larges, je suis de retour dans la chambre d'Alaïs. À notre dernier passage dans la cuisine, elle a rempli un panier de provisions : des galettes, des débris d'un fromage dur et une poignée de noix qu'elle casse sur une pierre.

— Tu peux les manger, tu sais, dit-elle, la bouche pleine. Elles sont bonnes. Les premiers qui se sont installés ici ont commencé à utiliser des plantes hyperaccumulatrices de métaux lourds pour restaurer les sols. Elles concentrent les substances toxiques dans leurs feuilles et leurs tiges et freinent la contamination de nappes phréatiques. Ce n'est pas la solution miracle, mais c'est un début. Une fois la terre dépolluée – sur un mètre de profondeur à peu près, on la nourrit et on cultive en bacs. Tu as dû remarquer que le Nuage ne vient pas jusqu'ici ; la proximité du bouclier climatique nous protège, d'une certaine façon. Et on filtre l'eau avec d'autres plantes.

Je dis :

— Des phragmites. J'en ai entendu parler.

Je grignote un morceau de fromage : le goût est aigrelet et doux à la fois.

— Qu'est-ce que c'est ?

— Du fromage de jument. Les cavaliers mongols s'en nourrissaient, il y a longtemps. Nous avons six juments ici, dont deux sont pleines, et deux étalons. Contrairement aux nomades, nous utilisons juste le lait en excédent, quand les poulains sont rassasiés.

— J'ai vu des chevaux par la fenêtre de la chambre, tout à l'heure.

— Probablement Vega et Shen. Shen est la plus grande, elle porte une étoile de poils blancs au milieu du front. Comme elles n'auront pas de poulain cette année, on les a ferrées pour pouvoir les monter à l'extérieur de l'enceinte, dans la caillasse. Hors de la forêt, les chemins sont mauvais.

Elle se penche vers le panier resté sur le dallage aux joints effrités.

— J'ai pris une des dernières bouteilles de cidre. Noam me tuera s'il s'en aperçoit. Mais je prends le risque. Tu en veux ?

— Je n'en ai jamais bu…

Je la regarde verser le liquide doré et pétillant dans deux gobelets.

— Nous avons quelque chose à fêter, Sanna. Nous nous sommes retrouvées… C'est quelque chose, non ? J'avais cessé d'y croire. Avoir une amie, une amie spéciale, je pensais que ce n'était qu'un rêve de gosse. Que cela n'arriverait jamais.

Quand elle me tend le gobelet, nos doigts se frôlent. Sur sa chemise, les petites chaussures rouges se balancent à chaque mouvement. Cette danse lente me fascine, comme si mon passé s'animait sous mes yeux. Je m'attends presque à voir ma mère ou mon père pousser la porte, la fenêtre s'ouvrir sur les bruits familiers de mon quartier.

Je bois une longue gorgée, puis une autre. C'est frais, délicieux.

— Et toi, Alaïs ? Comment es-tu arrivée ici ?

Ma curiosité se double du besoin de m'arracher aux images et aux sensations qui m'assaillent. Kay, Rahil, nos rires, nos lectures sous les roses... C'est trop. Trop pour ce soir.

— Je peux te dire quand, mais pas comment, répond-elle. Pas exactement.

— Je ne comprends pas...

— Une partie de ma mémoire s'est effacée, explique-t-elle. Mes derniers souvenirs remontent au jour où j'ai ouvert la gourde et trouvé ta lettre et ton cadeau. J'avais dix ans. Ma famille partait, d'autres suivaient. Je nous revois sur la route pleine de nids-de-poule, avec nos vieux camions, nos remorques, et même une charrette tirée par un âne, comme pendant l'exode de la Seconde Guerre mondiale. Nous, les enfants, on était perchés sur des matelas enveloppés de bâches et posés sur le reste du chargement. C'était presque un jeu, on sautait à terre, on courait un moment le long du convoi, puis on remontait sur un véhicule qui n'était pas forcément le nôtre. Ça n'avait pas d'importance, tout le monde se connaissait. Et puis...

Alaïs se tait ; son regard se fixe à la pointe de la flamme d'une bougie.

— Je ne sais pas ce qui s'est passé, reprend-elle quelques secondes plus tard. À un moment, je me suis retrouvée seule à l'arrière d'une camionnette. J'ai dû m'endormir, bercée par le bruit du moteur. Ce sont les dernières sensations nettes qui me restent : l'odeur de fer rouillé, le contact contre ma joue d'un sac qui contenait des objets durs. Après, tout devient flou. Il y a eu des cris horribles, des bruits de coups, ça, j'en suis à peu près sûre. Puis plus rien. Ensuite... Je suis ici. J'ai douze ou treize ans. Les Anciennes m'ont raconté qu'elles m'avaient « sentie ». Je tournais autour du château sans oser y entrer, probablement. J'étais maigre à faire peur, un vrai chiot affamé. Elles ont envoyé Aurel et Ivan à ma recherche, ils m'ont trouvée et mise à l'abri. Sans elles, sans eux, je serais morte.

— Tu veux dire que… pendant deux, trois ans… tu n'as…

— Rien.

Elle vide son verre, le repose.

— Rien, répète-t-elle. Et c'est terrible. Comme si on avait taillé au couteau dans ma vie. Quelqu'un, je ne sais pas qui, en a emporté un morceau, et je ne pourrai jamais le retrouver.

J'objecte :

— Tu m'as dit que les Anciennes étaient capables de lire dans les souvenirs. Est-ce qu'elles ont essayé ?

— Bien sûr. Pas à mon arrivée, j'étais beaucoup trop faible. Je portais des vêtements plutôt luxueux, mais usés, déchirés. J'avais été battue et sous-alimentée. Je criais de peur dès qu'on m'approchait. C'est pour ça que je déteste tout ce qui vient de Medusa, crache-t-elle avec hargne. J'ai toujours pensé que… j'avais été enlevée… que j'avais vécu là-bas. J'ai dû leur servir de jouet ou d'esclave… me révolter… m'enfuir ? Je ne sais pas. Ryna m'a dit que ma mémoire était verrouillée. Bloquée. Au moins deux ans de ma vie, Sanna. On me les a volés !

À nouveau, elle touche son pendentif.

— Mais j'avais gardé ça… Personne ne s'était soucié de me le prendre. Peut-être parce que ce petit objet n'avait aucune valeur. Pour personne, sauf pour moi. Ces chaussures rouges, c'est ce que j'ai de plus précieux. La seule chose qui me relie à ma vie d'avant, à mes parents… à l'amie que je n'avais jamais rencontrée…

Sa voix se casse. Elle enfouit son visage entre ses mains et se met à pleurer. J'hésite, puis je pose une main sur son épaule. Elle tremble. Les mots ne me viennent pas. Que pourrais-je lui dire ? Ma vie est sillonnée de déchirures atroces et de scènes de mort, mais personne ne m'a privée de ma mémoire. Même si j'aurais parfois préféré effacer certains souvenirs.

Avec des gestes maladroits, je l'entoure de mes bras et l'attire contre moi. Son front vient se loger au creux de mon cou, je sens l'humidité de ses larmes. Je commence à la bercer doucement. Mes lèvres bougent, des sons fluides et doux s'en échappent, pas des phrases, rien de reconnaissable, juste des sons. Quand Kay manquait trop à Grand', je la tenais ainsi, parfois, et je murmurais la même mélopée. Quelque chose en moi se dilate comme pour absorber le chagrin, l'entourer de douceur.

Nous restons ainsi un long moment. Ses cheveux ont un parfum de plantes, je ne sais pas lesquelles, il y a longtemps que je n'ai pas respiré autre chose que la poussière, la fumée du Nuage et la sueur. Jusqu'à ces derniers jours, j'avais même oublié que d'autres odeurs pouvaient exister.

Enfin, je sens son corps se relâcher, devenir plus lourd contre mon buste. Je souffle :

— Tu vas dormir, maintenant.

Je l'aide à s'allonger sur le lit, à ôter ses bottes. Puis je remonte sur elle la couverture de grosse laine rêche. Elle m'agrippe la main, la serre.

— Reste avec moi. S'il te plaît. J'ai peur de mes rêves.

— D'accord.

Elle se retourne vers le mur, je m'étends contre son dos, sous la couverture.

— Serre-moi, chuchote-t-elle. Serre-moi fort. Empêche-les de me voler cette nuit aussi.

Je répète :

— D'accord.

Sa respiration devient presque aussitôt plus régulière. Je me redresse sur un coude pour souffler la bougie ; l'obscurité nous enveloppe. Les ténèbres n'ont, ce soir, rien d'hostile. Nous respirons ensemble, au même rythme. Le lit se réchauffe, devient un cocon douillet où rien de mauvais ne peut nous atteindre. Je me sens enfin à ma place. En sécurité.

Et cette illusion est si puissante que je bascule presque aussitôt dans le sommeil.

* * *

Ce n'est pas le jour qui me réveille, ni le son du marteau heurtant le fer dans la courette en bas de la tour. J'ouvre les yeux sur un noir si profond qu'il semble habité d'une volonté propre, celle de me maintenir dans l'inconscience et l'oubli. Je perçois à peine la respiration d'Alaïs. Depuis qu'elle s'est endormie, elle n'a pas bougé. Si une mèche de ses cheveux ne m'effleurait pas la joue, je pourrais croire qu'elle n'est plus là.

J'ai entendu quelque chose – en rêve ? Un bruit feutré, celui d'un objet tiré, ou poussé, à même le sol. Pourtant, il n'y a personne à cet étage du château, l'escalier étroit aménagé dans la tourelle ne mène qu'à deux pièces : la chambre d'Alaïs et celle où je devrais me trouver en ce moment.

Je tends l'oreille. Rien. C'était un rêve, ou un oiseau nocturne laissant traîner ses ailes sur le toit d'ardoises. Il y a encore des oiseaux, par ici. J'aimerais les voir, admirer leur vol en levant la tête, une main en visière au-dessus des yeux. Comme avant.

Avec un soupir, je me tourne sur le côté droit. L'aube est encore loin, je vais me rendormir. La fatigue est bonne, délicieuse même, elle engourdit mes membres au point que je ne sens presque plus mon poids dans le creux du matelas ; des images défilent sous mes paupières sans lien logique, formes éphémères d'inconnus qui me sourient ou me font signe de les accompagner, barques noires fendant l'eau sans laisser le moindre sillage derrière elles, hommes courbés tirant vers une fosse un corps enveloppé dans une couverture en mauvais état… tirant, tirant, tête basse, tous leurs muscles bandés…

Tchhhh… tchhhh…

Arrachée à mon assoupissement, je me redresse sur un coude pour mieux écouter. Le bruit a cessé. Il reprend. S'interrompt de nouveau. Ça vient de la pièce voisine. Quelque chose bouge de l'autre côté du mur. Peut-être un rongeur… ou un serpent ? Y a-t-il des serpents, par ici ?

Un grognement étouffé me parvient. Avec lenteur, pour ne pas réveiller Alaïs, je repousse la couverture et m'assieds au bord du lit. Quel animal peut grogner ainsi ? Un grattement, à nouveau, m'alerte. La veille, Aurel est venu déposer dans ma chambre le matériel récupéré dans ma barque, elle-même arrêtée en aval du lieu de ma capture par un autre filet. Les caisses sont restées ouvertes pour évacuer l'humidité. Si cet animal, quel qu'il soit, fouille mes provisions de voyage, ce sera une perte pour tout le monde.

Je me lève. Il fait froid, je tâtonne sur le matelas où je trouve la veste ôtée quelques heures plus tôt. Pas besoin de chaussures, j'ai gardé mes hautes chaussettes de laine. Silencieusement, je me dirige vers la porte, ramassant au passage un bâton posé contre un tabouret. Le battant pivote avec un très léger grincement ; aussitôt, je me fige, mais les grattements continuent.

Je sors sur le palier. Un courant d'air froid, venant de l'escalier, me fait frissonner. À présent, j'entends d'autres bruits, le choc répété du sabot d'un cheval quelque part dans une des cours ou des écuries qu'Alaïs m'a fait rapidement visiter, les craquements de la charpente, le sifflement du vent qui soulève les ardoises du toit.

Tchhhh… tchhhh…

L'animal se déplace d'un bout à l'autre de la pièce. Retenant mon souffle, je me colle contre le chambranle. Par la meurtrière qui perce le mur au niveau du palier, je constate que le ciel a pâli. Je n'aurai peut-être pas besoin de lumière – de toute façon, j'ai oublié de prendre une bougie.

En passant les doigts sur le bois raboteux, je constate que la porte n'est pas fermée. J'ai dû oublier de rabattre la clenche hier, après m'être changée, laissant le champ libre à mon visiteur nocturne.

Une légère poussée – je distingue à présent la fenêtre, un coin du lit –, un simple cadre de planches garni d'une paillasse et de couvertures. Sur le plancher, une flaque de clarté me laisse deviner des traces dans la poussière. Comme si quelque chose avait été traîné d'un mur à l'autre.

Un froissement. Puis plus rien. Peut-être l'animal a-t-il pris peur, s'est-il blotti dans un coin. Si j'avance, je vais l'effrayer davantage. Une main sur la porte, j'hésite deux ou trois secondes.

Deux ou trois secondes de trop.

Une main dure étouffe mon cri. Un coup me fauche les jambes, un autre, plus violent, m'atteint à la tempe.

Je bascule en arrière – perdant conscience avant même de toucher le sol.

PARTIE V

Ce grimoire vient de m'apprendre que Kay est, en effet, près de la Reine des Neiges. Il y est très heureux, il trouve tout à son goût ; c'est, selon lui, le plus agréable lieu du monde. Cela vient qu'il a dans le cœur un éclat de verre, et dans l'œil un grain de ce même verre, qui dénature les sentiments et les idées. Il faut les lui retirer ; sinon il ne redeviendra jamais un être humain digne de ce nom, et la Reine des Neiges conservera tout son empire sur lui.

1

Je rêvais.

Kay était là, tout près – cependant, quand je marchais vers lui, la distance entre nous ne se réduisait pas. De surcroît, une paroi translucide, parcourue de reflets colorés, s'élevait entre nous, et l'image de mon ami m'apparaissait étrangement déformée, ses membres formant des angles anormaux.

Il était assis sur le sol, absorbé dans ce qui ressemblait à un jeu de construction. Ses longues mains déplaçaient des fragments de glace de forme géométrique ; il les assemblait avec soin et lenteur, avant de les disperser aussitôt d'un geste impatient.

Concentré sur son jeu, il ne me voyait pas. Ne prêtait aucune attention à ce qui l'entourait, ni aux globes lumineux qui dérivaient lentement à diverses hauteurs, ni aux statues dépourvues de visage. Pétrifiée, incapable de crier son nom ou de frapper de mes poings la paroi qui nous séparait, je le dévorais du regard.

Cela durait.

Longtemps.

Enfin, je prenais conscience que je n'étais plus seule. ELLE se tenait derrière moi. Sans connaître son identité, sans m'être retournée pour la dévisager, je savais que c'était une femme. Son rire doux et léger résonnait dans ma tête – alors même que je ne percevais aucun son.

— Regarde-le. Oui, regarde-le bien. Il n'a plus besoin de toi. Il ne sait même plus qui tu es, petite fille, chuchotait-elle. Ne crois-tu pas qu'il est temps d'affronter la réalité ? Les roses, les contes, les premières tendresses... Ce ne sont que des illusions. On ment aux enfants, ne le savais-tu pas ? Comment les éduquer à la docilité si on ne les gave pas tout d'abord de merveilleux ? Tu verras, murmurent en toute innocence les mères, les pères, les grand-mères, les histoires : tu verras, les méchants sont toujours punis et les bons récompensés. Reste tranquille, obéis à ceux qui savent. Sois honnête et travailleuse, loyale envers ceux qui chaque jour te trahissent. Laisse-toi dépouiller ; applaudis aux excès de ceux qui s'accaparent la richesse. Admire-les. Envie-les. Essaie de leur ressembler. Prête la main à leurs destructions. Ferme les yeux sur leurs nuisances. C'est si facile. Les assassins reçoivent leur juste châtiment, les princes épousent parfois des bergères. Enfin, c'est ce que l'on dit. Et si on le dit, cela doit être vrai. Je te promets un merveilleux destin...

Son souffle me caressait la nuque. Ce parfum, je le reconnaissais : c'était celui de ma mère, celui des feuilles de menthe dont elle se frottait les tempes et les bras en été – les touffes de menthe qui poussaient en désordre dans notre caisse avaient résisté bien plus longtemps que les roses. Il endormait ma méfiance, me submergeait d'un désir puissant : celui d'être approuvée et guidée. Consolée. Mise à l'abri.

Une caresse sur mes cheveux, à peine perceptible.

— Pourquoi refuser le bonheur, Sanna ? Viens avec moi. Je peux combler tes rêves les plus fous. Je peux te rendre immortelle. Il te suffit de dire un mot... un seul mot... Il suffit... d'accepter...

Chancelante, je me suis retournée. Et j'ai plongé dans son cœur la lame que j'avais, tout ce temps, tenue serrée au creux de ma paume. Encore. Et encore. Jusqu'à ce que son corps lumineux s'affaisse et commence à fondre sur le sol gelé, jusqu'à ce que, suivant sa chute, je me jette à genoux pour accélérer sa destruction en l'arrosant de mes larmes brûlantes, éparpillant peaux, os, cheveux, grattant, grattant la glace avec furie...

Je racle une surface friable. Ce n'est pas de la glace. Je n'ai pas tué cette femme au parfum menteur ni délivré Kay ; je suis étendue à plat ventre dans l'obscurité, je sens le sang goutter de plaies à mes genoux et à mes coudes. Avec effort, je tourne la tête : un élancement douloureux me traverse. Ouvrir les yeux me coûte. Une nausée me force à les refermer aussitôt. Quelques secondes plus tard, nouvelle tentative, nouvelle nausée. J'essaie de respirer lentement, profondément, de chasser les questions angoissées qui m'envahissent. Que s'est-il passé ? Je me souviens avoir dormi – j'entends encore la respiration égale d'Alaïs tout près de moi... puis... plus rien. Si. Il y a eu quelque chose. Je me suis levée pendant la nuit... Un bruit, un choc... le noir.

Puisque je suis obligée de garder les yeux fermés, je me sers de mes autres sens pour tenter d'explorer l'espace où je me trouve. Le sol, sous moi, est meuble, une substance molle s'est accumulée sous mes ongles : de la terre. Odeurs de moisissure, de pierre humide. J'ai été attaquée, assommée, transportée là. Mon agresseur guette-t-il mon réveil ? Se tient-il debout à deux pas de moi ? Je ne détecte aucune présence. J'ignore où je me trouve, mais j'y suis seule.

Une lueur filtre entre mes cils. Tout près de mon visage bouge un petit animal. Terrifiée, je sursaute. La bête aussi : ce n'est que ma main, maculée de traces boueuses. Mes doigts agités de tressaillements spasmodiques imitent la marche d'une araignée géante.

Je l'observe un moment, comme si elle m'était étrangère, détachée de moi, affranchie de ma volonté. Je vois les sillons tracés par mes ongles et, dans le creux laissé, des cailloux à peine plus gros que des grains de sable.

La douleur de ma tête s'atténue, je parviens à me tourner sur le flanc. La lumière devient peu à peu plus vive, le jour doit être levé. Mes membres me font mal. Je lève une main pour tâter ma tempe, j'y trouve une bosse douloureuse. C'est bien cela : j'ai été assommée. En face de moi, un mur d'énormes pierres grossièrement taillées et assemblées. La clarté vient de plus haut – d'une sorte de soupirail condamné par une grille rouillée. Je me tourne de l'autre côté : le même mur, sans le soupirail. Une cave ou une grange. J'essaie de m'asseoir, un vertige me prend, mais je tiens bon. Je redresse le buste pour regarder tout autour de moi. Et ce que je découvre m'arrache un gémissement affolé.

Il n'y a pas de porte. Rien. En renversant la tête, je peux seulement distinguer la forme d'une trappe au ras du plafond voûté. Mon ravisseur a dû l'ouvrir pour me jeter dans cette prison – une chute de trois mètres, au moins. J'ai de la chance de ne pas m'être cassé une jambe, ou pire.

De la chance. Je ricane.

Il n'y a aucun moyen de sortir d'ici. Je serais mieux au fond d'un puits à sec – au moins, là, je verrais le ciel, je pourrais crier. Un passant, alerté par l'écho de ma voix, me porterait peut-être secours. Dans l'une des histoires que Kay et moi lisions, je ne me rappelle plus laquelle, il y avait cette phrase : « Aussitôt après avoir porté la main sur la personne du roi, il fut mis au secret. » *Au secret*. Kay m'avait expliqué alors que les châteaux du Moyen Âge étaient bâtis sur un réseau de souterrains, passages menant vers d'autres châteaux ou permettant de s'enfuir en cas de siège, cachots où l'on pouvait en toute impunité enfermer ses ennemis sans que nul, jamais, ne puisse savoir où ils étaient détenus – d'où le secret. Il y avait même d'autres mots pour désigner ces endroits :

in pace. En latin, « en paix ». Pour qui, cette paix ? Pas pour les malheureux qui croupissaient là jusqu'à leur mort.

Et certainement pas pour moi.

J'ouvre la bouche pour hurler, mais le son jailli de ma gorge se coupe net. Inutile. Si quelqu'un peut m'entendre, ce sera forcément celle ou celui qui m'a enfermée là, et je ne veux pas lui donner le plaisir de savourer ma détresse. Même si j'ai envie de crier, oui, de m'époumoner à m'en rompre les cordes vocales, de cogner les murs jusqu'à ce que le sang suinte de mes jointures, jusqu'à ce que je retombe, à bout de fatigue, sur le sol de terre battue.

Je suis tout habillée, mais sans chaussures – je me rappelle à présent les avoir laissées dans la chambre d'Alaïs, pour ne pas faire de bruit en sortant de la pièce. Mes pieds sont glacés. Je m'assieds en tailleur, les frictionne. Il ne me reste plus qu'à espérer que mon silence suscitera la curiosité. Le chasseur qui croit sa proie morte s'en approche ; il, ou elle, viendra peut-être voir si je me suis rompu la colonne vertébrale dans ma chute ou s'il me reste un souffle de vie.

Il ne me reste plus qu'à attendre.

* * *

Plus tard – des heures, mais combien ? Je n'ai aucun moyen de mesurer le passage du temps –, un grincement se fait entendre. Je lève la tête : la trappe se soulève. J'aperçois une main sortant d'une manche brune, à l'ourlet effiloché. Une boule de pain roule devant moi. Puis je vois descendre, au bout d'une corde, une cruche fermée par un bouchon de ficelle.

— Défais le nœud, ordonne une voix rauque.

Par un réflexe stupide, j'obéis – mais aussitôt mes doigts se crispent sur la corde, que j'enroule autour de mes poignets.

— Lâche, petit serpent !

Je reconnais cette voix. Ivan ! Le père de l'homme mort brûlé en cherchant à franchir le bouclier climatique. Le seul qui ait exprimé ouvertement son hostilité envers moi. Un autre souvenir surgit dans ma tête encore endolorie : le bruit que j'ai entendu cette nuit… ou la nuit précédente… *Tchhhh… tchhhh…* c'était lui. Le boiteux. Il traînait sa jambe raide là où j'aurais dû me trouver, endormie. Pas pour fouiller mes affaires ou pour voler quoi que ce soit. Pour m'attirer. Pour me faire tomber dans son piège.

Et il a réussi.

De toutes mes forces, je m'accroche à la corde. Je ne sais même pas pourquoi je m'obstine : même si mon geôlier la lâche, elle ne me servira à rien. Les murs n'offrent aucune saillie qui pourrait me permettre de tenter l'escalade.

Sur une saccade brutale, le crin tressé file entre mes paumes, me brûlant la peau au passage. Le bout de la corde me fouette le visage. Un rire aigre retentit.

— Je te l'aurais bien laissée – par miséricorde, pour te pendre… à condition que tu trouves un clou ou une cheville pour l'accrocher ! Mais j'en ai besoin. Nous avons besoin de tout ce qui peut être utile. Et ce qui est inutile ou nuisible doit être éliminé. Ces gamins, là-haut, ils n'en ont pas conscience. Ils sont pleins de belles idées généreuses. Ils veulent sauver le monde. Quelle connerie ! J'ai tout de suite compris que tu n'étais qu'un parasite. Si j'avais laissé faire, tu nous aurais détruits.

Il se penche un peu plus, sa tête et ses épaules se découpent au-dessus de l'ouverture carrée.

— Écoute-moi bien, parce que c'est la dernière fois que tu entends une voix humaine : la nourriture et l'eau vont te permettre de tenir quelques jours. On ne laisse personne partir vers les ténèbres sans provisions, même les pires criminels. Tu sais à quand remonte cette coutume ? À des millénaires. L'une des déesses honorées à Rome, à cette époque, s'appelait Vesta, et ses prêtresses-servantes, des vierges, les vestales. Elles étaient choisies très jeunes, à l'âge de six ans, et se relayaient pour entretenir le feu sacré dans le temple. Vesta était la déesse du foyer ; ce feu ne devait jamais s'éteindre sous peine de grands malheurs pour le peuple tout entier. Si une vestale manquait à ses vœux de virginité, elle était punie de mort. Pourtant, sa personne restait sacrée, on ne pouvait pas l'exécuter. Mais les Romains étaient malins, vois-tu. Ils avaient trouvé un moyen. Ils ne tuaient pas la coupable, ils la vouaient aux dieux de l'obscurité et de la mort en l'enfermant dans un caveau dont ils scellaient l'entrée. Et ils lui laissaient un pain et une cruche d'eau. Le temps faisait le reste. Qu'en penses-tu ?

À nouveau ce rire, rauque, insupportable. Puis le silence. Ivan ne bouge pas. Qu'attend-il ? Que je me mette à pleurer ? Veut-il me voir défigurée par la terreur avant de rabattre la trappe ? Se laisserait-il apitoyer ?

Non. Il est fou. De douleur, de rage. Rien ne l'entamera, ni mes larmes ni mes supplications.

— Alaïs va me chercher.

C'est tout ce que j'ai trouvé à dire, d'une voix si faible que je ne suis pas sûre d'avoir été entendue. Il reste immobile. Puis son bras se tend et le battant de la trappe commence à descendre – lentement, très lentement.

— Alaïs va me chercher !

Cette fois, j'ai crié.

— Évidemment, répond Ivan avec indifférence. Elle a déjà commencé. Je lui ai d'ailleurs offert mon aide. Comme ma mauvaise jambe ne me permet pas de participer aux battues, je dois fouiller le château. Tu aurais pu faire une chute dans un escalier, ajoute-t-il, ponctuant sa phrase d'un autre rire grinçant. Être blessée, quelque part, incapable d'appeler à l'aide. Pauvre petite chose. Ma tâche est d'écarter cette possibilité. Ce soir, je pourrai lui dire que j'ai visité le moindre recoin de cette bâtisse... Oh, ne t'en fais pas trop pour Alaïs : sa tristesse se dissipera bientôt. Elle a de quoi s'occuper ici. Et nous sommes là pour elle, non ? J'espère que cette pensée te sera un réconfort. Maintenant... adieu.

Enfin, enfin, un hurlement de louve me déchire la gorge.

Trop tard.

La trappe est retombée.

Je suis dans ma tombe.

2

La journée s'écoule, puis la suivante. Une autre encore, peut-être. Je ne remarque plus le retour ou l'absence de la lumière. Heures, jours, semaines, mois, années, ces mots ne m'évoquent plus rien qu'une suite de syllabes, des sons auxquels j'associais des couleurs, avant. Janvier bleu, février rose tirant sur l'orange, mars jaune, avril vert, août rouge sombre. Le commencement de ma captivité a déjà sombré dans l'oubli, et la fin... je sais bien ce qu'elle sera. Seul le battement de mon cœur me reste, j'appuie mon pouce à l'intérieur de mon poignet et je compte, je compte, puis je m'endors et tout est à recommencer.

Au fond cela n'a aucune importance, combien de temps je vais mettre à mourir.

Non ?

Je suis allongée sur le dos, juste sous la trappe. J'écoute ma respiration. Je passe la main sur mon ventre, par-dessus mes vêtements. Le contact de ma peau me réconforterait peut-être un peu, mais mon propre corps me répugne comme s'il était déjà passé par toutes les étapes de la putréfaction et du dessèchement, ce serait... toucher les os d'un squelette ou une poignée de sable. Ou une croûte de sel sur la vase d'un marais. Une méduse échouée en plein soleil, loin de la ligne de marée.

Là où je suis à présent, il ne se passera plus rien. Plus de marée, de flux et de reflux. Ivan l'a dit, nul ne peut m'entendre, personne ne viendra me chercher.

Je n'ai pas touché à la boule de pain ni ôté le bouchon de la cruche. Je sens la faim et la soif, mais loin – semblables à deux chauves-souris géantes qui voleraient en cercle au ras de la voûte. Bientôt, elles descendront vers moi et me couvriront de leurs ailes. Là aussi, il suffit d'attendre.

J'essaie de ne pas me dire que la vie continue dans les étages supérieurs du château, mais je ne parviens pas à repousser certaines images, le feu sur la dalle de la grande cheminée, les marmites accrochées à leur crémaillère de fer dans la cuisine bien chaude, deux mains pétrissant la pâte, Alaïs couchée dans sa chambre, le visage tourné contre le mur, les yeux ouverts. Est-elle en colère contre moi ? Inquiète ? Déçue ? Pleure-t-elle ? Je voudrais tant le savoir. Peut-être, après ma mort, pourrai-je me glisser dans les fentes de la trappe et m'approcher d'elle. Je me pencherai sur son épaule et je lui raconterai tout – ou pas. Je ne serai pas un spectre réclamant vengeance, je la consolerai. Je lui promettrai de veiller sur elle, toujours. Aurai-je ce pouvoir ? J'aimerais le croire. Qu'il n'y ait plus ni limite ni contrainte. Rien ne m'arrêtera : je chevaucherai le Vent de Mort réduit à un coursier docile, et je découvrirai ce qui est arrivé à Kay… Lui aussi, je le sauverai… Grand', là où je la retrouverai peut-être, ne me reprochera pas d'avoir renoncé.

À travers la grille passe un peu plus de lumière. C'est le plein jour. Je devrais entendre quelques bruits, même ténus, provenant de l'extérieur, mais c'est toujours le même silence. Peut-être l'ouverture donne-t-elle sur un fourré de ronces, un endroit où personne ne va jamais. Ivan a dû y penser. Dans son obsession de me faire disparaître, il a pensé à tout.

Et soudain – un choc. Un tintement plutôt, celui d'un objet métallique heurtant la pierre. Lointain, mais perceptible. Il se répète plusieurs fois. S'interrompt. Recommence, à un rythme plus rapide. Comme une marque d'impatience, d'énervement.

Je lève les mains, les presse contre mes oreilles. Je préférerais ne pas entendre. Ne plus jamais rien entendre qui vienne de là où des gens vivent, mangent, se disputent ou rient. M'incorporer à la matière froide du caveau où je suis ensevelie, ne plus laisser aucune émotion m'atteindre.

Voilà. C'est fini. Le tintement familier. Je l'ai bien reconnu. Le marteau, les fers, la cour. Les chevaux. Ils ne sont pas si loin.

C'est fini, mais pas pour mon corps. J'avais réussi à l'anesthésier, il se révolte. Je me dresse sur mes jambes, les bras levés, appelant, implorant, folle, oui, je suis folle, quelle démence s'est emparée de moi, je tourne sur moi-même, je titube, frénétique, comme ivre, je danse, oui, je danse, des cris sauvages montent de ma gorge, de bien plus bas en fait, de tout ce qui me fait vivante et pulse et saigne et suinte.

Je tourne. Je danse. Je hurle. Je tombe.

Étourdie par le choc, je me recroqueville, le front contre la muraille. Des points lumineux tourbillonnent devant mes yeux. Quand leur ronde se calme enfin, j'ai l'impression que certains d'entre eux se sont immobilisés au ras du sol et je continue à les fixer du regard, hébétée. Un dernier clignotement – ils s'éteignent. Mais restent là, pattes de mouches noires bien accrochées à une pierre en saillie.

Des insectes gelés ? Non. Plusieurs traits qui se recoupent, et ce qui ressemble à une inscription. Du moins la partie supérieure d'un mot impossible à déchiffrer. La barre d'un « t », les renflements d'un « n ». Le reste est enfoui dans la terre. Sans réfléchir, je tends les mains vers le mur et je commence à dégager les petites lettres-insectes. Il y en a d'autres. Et le sol, à cet endroit, n'est pas tassé. En me mettant à genoux, je sens un objet dur contre ma cuisse : c'est la cuillère qu'Alaïs m'a donnée, chacun a la sienne ici, a-t-elle précisé, fais attention de ne pas la perdre. Elle est en bois, assez profonde : ce sera toujours mieux que mes doigts, le sang commence déjà à suinter de mes ongles fendillés.

Je travaille assez vite. Bientôt, je peux reconstituer deux mots : « ancienne citerne ». Ils sont placés en haut d'un rectangle comportant deux ouvertures. Plus bas, une sorte de cône qui communique avec le rectangle par son plus petit côté. Une flèche pointe vers la base, avec les mots « silo à grains ». Sur un côté, de petits traits à intervalles à peu près réguliers, comme une échelle pour fourmis.

Une échelle ? Le souffle court, je lâche ma cuillère. Quelqu'un, je ne sais pas quand et je ne saurai jamais qui, a pris la peine de représenter l'endroit – l'*in pace* – où je suis enfermée. Le cône, le silo à grains : l'ouverture au sommet, la trappe, le rectangle, la pièce qui se trouve au-dessus. Et la flèche, que désigne-t-elle ? Le point qu'elle désigne pourrait être placé sous la grille. Est-ce qu'il y avait là, à une époque lointaine, des pitons de fer permettant de l'atteindre ? Si c'était le cas, ils ont été enlevés.

Je me lève et longe le mur, tâtonnant dans la pénombre, jusqu'à ce que la faible clarté venant de la grille me touche la main. Rien ne dépasse, sauf un moellon en saillie auquel je m'accroche, désespérée. Il n'y a rien. Aucune aspérité visible. Le faible espoir qui avait ranimé mes forces m'abandonne, mes jambes mollissent – et je chute dans un nuage de poussière, de terre et de mortier.

* * *

Plus tard – une autre nuit est passée, le jour s'est levé, trempant les pierres d'un gris pâle et grumeleux –, mon pied s'enfonce dans la dernière cavité et mes doigts se referment autour des barreaux. Je suis assez haut maintenant pour distinguer la targette massive qui, une fois tirée, doit permettre à la grille de pivoter sur ses gonds. À condition que la rouille ne l'ait pas soudée et que je puisse en faire coulisser le pêne.

Je n'ai pas compris tout de suite que la pierre descellée par ma chute représentait le premier « barreau » de l'échelle. Qui l'avait dégagée, puis replacée dans la cavité ? Qui avait pris la peine de laisser à portée de ceux qui seraient enfermés là un plan d'évasion ? Combien étaient morts, de privations et de détresse, sans le trouver ? Encore une chose que j'ignorerai toujours, mais quand je me suis relevée pour explorer la muraille, quand j'ai senti bouger une deuxième pierre à cinquante centimètres environ au-dessus de la première, une bouffée de reconnaissance m'a envahie, dilatant mes poumons où l'air confiné, tout à coup, circulait plus librement.

Comme l'obscurité gagnait, je n'ai pas poussé plus loin mes recherches. Ma faim s'était réveillée, féroce, ma soif aussi. Je me suis jetée sur la boule de pain, je l'ai dévorée à grosses bouchées, j'ai lampé presque toute l'eau contenue dans la cruche de poterie, n'en gardant qu'un fond pour le lendemain. Puis je me suis allongée, les jambes repliées contre ma poitrine. J'avais froid, mais j'étais vivante à nouveau, et déterminée : j'allais essayer de dormir quelques heures et, au jour, je tenterais l'ascension. J'étais à peu près certaine qu'Ivan ne viendrait pas me surprendre : il jetterait peut-être un coup d'œil plus tard pour se repaître du spectacle. Peut-être pas, d'ailleurs : j'étais tombée dans ce cachot comme un caillou dans l'eau, des rides s'étaient formées, elles allaient s'élargir en cercle et s'effacer. Il ne prendrait pas le risque de revenir là où il avait commis son crime. Au contraire, il prendrait grand soin de m'oublier. De faire comme si rien ne s'était passé.

J'étais fébrile, je me tournais sans cesse, guettant sur la muraille le rectangle plus pâle qui signalerait l'approche de l'aube. Quand enfin je me suis endormie, j'ai rêvé à nouveau : je flottais cette fois dans un brouillard si dense que je ne voyais même pas ma main tendue devant moi. Et pourtant, je percevais des présences, des esprits errants, désolés, dont les gémissements me parvenaient par intermittence. Cela n'a pas duré longtemps, mais quand j'ai ouvert les yeux, j'ai cru entendre, très distinctement, une dernière plainte. J'ai levé la tête, le brouillard était bien là, il se déversait entre les barreaux entrecroisés comme l'haleine d'un fantôme. C'était à la fois une bonne et une mauvaise chose : si je parvenais à m'évader, son écran couvrirait ma fuite, mais m'empêcherait de m'orienter correctement. Je devais à tout prix retrouver le fleuve, or j'étais arrivée les yeux bandés, et...

Je me suis forcée à maîtriser mes pensées. D'abord, sortir. La grille pouvait résister ; je ne disposais d'aucun instrument pour gratter la rouille ; ma cuillère en bois n'y suffirait pas. Et mes forces n'allaient pas tarder à me trahir. C'était maintenant ou jamais. Il serait toujours temps, une fois dehors, de tirer des plans.

J'ai bu ce qui restait d'eau dans la cruche, je me suis essuyé les lèvres d'un revers de main, j'ai resserré le nœud de ma ceinture, et j'ai commencé mon ascension.

* * *

C'est maintenant. J'inspire, la bouche ouverte, je souffle et je me hisse sur le rebord. Pour garder mon équilibre, je dois laisser un pied dans la cavité où logeait le dernier moellon que j'ai jeté en bas. Ma jambe, mon corps, sont inconfortablement étirés. J'ai à peine la place de glisser une main entre les barreaux de la grille, j'assure ma prise un peu plus haut. Là. C'est mieux.

Au-dehors, je ne distingue, comme je le pensais, qu'un épais roncier. Des flèches de jour percent entre les rameaux hérissés d'épines. Je regrette brièvement mon poncho, dont j'aurais pu m'envelopper la tête et les mains. Mais il est resté dans la chambre que j'occupais au château avec le reste de mes affaires, et je n'en suis pas encore là.

Le bouton de la targette porte tant de flocons de rouille que sa forme s'est modifiée : on dirait une châtaigne dans sa bogue ou une boulette de viande trop cuite. Je le saisis de la main gauche et tente de le faire coulisser. Il résiste. Je m'y attendais. Ma découverte d'hier tenait du miracle : je ne pouvais pas m'en sortir si facilement.

Je secoue la targette, de haut en bas, de gauche à droite. Je crache dans ma paume, plusieurs fois, avant de faire couler ma salive entre les pièces de fer. Ça ne marchera pas. Ça ne peut pas marcher. Il me faudrait de l'huile, de la graisse... La douleur d'une crampe fulgure dans mon mollet, je serre les dents. Je ne vais pas tenir longtemps.

— Allez, allez. Bouge !

Rien. Malgré la fraîcheur de l'air, je commence à suffoquer. Ma lèvre supérieure se couvre d'une fine pellicule de sueur, un voile jaune pointillé de lucioles affolées passe devant mes yeux, le sang bat à mes tempes, dans ma gorge. Je me cramponne de plus belle à la grille. Tenir bon. Ne pas m'évanouir, sinon je tomberai comme une pierre et, cette fois, je ne suis pas certaine de m'en tirer indemne.

Je me fige, le temps que les battements de mon cœur s'apaisent un peu. Et c'est là que je la vois. Une pièce rectangulaire, amincie par le temps et l'usage, un pêne qui a dû être cassé, remplacé et qu'on a laissé là, au pied de l'ouverture, en des temps plus insouciants où le moindre débris n'était pas récupéré. Si j'enfonce un peu plus la main dans l'interstice entre les barreaux, je pourrai la saisir et m'en servir pour gratter la rouille. Cela prendra peut-être du temps. Je dois rester calme, patienter, mesurer chacun de mes gestes. Si difficile, vraiment ? J'ai l'impression de n'avoir fait que ça de toute ma vie. On m'a dressée dans ce but. Autant que les automatismes servent, pour une fois.

Mes doigts se faufilent dans le piège de fer dont les aspérités m'écorchent la peau.

Et enfin, la grille cède. Et s'ouvre.

Vers la vie.

* * *

Quand j'émerge du roncier, couverte d'égratignures, les vêtements et les bas déchirés, il pleut. Si l'adrénaline ne courait pas encore dans mes veines en un flot brûlant, je pourrais crier de joie, mais j'ai l'impression que les gouttes rebondissent sur ma peau sans la toucher vraiment. Vers l'est, une ombre coule des bois comme une autre rivière. La masse de la forteresse se dresse au-dessus de moi, impénétrable. C'est sa face aveugle qui me domine. Aucune lumière ne la troue.

Je pourrais rentrer. Il fait jour, Ivan n'oserait rien tenter contre moi. Mais je ne peux pas éliminer la menace qu'il représente. Que pèserait mon récit face à ses dénégations ? Les gens qui vivent ici le connaissent depuis des années, moi, je suis l'étrangère, la dernière venue. On ne me croira pas. Alaïs, elle-même, doutera.

Le tintement perçu quand j'étais enfermée dans la cave reprend, plus distinct cette fois. C'est le choc d'un sabot ferré contre les pavés de la cour où les maréchales s'occupent des chevaux. Tout près – peut-être en haut de la pente broussailleuse, sur la gauche, là où…

… il y a une porte. J'aurais pu ne pas la remarquer tant elle se confond avec la muraille. Je me rappelle maintenant l'avoir aperçue de la fenêtre de la chambre où j'ai dormi la première nuit. Elle était alors ouverte ; l'une des femmes l'avait franchie pour sortir de l'enceinte.

« Il y a un sentier, m'a dit plus tard Alaïs, qui mène aux enclos où on garde les juments pleines pendant la journée. De là, on peut rejoindre le fleuve en traversant les bois. »

Comment ai-je pu oublier ? Un chemin. Le fleuve. Un cheval à l'attache, là-haut, dans la cour. Impatient, donc seul.

Avec un peu de chance.

3

Il fait déjà nuit quand je sens à nouveau l'odeur caractéristique de l'eau, des plantes mortes et vives, de la fraîcheur des pierres mouillées. J'ai suivi le sentier en menant la jument par sa longe – c'est Shen, je l'ai reconnue à l'étoile blanche qu'elle porte au front –, me râpant la plante des pieds sur les racines saillantes. À la barrière de l'enclos, elle a dressé les oreilles, henni ; j'ai eu peur que quelqu'un vienne, mais je n'ai vu personne et je me suis hâtée de la conduire vers le sous-bois. Elle m'a suivie, tournant encore une fois la tête vers ses congénères, mais sans bruit cette fois, peut-être heureuse de s'éloigner des lieux connus. Bien que je ne connaisse rien aux chevaux, pourquoi n'auraient-ils pas le goût de l'aventure ?

Entre les arbres, le sentier continuait, décrivant une boucle autour d'une grange effondrée. Plus loin, il se réduisait à une trace, effacée par endroits sous l'accumulation des feuilles mortes. Sans doute n'avait-il pas été emprunté récemment. Le crépuscule venant vite, je me suis égarée à plusieurs reprises et j'ai fini par le perdre tout à fait. Je savais cependant que le fleuve se situait sur ma gauche, légèrement en contrebas de la forteresse, et j'ai continué à avancer dans cette direction. J'avais conscience que je ne devais pas perdre une minute, pourtant je ne pouvais pas m'empêcher de ralentir et de tendre l'oreille, attentive aux moindres bruits derrière moi. Pourvu que personne ne soit entré dans la cour juste après mon passage ! J'avais laissé la petite porte ouverte pour faire croire que la jument s'était échappée, et j'espérais de toutes mes forces qu'Ivan ne serait pas prévenu – pas avant le lendemain. Sa jambe l'empêcherait de se lancer seul à ma poursuite, mais d'autres pouvaient suivre le même sentier pour tenter de retrouver Shen : ils me ramèneraient de force à la forteresse, comme une voleuse... ce que j'étais, à mon grand regret.

* * *

Enfin, le fleuve. Au-delà des troncs et des branches dépouillées, le miroitement de l'eau se devine. Quelques mètres me séparent encore de la berge ; le sentier s'interrompt ici. Je m'immobilise. La jument, accommodante, m'imite : j'entends son souffle dans mon dos. Elle ne manifeste aucune impatience, comme si ces randonnées nocturnes lui étaient habituelles. Elle gratte seulement un peu la couche végétale et tire sur sa longe pour attraper quelques brins d'herbe près d'une souche.

Je chuchote :

— Et maintenant, Shen ? Qu'est-ce qu'on fait ? Il faudrait traverser, ne pas rester sur cette rive. Mais comment ? Je ne sais pas nager. Toi... en fait je n'en sais rien. Est-ce que les chevaux nagent ? Tu peux me le dire ?

Mes yeux fouillent la surface de l'eau, ce tissu noir traversé de plis changeants, animé d'un mouvement lent et continu. Le courant est fort. Je ne peux pas prendre le risque de m'y lancer.

— On continue. Tu veux bien essayer de me porter ? Mes pieds saignent. J'ai mal.

La jument s'ébroue. Avec hésitation, j'avance une main vers elle et je caresse l'étoile qu'elle porte au front. Elle semble apprécier, s'appuie contre ma paume. Je la fais avancer un peu vers la souche, sur laquelle je monte – espérant qu'elle ne soit pas trop pourrie. Le bois résiste. Je pose les mains sur le dos de Shen. J'ai vu des films, bien sûr, avant, où des cavaliers enfourchaient leur monture d'un bond souple, ou enfonçaient leur pied dans l'étrier avant de s'installer en selle. Je n'ai ni selle ni étrier, et j'ai peur, si je saute sur son dos, que la jument ne prenne peur et détale au grand galop. Je lui gratte un peu l'épaule, puis je me décide.

—Tu ne bouges pas, d'accord ? On ira plus vite ensemble. Et je suis sûre que tu vois mieux que moi dans le noir. Tu ne tomberas pas, tu sauras choisir ton chemin. Juste... ne bouge pas. S'il te plaît, Shen.

Prenant appui sur mes bras, je me hisse lentement jusqu'à ce que mon ventre repose sur son dos ; elle lève la tête, mais demeure immobile. Encore plus lentement, je bascule vers l'avant et passe ma jambe droite par-dessus sa croupe. Pour me redresser, je me cramponne à sa crinière tout en continuant à l'implorer tout bas.

— Ne bouge pas... Shen, sois gentille, ne bouge pas...

Elle reste immobile, s'ébroue simplement, la tête basse. Je serre trop fort la longe, la paume me brûle. Mes muscles sont tendus à l'extrême. Pourtant, il ne se passe rien. Je sens simplement la chaleur des flancs de Shen contre mes cuisses. Je me force à respirer, à me détendre.

— Allons-y. Si tu veux bien.

Miracle ! Elle se met en marche, d'un pas lent et sûr qui s'allonge quand nous parvenons sur la bande de sable, au ras de l'eau. Une brise chargée d'embruns mouille ma peau, mes doigts, sur les crins, se desserrent un peu. C'est presque agréable, ce balancement. Je pourrais m'y habituer.

Il faudra bien que je m'y habitue, en fait.

Un peu plus loin – la nuit est claire, comme si la couverture nuageuse s'amincissait à mesure que je progresse vers le bouclier climatique –, une nappe d'écume s'étale sur le courant. Shen ralentit, frappe le sol du sabot. Un hennissement sourd roule dans sa gorge.

Je tourne les yeux vers le fleuve, plisse les paupières. Ce que j'ai pris pour une mousse sale n'en est pas une, en réalité : l'eau bouillonne autour de multiples rochers qui affleurent à la surface. La jument s'est immobilisée.

— Tu veux me dire quelque chose, Shen ?

Et tout à coup cela me revient : le gué ! Alaïs l'a mentionné quand elle m'a parlé des échanges que sa communauté entretient avec les quelques villages situés au nord de la forteresse. Difficile à passer, a-t-elle précisé. Il faut bien le connaître.

J'hésite. Shen a sûrement déjà traversé le fleuve à cet endroit, c'est pour cela qu'elle s'est arrêtée. Elle attend que je lui indique où je veux aller. Je dis :

— On devrait peut-être rester ici jusqu'au matin.

Nouveau hennissement étouffé.

— Tu n'es pas d'accord ?

Un soupir, profond, me répond. La jument ploie l'encolure vers moi, comme pour évaluer la créature humaine qu'elle a accepté de porter – créature crispée, malhabile et peureuse –, puis se décide. Un sabot dans l'eau, un deuxième. Je retiens mon souffle. J'enroule des poignées de crins autour de mes mains. Je serre les mollets. Ne pas tomber, surtout, le courant me roulerait sur les roches coupantes, je ne pourrais plus me relever. Je sens que je gêne ma monture : je suis un poids mort. Comment faire pour l'aider ? Soudain, elle glisse sur une pierre posée presque de champ dans le courant, trébuche, se rattrape, ses mouvements heurtés me ballottent, mes bras me font mal. Alors j'essaie de me coller à elle, de respirer au même rythme. Les yeux fermés pour ne plus être tentée de guetter la rive opposée. C'est difficile, mais de toute façon, sur un cheval, je ne suis pas aux commandes. Autant laisser faire.

Shen paraît plus à l'aise. Je reste attentive à ses mouvements, à son souffle. Derrière la barrière de mes paupières se déploie un chemin clair, il n'a de l'eau que l'apparence, il est sûr, je me le répète, la jument est si légère, elle se déplace en effleurant à peine les remous de la pointe de ses sabots, elle...

Et soudain – c'est fini. D'une puissante détente des postérieurs, Shen a sauté sur la berge et s'ébroue.

J'ouvre les yeux. Mes oreilles bourdonnent. Devant moi s'étend un taillis bas, coupé de lignes plus claires, marques de passages répétés. Nous avons réussi – *elle* a réussi. Je relâche ma prise sur les crins de Shen et je murmure :

— Merci.

* * *

Au milieu de la journée suivante, je mets enfin pied à terre et je m'écroule sur le sol à côté de Shen, épuisée. Chacun de mes muscles est douloureux. La jument me donne un petit coup de tête presque affectueux avant de s'éloigner de quelques pas pour brouter l'herbe rase. Encore une qui a appris à se contenter de peu. Sa longe traîne derrière elle. Il faut que je me lève, que je la dénoue, sinon elle risque de se prendre les pieds dedans. Et si elle s'échappait ? À cette idée, une sueur glacée m'inonde. Je croasse :

— Shen !

Ses oreilles bougent : elle est absorbée par son repas, mais elle écoute. Je réitère mon appel.

— Shen !

Comme à regret, elle me fait face – attrapant au passage une touffe de graminées qu'elle se met à mâchonner. Ses yeux sombres et doux, où veille une lueur que je ne sais pas identifier, me fixent avec gravité et, j'en ai l'impression, un peu d'agacement. Je pose les paumes sur le sol, plie un genou dans un effort pitoyable pour me remettre debout. Quelques pas trébuchants, et je la délivre de sa longe que j'accroche à une branche basse. Puis je me roule en boule sous un buisson, là où mousse et lichens sont un peu plus épais, et je m'endors.

Je rêve.

J'ai froid. Je n'ai jamais eu si froid. Je ne sens plus mes mains ni mes pieds, mes paupières sont collées par le gel. Un martèlement rythmé me parvient, lointain encore. Mon corps vibre, ce sont des tambours, ils résonnent, ils se rapprochent, ils annoncent mon exécution. Je vais mourir. Le froid qui tétanise mes membres desserrera son étreinte, je glisserai enfin dans le doux, le chaud, le silencieux. Cela fait trop longtemps qu'on se connaît, ma mort et moi : elle s'est souvent enroulée autour de mes chevilles, chaque fois j'ai réussi à la chasser d'un coup de pied, à sauter hors du cercle, à fuir.

C'est fini. Elle m'a rattrapée.

Elle est tellement belle – la mort. Je ne pensais pas être émerveillée en découvrant son visage... émerveillée au point de lui tendre les bras, d'accepter mon sort sans révolte. De renoncer à ce que je voulais accomplir dans cette vie. D'aspirer à l'anéantissement.

Les tambours sont tout près, maintenant. Il n'y a plus longtemps à attendre. Si seulement je n'avais pas si froid.

Je me réveille, gelée et trempée. J'ai des crampes à l'estomac. Depuis combien de temps n'ai-je rien avalé ? Un jour, deux ? Rien depuis la boule de pain qu'Ivan m'a jetée avant de refermer la trappe. Le souvenir de la cuisine, dans la forteresse, est presque intolérable : je peux sentir dans ma bouche le goût du ragoût de légumes et du fromage dur, savoureux pourtant. Je salive. Il faut que je trouve quelque chose à me mettre sous la dent, et de l'eau propre, si c'est possible. Moi aussi j'ai appris à me satisfaire de ce que je trouve.

Mon rêve me poursuit, comme si une part de moi s'y attardait consciemment. Une présence rôde à la périphérie de mon esprit, menaçante, sournoise : un prédateur attendant son heure pour s'emparer de sa proie. Patient. Subtil. Silencieux.

Le froid de plus en plus vif affaiblit mes défenses, la proximité du bouclier climatique me rend nerveuse. Je n'ai aucun plan pour le franchir ; jusqu'ici, je me suis concentrée sur le fait de l'atteindre. Dans quelques jours, si j'arrive à trouver de la nourriture et si Shen ne décide pas de se débarrasser de moi, j'y parviendrai. Au bord du monde que j'ai toujours connu, un monde dévasté, souffrant, mais mon monde. La barrière passée – en supposant que ce soit possible – je perdrai tous mes repères. Rien de ce que j'ai appris, même dans la saleté, l'effort et la douleur, ne me servira. Ce sont mes rêves qui me le disent : je ne suis pas de taille.

Je chasse cette pensée, je cherche Shen du regard. À quelques pas, elle somnole, les yeux mi-clos, la tête appuyée contre un arbre. Elle est patiente, elle sait profiter de l'instant présent. Un endroit abrité du vent. Un peu de végétation comestible. Un repos bienvenu. Je devrais l'imiter, mais les tiraillements de mon estomac ne me laissent pas de répit.

D'un pas mal assuré, je me rapproche du fleuve, inspecte les environs. Pas un mouvement. Peut-être que personne ne me poursuit. Mais la jument ? Elle est trop précieuse pour qu'on renonce à la retrouver. Malgré mon épuisement, m'attarder serait dangereux.

Des roseaux poussent au ras de l'eau : une aubaine. Je déterre une poignée de bulbes, je les lave dans le courant et je les croque sans m'attarder à leur goût. Ils me permettront de tenir encore quelques heures. Après ? Cette question n'a aucun sens. Depuis le début, je fais un pas, puis un autre. Obstinément.

Il est temps de repartir. Péniblement, je me relève et fais volte-face. Shen est toujours là où je l'ai laissée, mais elle a relevé la tête et me fixe, les naseaux dilatés – ou plutôt fixe un point juste derrière moi. J'entends un froissement de roseaux, puis une voix s'élève, douce et railleuse.

— Tu ne pensais tout de même pas que j'allais te laisser filer sans rien faire, Sanna ?

4

— Alaïs…

Elle rit, jette sa rame au fond de la barque noire – celle que Nannie a été forcée de me confier pour quitter Medusa –, et saute sur la berge en tirant sur l'amarre.

Bêtement, comme si je doutais de la réalité de sa présence (c'est peut-être, après tout, une hallucination causée par la fatigue), je dis :

— Je ne t'ai pas vue.

— Les roseaux me cachaient. Je voulais te surprendre. Et aussi ne pas être aperçue seule sur le fleuve. Certains villageois ne sont pas très amicaux. Ils se méfient de nous.

Elle noue la corde au tronc d'un arbrisseau et s'approche de moi. Quand elle me prend dans ses bras, je commence à trembler.

— Sanna… Que s'est-il passé ? Quand on m'a dit que Shen avait disparu, j'ai tout de suite fait le lien avec toi. Tu étais introuvable depuis deux jours. Les Anciennes disaient que tu gisais dans un lieu sombre… comme une tombe… que tu étais entre la vie et la mort, en suspens. Mais elles ne parvenaient pas à te situer. Ivan prétendait que ceux de Medusa étaient revenus te chercher, ou que tu les avais rejoints pour leur donner des renseignements sur nous, nos réserves, nos possibilités de défense. Tu préparais une invasion. Il répétait ça sans arrêt. Je ne pouvais pas le croire. J'ai suivi les traces des sabots de Shen, elles menaient droit au fleuve, en direction du gué. Tu n'aurais pas choisi cette voie si tu avais décidé de retourner vers les cités-méduses. Tu continuais ta route. Mais pourquoi n'avoir rien dit ? Nous t'aurions aidée. Tu le savais, nous te l'avions promis. Pourquoi avoir volé un cheval ?

Son regard trahit son désarroi. Elle se recule un peu, sans me lâcher, m'examine des pieds à la tête.

— Et tu n'as rien emporté, ni vêtements ni nourriture... Sanna, je ne comprends pas...

Une houle de sanglots me secoue.

C'est trop – la voir là, sentir la chaleur de ses paumes sur mes épaules, entendre dans sa voix cette note de douloureuse interrogation. Elle croit que j'ai trahi sa confiance. Ou alors elle me prend pour une folle.

— Calme-toi, murmure-t-elle. J'ai apporté des provisions – tu vas manger, ça ira mieux après. En fait, ajoute-t-elle en riant, on peut considérer que je te restitue ton matériel. Plus quelques petites choses. Des bottes et des chaussettes, par exemple. Regarde tes pieds ! Allez, viens.

Elle me guide comme une enfant vers une souche, me fait asseoir, ôte son poncho pour me couvrir. Mes larmes coulent toujours, mais la douleur qui me vrillait la poitrine a un peu diminué.

* * *

À la fin de mon récit, Alaïs reste silencieuse un long moment. Elle n'a pas allumé de feu pour que notre présence ne soit pas détectée : nous nous sommes enveloppées dans des couvertures et nous avons mangé du pain et du fromage dont la pâte renfermait de minuscules graines à la saveur piquante.

Elle trace entre ses pieds, à l'aide d'une brindille, des dessins aussitôt effacés de la pointe de sa botte.

— Je me doutais de quelque chose, dit-elle enfin. L'attitude d'Ivan était inhabituelle. Il avait l'air satisfait. Depuis la mort de son fils, ce n'était jamais arrivé : sa colère, son chagrin… tout ça le rongeait de l'intérieur. Il explosait de rage. Pour des riens. Il critiquait tout. D'un coup, il s'est montré plus conciliant. Il m'a proposé de fouiller la forteresse. Il était gentil avec moi, il ne repoussait plus les enfants à coups de canne. Au début, j'ai cru qu'il était juste content que tu ne sois plus là, parce qu'il se méfiait de toi et qu'une bouche à nourrir en plus, on n'en avait pas besoin. Mais non. Il… regardait ailleurs, tout le temps, il riait même, comme si on lui avait raconté une bonne blague et qu'il avait décidé de la garder pour lui. Hier, je l'ai aperçu dans la cour : il caressait le mur en marmonnant que c'étaient de bonnes pierres, bien solides, qui savaient garder les gens et aussi les secrets.

— Mais tu n'as pas pensé qu'il avait pu essayer de me faire du mal.

— Non. J'ai cru qu'il commençait à perdre la tête. Tu comprends, beaucoup d'entre nous, après ta disparition, ont pensé qu'il avait raison, que tu étais vraiment une espionne de Medusa.

Avec un frisson, je resserre autour de moi les pans de ma couverture.

— Je ne suis restée que quelques heures là-bas, ça, je te l'ai dit. Mais ce que j'ai vu m'a suffi. Le reste du monde, ils s'en fichent. Je ne pense pas qu'ils aient l'intention de vous attaquer ou de piller vos réserves. Ils vivent vraiment dans une bulle. Rien d'autre n'existe. Ni vous, ni les Cramés, ni même les Glacés.

— On aurait pu penser qu'il y aurait une guerre entre eux – pour s'approprier certaines ressources. Des minéraux, des métaux, par exemple.

— Il y en aura peut-être une, un jour. Il y a toujours eu des guerres. Pourquoi est-ce que ça changerait ? Je n'ai pas l'impression que les humains soient devenus meilleurs.

Alaïs soulève sa couverture et la rabat sur mes épaules.

— Je suis désolée, Sanna. J'aurais dû te protéger.

— Tu ne pouvais pas savoir.

— C'est horrible, ce que tu as vécu dans ce cachot... Je ne savais même pas qu'il existait. Tu me crois ?

— Bien sûr. Igor est fou. Pour de bon.

— Il ne peut plus rien faire contre toi, à présent.

Épaule contre épaule, nous chuchotons comme si quelqu'un était embusqué dans les buissons, à l'écoute. Je commence à avoir très chaud, mais je n'ai pas envie de m'écarter. Je suis bien. Une image absurde me traverse l'esprit : des chats dans un panier. Pas l'horrible chat factice de Blanche-Neige, de vrais chatons, encore aveugles, vulnérables, blottis les uns contre les autres pour se donner du courage avant d'affronter le monde extérieur.

J'ai honte. Heureusement qu'Alaïs ne lit pas dans mes pensées. Et justement :

— Sanna ? Tu m'en veux ? Tu as l'air... je ne sais pas...

Précipitamment, je réponds :

— Non. Non, pas du tout. Au contraire. Tu es venue. Grâce à toi, je vais pouvoir continuer. Jusqu'où, je ne sais pas. Mais ça n'a aucune importance. Je me dis parfois qu'essayer, c'est tout ce que je peux faire. C'est déjà ça.

— Tout ce que tu peux faire ? Tout ce que nous pouvons faire, tu veux dire, rectifie-t-elle aussitôt.

Je tourne la tête vers elle.

— Nous ? Tu veux dire...

— ... que je viens avec toi. Je ne pourrais pas retourner en arrière, pas après ce que tu m'as appris.

Elle serre les poings.

— Tu sais, je ne suis pas sûre de résister à l'envie de prendre Ivan par le cou et de lui taper la tête contre le mur jusqu'à ce que sa cervelle en sorte, achève-t-elle d'une voix calme. Ou de le jeter dans la cave où il avait décidé de te laisser mourir. Je ne suis pas censée agir comme ça. Un jour, peut-être, je lui demanderai des comptes, mais aujourd'hui, je veux…

Elle baisse les yeux sur le dernier dessin tracé dans la poussière et le brouille d'un geste brusque.

— Je veux être avec toi.

Au bout de leur lacet, les petites chaussures rouges se balancent. J'avance la main : elles reposent maintenant au creux de ma paume. Je me revois lancer la gourde dans la rivière d'un ample mouvement du bras. En regardant le courant l'emporter, j'avais souhaité très fort que quelqu'un la trouve un jour. Que cette découverte soit le début d'une aventure et d'une amitié.

Finalement, mon souhait a été exaucé au-delà de ce que j'avais pu espérer.

* * *

— On va prendre la barque, dit Alaïs. Nous pouvons y tenir à deux à condition de ne pas faire de mouvements brusques. On ramera chacune notre tour. De toute façon, le courant est pour nous.

— Et Shen ?

La jument ne s'est pas éloignée de l'endroit où nous avons passé la nuit. Elle est même venue brouter juste à côté de mon oreille – un bruit régulier, plutôt apaisant – avant de se coucher près de son arbre favori. Alaïs l'a libérée de sa longe.

— Elle peut rentrer seule, elle connaît le chemin. Dès que nous embarquerons, elle retraversera le gué, direction l'écurie. On peut lui faire confiance.

Je roule nos couvertures, puis je l'aide à déplacer les dernières caisses vers la proue du bateau : je m'installerai à la poupe, derrière Alaïs. Ainsi, le poids sera réparti.

— Tu es prête ?

— Je crois.

Je regrette de me séparer de Shen : en moins de deux jours, j'ai l'impression d'avoir tissé un lien avec elle. Elle a pris soin de moi. Elle m'a guidée. Elle a veillé sur mon sommeil. Comme une mère. Peut-être voit-elle en moi une pouliche particulièrement peu dégourdie. À cette idée, j'esquisse un sourire.

— Qu'est-ce qui te fait rire ? demande Alaïs.

Sans répondre, je dénoue l'amarre. Alaïs saute légèrement à bord et me fait signe de la rejoindre. J'hésite : la jument suit chacun de nos mouvements.

— Tu es sûre qu'elle retrouvera son chemin ?

— Oui. Shen ! Rentre à la maison.

La jument s'ébroue, baisse la tête et fait quelques pas en direction du gué.

— C'est bien, approuve Alaïs d'une voix cajoleuse. C'est... bien.

Je me hisse dans la barque. D'une vigoureuse poussée, Alaïs déplace la proue dans le courant plus vif ; une vibration court sous le fond plat, le fleuve nous entraîne. Je me retourne pour voir la silhouette de Shen rapetisser, immobile et bien dessinée sur le ciel terne.

Je répète :

— Tu es sûre...

— Sûre. Elle est intelligente, tu as pu t'en rendre compte, non ? Ne t'inquiète pas pour elle.

J'ai l'impression d'abandonner une amie. Est-ce cela que Kay a pu ressentir quand il a repris connaissance à bord de la capsule qui l'emportait ? J'espère le savoir un jour. J'espère aussi retrouver Shen, chevaucher à nouveau au crépuscule avec elle, si elle m'accepte. C'est cette dernière image qui me permet de dominer mon angoisse, alors que le vent se lève, tiraillant mes cheveux, et que l'écume tranchée par la proue me fouette le visage.

5

— Nous y sommes.

Alaïs a mené la barque vers une petite anse abritée par la saillie d'une roche plate. La végétation broussailleuse, désordonnée, a laissé place à des pentes couvertes de lichen d'un violet éteint. Des bouleaux poussent ici et là, le dessin de leurs branches se détache contre le ciel où s'étirent des nuages couleur d'argent mat.

— On ne pourra pas aller plus loin par le fleuve, ajoute-t-elle.

Pour lutter contre le courant, elle a passé un bras autour d'une énorme racine qui crève la berge à hauteur de son épaule. Son autre main tâtonne sous le banc : elle saisit l'amarre, l'enroule et la bloque à l'aide de deux demi-clés. Lentement, la poupe amorce un arc de cercle, ramenant dans mon champ de vision le paysage devenu familier au fil des jours – la surface agitée du fleuve, ses eaux changeantes, ses remous. C'est une route que nous connaissons, à présent.

— Regarde, Sanna. Ce n'est pas le moment de tourner le dos à ce que tu es venue chercher, dit Alaïs.

Je m'exécute. La barque tangue, mes gestes ne sont pas sûrs. Mes membres ankylosés par l'immobilité se meuvent à grand-peine. Éblouie, je cligne des yeux.

Devant moi, tout est blanc. La coupe très évasée du bouclier climatique occupe la presque totalité de l'horizon. À peine si se devinent encore quelques touches d'un vert terne là où la terre se mue en un permafrost hérissé de milliers de pics de glace. Entre les deux, une vibration – je pense au tremblement de l'air, en été, sur les parkings surchauffés des supermarchés, il y a si longtemps. C'est là que la vie du fils d'Ivan a pris fin, là qu'il est tombé, foudroyé. Et où tant d'autres, avant lui, avant nous, ont disparu sans laisser de traces.

Les montagnes ne sont plus des géantes lointaines : superbes dans leur indifférence, elles nous écrasent de leur masse. La neige accumulée forme, à leur pied, des congères qui dissimulent en partie un dôme transparent abritant plusieurs murs d'écrans. La plupart sont éteints, les autres émettent, de manière discontinue, des flashs brefs. Personne n'est en vue.

— Le *checkpoint* principal se situe à cinq cents mètres, à peu près, sur notre gauche, me renseigne Alaïs à voix basse. C'est par là que transitent la plupart des marchandises. Du moins, c'est ce qui est indiqué sur les relevés que dessinent les marchands du fleuve. L'un d'eux en a échangé un contre des pots de miel, l'année dernière.

— Et les Cramés ? Ceux qu'ils enlèvent ? Ils arrivent aussi par là ?

— Aussi.

— Et c'est tout ?

— Oui. Pas de porte de service ni de col infranchissable sauf par des contrebandiers ou des chèvres, si c'est le sens de ta question. Ce serait trop facile. Viens, on débarque.

Elle passe ses jambes par-dessus le plat-bord, patauge dans l'eau peu profonde et tire le bateau sous l'enchevêtrement des racines qui ont percé la roche. Il y a des arbres dont j'envie la ténacité. Ils pourraient nous donner des leçons à tous.

— On va prendre juste l'essentiel. Ce qu'on peut porter. Le reste, on le laisse. On le retrouvera au retour, si on revient. Les gens du fleuve n'aiment pas traîner par ici. Ils disent qu'il y a des radiations, que des pêcheurs sont morts en jetant leurs filets, que les poissons sont contaminés. La vache, cette eau est glacée. Déchausse-toi, ça vaut mieux.

« Si on revient ». Bien sûr. Je le sais depuis le début, mais j'ai fini par l'oublier, ou plutôt par le reléguer dans un angle mort de mon esprit – « angle mort » est particulièrement approprié. Ma mort. Elle a cheminé avec moi tout ce temps, du seuil de la maison de Grand' à la berge glissante où je viens de prendre pied. La boue, entre mes orteils, est froide, un bruit de succion accompagne chacun de mes pas.

Mon pas : le pas de ma mort ? Au début de mon voyage, j'ai cru – ou j'ai voulu croire – que Kay me suivait, qu'il se tenait toujours près de moi, pour me guider vers lui ou me réconforter. À présent je sais que l'ombre, sur mes talons, n'est pas la sienne. Elle ne se drape pas de noir, ne porte pas de faux, ne ricane pas de toute sa face de squelette. Son visage n'est pas non plus source d'émerveillement comme dans mon dernier rêve : elle me ressemble. C'est moi, telle que je resterai peut-être dans la mémoire d'Alaïs, peut-être de Kay, s'ils survivent. Juste une image qui se désagrégera au fil du temps. D'abord ils oublieront le son de ma voix, puis mon visage se figera, chacune de ses expressions arrachées au souvenir, emportée dans le grand balayage. Mes traits se brouilleront. Il restera... quoi ? La couleur de mes cheveux, une silhouette, et peut-être, parfois, un rire lointain.

Si je me retourne maintenant, c'est ce que je verrai, ce décalque délavé de moi-même.

— Tu rêves, Sanna.

Alaïs, à genoux, vérifie le contenu de son sac.

— Je ne rêve pas. Je...

— N'y pense pas.

— À quoi ?

— Tu le sais.

Je soupire. Elle m'a devinée. Je ramasse mon propre sac et le charge sur mes épaules. Hier soir, nous avons fait du tri dans le matériel. J'ai toujours le couteau et la couverture de Medusa, un poncho imperméable, de quoi allumer un feu, de la nourriture déshydratée. Alaïs s'est munie d'une petite hache, de paquets de tubercules séchés, d'une gourde pleine, de sachets d'herbes et de baies. Il y a aussi une fiole d'huile censée nous protéger aussi bien du froid que du soleil. En théorie, tout le nécessaire.

J'essaie de paraître déterminée.

— Quel est le plan ?

— Je pensais que tu allais me le dire, réplique Alaïs avec un demi-sourire.

— Tu connais cette région mieux que moi. Par quoi commencerais-tu ?

— Par approcher le *checkpoint* et voir ce qui s'y passe. Mais, Sanna...

— Oui ?

— Ne fais pas semblant. Pas avec moi. Je sais que tu as peur. Et j'ai peur aussi. Si tu veux faire demi-tour, c'est encore possible, tu sais. On laisse la barque ici et on revient par les terres. Ivan, je m'en chargerai. Dans trois jours, nous pouvons être de retour à la forteresse.

Trois jours. Il nous en a fallu quatre pour atteindre la limite des terres « libres », si ce mot a un sens. Et nous étions poussées par la force du courant.

Déroutée, je fronce les sourcils, Alaïs se met à rire.

— Si tu te voyais ! Tu hésites à me dire que j'ai perdu la tête, c'est ça ? Est-ce que tu n'as pas remarqué que nous n'étions pas tout à fait seules ?

Une petite pointe de frayeur me coupe le souffle. Que veut-elle dire ?

— Je ne comprends pas.

— Oh, elle est très discrète. Mais quand je lui ai demandé de rentrer à l'écurie, j'ai bien l'impression qu'elle a estimé être plus utile en ne nous perdant pas de vue. Elle nous a pistées tout le temps, à distance. La première fois que je l'ai aperçue, j'ai cru... je ne sais pas. Il n'y a presque plus d'animaux sauvages. Rencontrer un chevreuil, c'est quelque chose dont j'ai toujours rêvé. Mais ce n'était pas un chevreuil.

— Shen ?

Alaïs se baisse, détache d'un arbrisseau une feuille racornie et, la coinçant entre ses lèvres, émet un sifflement puissant. Presque aussitôt, un martèlement de sabots retentit, et la tête de la jument apparaît au-dessus de l'amoncellement de roches sous lequel nous avons laissé le bateau. Elle s'immobilise à deux mètres de nous, près du tronc gracile d'un bouleau. Son regard est interrogateur.

— Elle peut nous porter toutes les deux, dit Alaïs, à condition de faire de courtes étapes. Voilà. Tu as le choix. Ici, maintenant. Après...

Shen secoue sa crinière. Un rayon de soleil perce la couche nuageuse et vient dorer sa robe. La tentation est si grande.

Pourtant, je fais un signe de dénégation.

— J'aimerais. J'aimerais vraiment. Mais je ne suis pas venue jusqu'ici pour faire demi-tour.

— OK.

Alaïs serre autour de son buste la bandoulière de son sac.

— On y va.

Elle se met en marche, vers l'est, autant que je peux en juger. Je lui emboîte le pas.

— Et Shen ?

Sans se retourner, Alaïs lance :

— Elle est mieux armée que nous pour prendre des décisions sensées, tu ne crois pas ?

Je marmonne :

— C'est sûr.

Un hennissement étouffé nous suit, comme un encouragement – ou une mise en garde.

* * *

Il nous faut presque une heure pour trouver un poste d'observation : le *checkpoint* est situé dans l'étranglement d'une gorge dominée de toutes parts par des parois où la roche striée de veines fauves ruisselle d'humidité. Après avoir décrit une large courbe pour contourner la zone et escaladé de nombreux éboulis, nous réussissons enfin à nous glisser entre deux aiguilles de pierre ; elles se dressent, tels les crocs monstrueux d'une créature enfouie, à l'aplomb du sas où des silhouettes masquées, bottées et revêtues d'une combinaison intégrale, montent la garde. Le sas en lui-même est un couloir d'acier d'environ cinq mètres de long ; quatre hommes veillent de notre côté, deux se tiennent en retrait de l'autre côté de la barrière invisible. Ces derniers n'ont ni masque ni casque, leurs visages sont impassibles, leurs mains posées sur la poignée de leur arme, un bâton parcouru de filaments lumineux, ne frémissent même pas. Des statues vivantes.

Nous attendons. Je remue mes doigts engourdis. Si le froid est déjà si vif de ce côté, comment le supporterons-nous une fois passé le bouclier électronique, à supposer que nous réussissions à le franchir ? Nous avons déjà enfilé tous les vêtements dont nous disposons, pull, poncho, deux paires de chaussettes dans nos bottes.

Nous attendons. Je fouille dans mon sac, tends à Alaïs une part de pain de voyage, dense et nourrissant, à la mie presque noire. Elle refuse d'un geste. J'essaie de manger un peu. Chaque bouchée est une pierre sur mon estomac contracté. Les yeux me piquent alors que je fixe sans cligner les formes bleues dressées de part et d'autre du couloir. Rien ne bouge. J'ose à peine respirer, de peur de briser le silence.

Nous attendons. Et tout à coup, les gardes les plus proches de nous font un pas sur le côté. Un éclair blanc fulgure entre les parois d'acier alors que l'un des hommes qui se trouve de l'autre côté pianote un code sur l'un des montants. La relève se fait sans qu'un mot soit échangé. Sur l'esplanade de neige durcie, un autre binôme remplace les gardes qui s'éloignent au pas cadencé, marchant droit devant eux jusqu'à disparaître derrière une rangée de pins aux branches gainées de glace.

Je souffle :

— On dirait des robots.

Sans répondre, Alaïs lâche un soupir heurté, puis me fait signe de reculer. Je m'exécute en rampant. Des cailloux roulent sous mes genoux et mes paumes. À quelques mètres, je réussis enfin à redresser mon dos douloureux.

— Inutile de rester là, dit Alaïs. Tout ce que nous verrons, c'est leur relève et peut-être l'entrée d'un convoi.

— Des prisonniers ?

— Il n'y en a pas tant que ça. On les voit passer trois ou quatre fois par an. Les réserves de minerai et de métaux rares, en revanche, c'est presque tous les jours. Les convois sont surveillés en permanence par des drones, et tu as vu le poste de garde ; on ne réussira jamais à entrer par là.

— J'avais pensé qu'on pouvait se mêler aux prisonniers.

— Impossible. Tu as vu ton ami se faire enlever, non ?

— Non. Je n'étais pas là.

— On t'a raconté, alors. Une proie, une capsule. Et une bonne dose de drogue pour éviter les problèmes de transport. Non, la seule solution, ce serait de trouver une faille dans le bouclier. Une énorme quantité d'énergie est nécessaire pour le maintenir en permanence ; il y a forcément des microcoupures, peut-être plusieurs fois par jour. C'est là-dessus que comptait le fils d'Ivan.

— Et il est mort.

— Et il est mort, oui. Mais si tu as une autre idée, vas-y. Je t'ai accompagnée jusqu'ici, je t'ai montré le *checkpoint* : il est temps que tu fasses ta part, m'assène-t-elle.

Pour la première fois, nous nous dévisageons avec hostilité. J'ai envie de répliquer avec violence, de lui jeter au visage tout ce qu'elle paraît oublier. Elle n'a jamais travaillé dans les profondeurs d'une mine, ni frôlé la mort, ni connu la faim, la vraie, celle qui ronge de l'intérieur et qui rend folle et haineuse. Être forte est tellement plus facile quand on a vécu au sein d'une communauté soudée où tout est partagé, tâches, idées, souffrances, joies. Où chacun prend soin des autres. J'ai grandi dans un sol malade, je suis un arbre dont aucune branche n'est droite ou solide. Et elle me le reproche !

La gorge nouée, je me détourne. Sur ma droite s'étend une ligne irrégulière : d'un côté une bande terreuse, de l'autre la neige. La limite du bouclier. C'est là que je dois chercher – quitte à disparaître, à être consumée. Une mort horrible. Le prix à payer pour tenir ma promesse.

— Sanna ! Arrête !

Jeter des pierres ? Tendre un bâton devant moi ? J'essaie de me rappeler ce que j'ai appris à propos des corps conducteurs – ou non. Peu importe. Je serai vite fixée.

— Sanna, où tu vas ?

Je crie :

— Faire ma part ! C'est bien ce que tu veux, non ?

Je presse le pas. Un peu plus loin, j'aperçois de petits monticules sombres. Des rochers. Non. Des carcasses. La bonne nouvelle, c'est que certains animaux ont survécu au Nuage, me souffle une voix sarcastique. La mauvaise, c'est qu'ils terminent là, carbonisés. Cages thoraciques, crânes, sabots et griffes pointant vers le ciel telles des lances rongées de rouille noire, mâchoires ouvertes comme pour broyer dans un dernier sursaut de faim les filaments de brume qui flottent à hauteur de ma taille.

Les larmes me piquent les yeux. J'ai vu, sans pleurer, des hommes, des femmes, des enfants mourir dans la mine, je ne comprends pas d'où vient l'émotion qui me submerge. Je tombe à genoux, secouée par les sanglots.

— Sanna !

La voix d'Alaïs.

Mais ce n'est pas elle qui me dépasse d'un pas tranquille, écrasant sur son passage le squelette de ce qui doit être un petit renard ou un chien sauvage ; c'est Shen. Elle ne s'est pas montrée depuis que nous nous sommes écartées du fleuve. Les crins de sa queue me fouettent la joue au passage. L'encolure tendue, les oreilles pointées, elle se dirige droit vers...

— Non ! Shen ! Pas par là !

Prenant appui sur le sol de mes mains engourdies, je bondis. Je dois – à tout prix – la rattraper. La retenir. Avant qu'elle...

Jamais il ne m'a paru si long ni si laborieux de repousser la terre du pied pour prendre mon élan. Chacun de mes muscles lutte contre une terrible pesanteur, une force d'attraction qui épargne la jument ; elle avance d'un pas élastique, rapide, brûlant les dernières secondes de sa vie comme son corps va brûler au contact du champ de force...

Je cours, enfin. Balançant les bras comme une forcenée, hurlant. La voix d'Alaïs fait écho à la mienne ; elle doit courir aussi, mais elle n'arrivera pas à temps.

— Shen ! Viens ! Shen !

La jument ne ralentit pas, ne réagit même pas. Quelque chose l'attire là-bas, dans la blancheur, et ce n'est pas une touffe d'herbe fraîche ni une branche feuillue. Ni même un point d'eau. Je ne vois pas ce qu'elle voit, seulement la neige, la neige encore, uniforme, et en arrière-plan un à-pic de rocs festonné de stalactites.

Je l'ai presque rattrapée. L'air froid pénètre mes poumons, j'ai mal. Mon pied ripe, je me lance en avant, les bras tendus.

Et, à cet instant précis, Shen pose un sabot sur la neige, y laissant une empreinte parfaitement dessinée.

PARTIE VI

Ils sont de plus en plus nombreux, les riches et oisifs Glacés. À s'approcher du garçon. Fascinés par son sourire, sa démarche, son aura de santé joyeuse. Je dois admettre que j'éprouve moi-même à le voir déambuler une sorte de plaisir – une notion théoriquement étrangère, possible cependant à analyser d'après ses éléments, la satisfaction de la tâche accomplie, la réponse adéquate, suffisante, aux critères préalablement définis. Je la rapproche, peut-être à tort, du bien-être procuré à certains par la contemplation de proportions harmonieuses.

Une chose est certaine : j'ai fait du bon travail.

Oui, ils sont de plus en plus nombreux. Tels des papillons attirés par la flamme, ils décrivent des cercles autour de lui, l'observent, hésitant encore à l'aborder. Il passe, radieux, ignorant l'effet produit. J'ai veillé à cela : il ne doit jamais prendre conscience de son pouvoir. Quand cela deviendra nécessaire, il saura se montrer persuasif, compatissant – les humains, surtout dans leur jeunesse, sont accessibles à l'empathie, émotion que j'ai pris soin de lui conserver. Et il n'a aucun désir, ce qui le rend inoffensif.

Il sera le premier de la race délivrée.

1

Où ai-je vu tomber la neige pour la première fois ? Probablement sur un écran d'ordinateur. À ma naissance, le climat avait tenu les promesses que beaucoup, et depuis trop longtemps, faisaient semblant de croire trop menaçantes pour être réalistes : les étés étaient suffocants, les hivers bien trop doux, les pluies rares. Enfant, je n'ai jamais sauté à pieds joints dans une flaque pour en casser la croûte de glace ; jamais construit de bonhomme de neige à la sortie de l'école ; jamais glissé sur une luge en criant de plaisir. Descendre une piste de ski, c'était presque de la science-fiction, un sport aussi improbable et inaccessible que la pratique de la chute libre hors d'une station spatiale.

Mais maintenant… il neige. Depuis au moins trois heures. Depuis que Shen nous a précédées dans la faille du bouclier. Comment l'a-t-elle sentie, vue, cette faille ? Quel instinct ou quel savoir ancien l'a poussée ? Guidées par ses empreintes, sur nos jambes vacillantes, nous l'avons suivie ; j'ai senti un bref crépitement me soulever les cheveux, et puis – nous étions passées. La jument s'est approchée d'Alaïs, qui l'a caressée sans un mot. Tout comme moi, la terreur et la surprise l'avaient rendue muette. Shen a baissé la tête, flairé le sol gelé, retroussé les lèvres dans une grimace dédaigneuse, puis elle a fait demi-tour et, prenant le petit galop, a retraversé la zone dangereuse. Nous l'avons regardée lancer une ruade, s'éloigner et enfin disparaître dans le brouillard.

— Elle va nous attendre, a fini par articuler Alaïs d'une voix enrouée.

Je n'ai rien dit. Il n'y avait rien à dire. L'espoir peut être un poison plus mortel que n'importe quel toxique. Si j'ai appris quelque chose, c'est qu'il faut s'en méfier.

* * *

Il neige. Les souliers rouges se balancent devant moi : Alaïs les a laissé pendre dans son dos, par-dessus le poncho. Une façon de m'encourager. Quand mon tour viendra de passer en tête, j'accrocherai à mes cheveux une touffe de minuscules fleurs jaunes cueillies dans le creux d'un rocher à notre dernière halte. Je ne connais pas leur nom, mais elles semblent robustes, et leur couleur est réconfortante. Comme un feu dans le brouillard.

Il neige. Pour tenir à distance l'espoir, si périlleux, ainsi que l'angoisse qui me comprime le thorax, je me concentre sur la danse des flocons. Ils tombent du ciel cuivré en lents tourbillons, tantôt se précipitant vers nous, tantôt fuyant vers les sommets. Leur contact, sur mes mains, mes joues, est un baiser froid, impalpable ; accrochés à mes cils, ils fondent vite, me laissant juste le temps de deviner leur forme d'étoile à six branches.

Ici, plus un arbre : le roc noir, la neige posée sur les pentes comme une couverture trop lourde. Même en restant dans la trace d'Alaïs, je m'enfonce à chaque pas jusqu'à la cheville. Mes expirations forment devant ma bouche de petits nuages denses.

Mais le sang circule jusqu'au bout de mes doigts, je sens mon corps souple et tiède sous les couches superposées de mes vêtements. Je m'en étonne à haute voix.

— Il ne fait pas si froid...

Alaïs ralentit, s'immobilise, couronnée de la buée de son haleine. Avec son capuchon, elle ressemble à une déesse viking. Son visage paraît sculpté dans le marbre.

— C'est vrai, reconnaît-elle. Je croyais qu'on gèlerait jusqu'aux os. Il y a quelque chose dans l'air, on dirait... des strates... un souffle glacial qui descend des montagnes et de l'air plus tiède, aussi. Je ne sais pas d'où ça vient.

Nous le découvrons en arrivant au sommet d'un petit col : en contrebas bouillonnent des sources dont les eaux jaillissent en geyser avant de retomber avec un crépitement. La couche de neige amincie laisse voir des plaques de terre, et entre les points d'eau se déplace un troupeau de cervidés qui, même à cette distance, me paraissent d'une taille monstrueuse.

— Incroyable, chuchote Alaïs. Des rennes. Je n'en ai jamais vu... et je ne les imaginais pas si gros.

J'observe, fascinée, leur poil raidi de glace, plus sombre sur la tête et les membres, plus clair aux flancs. Ils avancent avec lenteur, portant haut leurs bois. Certains s'arrêtent pour fouiller la neige à la recherche de nourriture, puis repartent. Ils ont l'air de savoir où ils vont ; j'aimerais bien pouvoir en dire autant.

Après avoir passé la limite du bouclier climatique, nous avons décidé de contourner les installations visibles du *checkpoint* et du fleuve. Tant qu'à se faire prendre, il vaut mieux que ce soit le plus loin possible à l'intérieur du territoire des Glacés. Depuis que nous nous sommes mises en marche, nous n'avons croisé aucune patrouille, ce qui ne signifie pas que cette partie de l'enclave ne soit pas surveillée ; toutefois, je n'ai aperçu aucun drone ni entendu le moindre bourdonnement trahissant leur présence.

Nous descendons vers les sources à la suite de la harde qui se disperse sans nous prêter attention. Seul un renne plus petit que les autres tourne vers moi un œil bleuâtre et trouble, le mufle tendu. Je le perds très vite de vue dans la vapeur qui monte des nappes frémissantes. Le sol, sous mes pieds, se teinte de rose, de vert, des fumées montent, suffocantes. Nous toussons. J'essaie de me protéger la bouche et le nez en remontant le col de mon pull devant mon visage, mais l'odeur persiste. Une gerbe liquide éclate brusquement tout près de moi, je crie, saute sur le côté ; ma jambe s'enfonce dans l'eau. Elle est très chaude, j'ai envie de m'y immerger et de rester là, le corps enfin détendu, l'esprit flottant dans une quiétude que je n'ai pas ressentie depuis longtemps.

En pensée, je rectifie : non. Pas si longtemps. La dernière nuit à la forteresse, dans la chambre d'Alaïs, blottie contre elle (je ne compte pas le temps passé dans le silo où Ivan m'avait jetée), j'étais fourbue, épuisée, mais en paix.

Absorbée par mes pensées, je me suis remise en marche.

Soudain, la brume se déchire devant nous, dévoilant une vallée resserrée, tout en longueur. Des pics d'une blancheur éblouissante la couronnent, réfractant à l'infini le moindre rayon de lumière. Je dois me protéger les yeux de la main ; entre mes doigts, je distingue des formes aux angles aigus, disposées dans un apparent désordre.

— Incroyable...

Un écho diffus prolonge ce mot, comme si une autre Alaïs appuyait son étonnement. Mes yeux s'habituent à la clarté inhabituelle ; je les cligne, et le paysage émerge peu à peu de ses multiples reflets.

C'est une ville, mais elle ne ressemble en rien à celle où j'ai vécu. Ici, pas de rues encombrées, de maisons aux façades décrépites ni de barres d'immeubles aux fenêtres condamnées par des parpaings. Ni enseignes ni boutiques. Aucun véhicule en vue. Les avenues, sinueuses ou rectilignes, sont bordées de bâtiments de verre et d'acier dont chaque surface plane réfléchit le ciel ou, déformées, les montagnes. Certains de ces bâtiments ressemblent à des pyramides, d'autres à des étoiles posées sur une pointe. D'autres encore, à des sphères presque parfaites ou à des prismes hexagonaux – l'adjectif m'est venu après une longue hésitation, les cours de géométrie du collège ne datent pas d'hier. Je n'aperçois aucun dôme, mais tout au bout de la vallée s'élève une construction si haute que son sommet se perd dans un banc de brume. Constituée de formes géométriques empilées les unes sur les autres, elle donne une impression de force brute. Comme si la terre, à cet endroit, s'était fissurée pour laisser place à l'éclosion d'un colosse, arrêté dans sa croissance par l'étreinte impitoyable des glaces.

Depuis, il crie sa colère face au cirque rocheux qui constitue son seul horizon...

Je sursaute.

— Tu es déjà venue ?

Alaïs me regarde, intriguée.

— Non, bien sûr. Tu le saurais. Pourquoi ?

— Ce que tu viens de dire...

— Je n'ai rien dit.

— Mais si !

Je répète :

— « Depuis, il crie sa colère face au cirque rocheux qui constitue son seul horizon. » Je t'ai entendue. À l'instant. C'était ta voix.

— Tu hallucines.

— Non !

— Sanna, regarde-moi. Je suis juste à côté de toi. Je n'ai pas parlé, je n'ai rien entendu. Tu me crois, au moins ?

Elle me dévisage avec inquiétude. Je laisse filer mon souffle dans un effort pour me calmer. Un frisson électrique me parcourt – j'ai la sensation d'être épiée, observée. Pourtant, nous sommes seules sur cette crête baignée par un silence presque surnaturel. En contrebas, la ville est comme morte. Les seules silhouettes humaines que je peux distinguer, installées dans des capsules semblables à celles qui servent aux enlèvements, se dirigent vers le bâtiment couronné de brouillard. Elles sont nombreuses ; on dirait une flottille de bulles de savon.

Un rapace décrit de larges cercles dans le ciel. C'est le premier que je vois. Je me demande combien d'espèces, outre les rennes que nous avons croisés plus tôt, ont été protégées par ce bouclier climatique. À quel prix, ça, je le sais déjà. Les Cramés, les morts de la mine, les réfugiés piégés par la montée des océans. Sans compter tous les autres.

— C'est trop facile.

Les mots m'ont échappé avant même que j'aie pleinement réalisé leur signification.

Je te vois. Je sais où te trouver.

Alaïs semble de plus en plus préoccupée. Elle ôte un de ses gants, pose sa main sur mon front.

— Est-ce que tu as mal ? Des vertiges ? Tes oreilles bourdonnent ? Tu me dis que tu as entendu une voix, et tu… Enfin… C'est peut-être l'altitude.

— Non, je…

Je secoue la tête.

— Ça ne te paraît pas bizarre ? On a franchi le champ de force si vite. Sans avoir à chercher.

— Grâce à Shen. Si elle n'avait pas été là, nos os seraient en train de fumer de l'autre côté.

— Oui, mais... Je ne sais pas. On marche depuis des heures, on n'a rencontré personne. Cette ville paraît vide. Ils se dirigent tous vers cet énorme bâtiment, là-bas. Comme s'ils allaient assister à une cérémonie, ou...

Ou à une exécution.

La voix vient de résonner une seconde fois à mes oreilles – très près.

Je te vois. Je sais où te trouver.

Un spasme me tord l'estomac.

— Tu trembles !

Me cacher. N'importe où. Échapper à ce chuchotement d'une suavité menaçante. Il y a des yeux dans les montagnes, dans la plaine, dans les profondeurs cotonneuses des nuages. Partout. Je suis transparente, vulnérable. Ils peuvent voir à travers ma peau, mes nerfs, mes muscles, mes organes. Arrêter, par la seule puissance du regard, le battement de mon cœur. Je le sais.

— Allons-nous-en.

Ma bouche est pâteuse, j'ai du mal à former les mots.

— Où veux-tu aller ?

— Loin.

Un voile sombre passe devant mes yeux. À travers les points brillants rassemblés en halo, je distingue encore la silhouette d'Alaïs. Soudain, elle se courbe comme si on venait de la frapper en plein ventre, plie les genoux. Elle crie, mais je ne l'entends plus.

Je n'entends plus que la voix.

Venez à moi. Venez à moi.

Et soudain ils sont là, sortis de nulle part. Casqués, masqués. Aussi silencieux que les gardes du *checkpoint*. Ils forment un cercle qui se resserre avec lenteur autour de nous. S'approchent d'un pas mesuré. Pointent des lances d'où jaillit un liquide blanc. Humidité fraîche sur ma peau. Mon geste de défense se fige. Je suis bloquée dans une coque qui devient plus rigide de seconde en seconde. Mes membres s'engourdissent. Je ne sens plus rien. Seuls mes yeux vivent encore, mais très vite tout se brouille. Je flotte dans un espace sans limites.

Blanc, blanc, blanc.

* * *

Mon visage. Mon visage et celui d'Alaïs. Ou plutôt nos têtes, en trois dimensions. Animées d'un lent mouvement de rotation, elles flottent au-dessus de moi. Je sens mes poumons se gonfler. Ai-je cessé de respirer ? Pendant combien de temps ? Le temps a fui quelque part, avec mes sensations. Ils nous ont prises, arrosées d'un liquide froid, aussitôt durci, ils nous ont soulevées, portées, déposées ici. Bien que paralysée, j'ai tout vu, et pourtant je ne me souviens de rien.

Tout était blanc, blanc, blanc.

Je me passe la langue sur les lèvres. Une pellicule au goût acide les recouvre. Elle se craquelle, s'enroule en fins copeaux. C'est une mue, une peau morte. J'émerge, à grand-peine, d'un ancien corps. Comme un insecte ou un serpent sur les illustrations de mes livres.

À quelques pas de moi, Alaïs est couchée sur le dos. L'un de ses genoux est relevé ; elle a les yeux ouverts. Un sourire vague se dessine sur ses lèvres. Elle ne bouge pas. L'une de ses mains tressaute à intervalles réguliers.

Les têtes tournent toujours, me présentant régulièrement leurs traits figés, leurs yeux inexpressifs. Des picotements me parcourent les bras, les jambes.

Je me redresse, cherchant mon souffle, aussitôt bloqué par un hoquet de surprise horrifiée : le sol de cette pièce n'existe pas. Instinctivement, mes mains se crispent le long de mes flancs. J'ai peur de basculer dans le vide.

Tout autour de nous s'élèvent des colonnes de glace parcourues de veines d'un vert très pâle. Leur base, comme leur sommet, se perd dans une brume qui se condense en remous erratiques. Je me penche avec précaution, libérant mes épaules de la carapace qui les recouvre : les plaques tombent, tourbillonnant avant de disparaître sans un bruit.

Pourtant, je suis couchée sur... quelque chose. Une surface invisible mais solide, palpable.

Quel est cet endroit ?

Aussitôt, la réponse fulgure à mon oreille.

Mon royaume. Bienvenue, Sanna.

2

Une nouvelle fois, je perds toute notion du temps. La lumière est constante, la température aussi. Il fait froid, pas assez cependant pour que je grelotte ; ou alors, mon corps s'habitue.

Alaïs n'a pas changé de position. Elle respire à peine. J'ai essayé de ramper vers elle en tâtonnant, les mains tendues devant moi, mais une force irrésistible m'a repoussée à la place que j'occupais auparavant. Je ne ressens ni la faim ni la soif : je ne dors pas, sans pour autant me sentir tout à fait consciente. Le silence est total. Les têtes poursuivent leur ballet, effrayantes dans leur impassibilité.

Peu à peu, je distingue d'autres formes. Minuscules, elles descendent des hauteurs invisibles comme une pluie de pétales, mais beaucoup, beaucoup plus lentement. À défaut d'autre occupation, je les contemple en plissant les yeux.

Regarde. Tu as l'éternité devant toi. Peut-être.

Des têtes. Encore des têtes. Innombrables. D'hommes, de femmes, d'enfants. Quand les premières passent tout près de moi avant de s'enfoncer dans l'abîme, je les dévisage, intriguée. Malgré leur pâleur et leur absence d'expression, toutes paraissent différentes. J'ai pourtant l'impression qu'un lien existe entre elles, un air de famille. Je finis par comprendre : ces visages, sans exception, sont lisses et jeunes. Sains, harmonieusement modelés, dépourvus de défauts, de cicatrices. Je les contemple un long moment, jusqu'à ce qu'un mouvement, à la limite de mon champ de vision, détourne mon attention : une forme sombre vient d'émerger entre deux colonnes. C'est un renne. Il passe, tel un fantôme, tourne son mufle vers moi l'espace d'une seconde.

J'ai déjà vu cet œil bleu et trouble. C'était...

Mais oui, Sanna. Près des sources chaudes. Oh, les autres rennes étaient bien réels, au cas où tu te poserais la question. Tu ne t'es pas méfiée, n'est-ce pas ? Tu n'as pas senti que je te regardais. Je te connais déjà, c'est vrai. Tu fais partie des souvenirs du garçon. Même si tu n'y occupes pas la place que tu espérais.

Le garçon.

Kay.

— Kay !

J'ai peut-être crié. Je n'ai pas entendu ma propre voix. Tout ce brouillard, en haut, en bas, étouffe les sons. Seul le murmure, à mon oreille, n'en est pas affecté. Son articulation est très légèrement exagérée, comme si la femme à qui appartient cette voix cherchait à se souvenir d'un texte appris par cœur. Elle est claire. Douce. C'est celle d'une personne mûre, sûre d'elle. Dépourvue d'émotions, cependant. Même son ironie paraît artificielle.

Le renne a disparu, avalé par l'ombre. Les têtes ont sombré depuis longtemps, remplacées par des flocons dont la chute en spirale se répète, monotone. Si j'en recueille un au bout des doigts, je ne ressens aucune sensation de froid : ils n'existent pas. Ce ne sont que des images. Tout ce que je vois ici est une illusion.

Tu aimes la neige. Je voulais te faire plaisir. Pourquoi sembles-tu déçue ?

— J'aime la neige quand elle est vraie.

Cette fois, mes mots sont audibles. Et pourtant sans portée. J'ai l'impression que même Alaïs ne m'entend pas. Ses yeux fixent sans ciller la brume dérivante qui nous surplombe. Elle est en vie, au moins. Mais pourquoi ne reprend-elle pas connaissance ?

Oh, Sanna. Quelle enfant tu fais. Mais tu as raison, je peux m'améliorer et je le ferai. Tu vas m'aider.

— Où est Kay ?

Jamais très loin de moi.

— Je ne vous vois pas. Je ne vous sens pas. Je ne sais même pas si vous existez. Ou si vous n'êtes que dans ma tête. Un rêve ou une hallucination.

Comment définirais-tu l'existence ?

Je ne trouve rien à répondre sur le moment. Le sol sur lequel je suis couchée existe même si je ne peux pas le voir ; les colonnes qui se dressent autour de moi semblent solides, mais ce ne sont peut-être que des projections, des hologrammes, comme les têtes. Je finis par répondre :

— Les choses existent quand nos sens peuvent les saisir. Quand nous pouvons les toucher. Les animaux, les êtres humains existent.

C'est stupide. Et la musique ? La lumière ?

Un puissant rayon balaie tout à coup les colonnes, leur arrachant des reflets qui flamboient puis s'éteignent. Il se fixe sur mon visage ; avec effort, je lève une main en protection. Un rire cascade quelque part et mon bras retombe, sans force.

Je peux créer mille mondes. Je peux faire de toi ce que je veux.

Non. Je ne veux pas. Je dois lutter contre ma propre faiblesse. Comment cette voix désincarnée peut-elle affirmer et exercer sur moi une telle puissance ? Cette voix qui était celle d'Alaïs, tout à l'heure, dans la montagne, mais où je retrouve maintenant le rythme des phrases de ma mère, sa manière d'étirer certains sons ? Ce n'est pas elle, je le sais : elle est morte. Les esprits ne reviennent pas. Pas de cette manière.

C'est un piège.

Je réintègre lentement mon corps. Mes pieds sont glacés, mais je peux remuer les orteils. Je sens, contre mon flanc, la dureté de la surface sur laquelle je suis couchée. Le sang n'a pas cessé de circuler dans mes veines, mon cœur bat, je déglutis, je cligne des yeux, mes poumons se remplissent et se vident.

Des mots se bousculent dans ma tête, oui, la musique, la lumière existent, mais pas seules, elles sont créées par des choses concrètes, des instruments, le brasier éternel, ou presque, d'une planète en feu, l'énergie qui circule dans un corps conducteur ou...

Stop. Ça aussi, c'est un piège. Ce dialogue. *Elle* joue avec moi.

— Assez.

Furieuse, je lève les poings et je frappe le sol invisible. Un écho sourd s'élève entre les fûts de glace. Je recommence. Encore. Et encore. Mes jointures sont douloureuses, pourtant je continue. Je ne me laisserai pas entraver, réduire à l'immobilité et au silence. Jamais. Alaïs, elle aussi, doit s'arracher à la torpeur qui la tient prisonnière, se lever, fuir avec moi. Où, je n'en ai aucune idée. Je ne sais même pas où nous sommes. Les colonnes n'offrent aucune aspérité, la lumière vient de nulle part, c'est un palais immatériel, bâti sur l'infini d'un gouffre. Peut-être qu'il nous suffirait de fermer les yeux et de nous imaginer ailleurs pour retrouver la terre sous nos pieds, le vent dans nos cheveux, les douces ondulations de la plaine enneigée. La voix qui me hante est capable de tirer de nulle part des rayons et des flocons, des visages par milliers, des animaux espions – ou de le faire croire. Elle nous a emprisonnées dans un rêve comme ceux dont je me réveillais transie et effrayée ; à moi de le briser. Si j'invoque avec assez de force mes souvenirs de Kay, le son de sa voix scandant les mots d'une histoire, sa silhouette dégingandée, sa manière de tourner la tête vers moi en levant un peu le menton, ses colères, ses gestes soigneux quand il prenait des mains de Grand' les piles de linge bien repassées, alors il surgira et tout le reste, ce décor austère, étrangement beau et effrayant, volera en éclats.

Et nous rentrerons...

Chez vous ? En as-tu vraiment envie ? Aurais-tu oublié à quoi cela ressemble ? Oui ? Je vais t'aider.

Kay. Je vois sa bouche en gros plan. Il est assis à la table de la cuisine, chez Grand', et il mâche quelque chose. Je viens d'entrer, je vois à son regard qu'il pensait être seul. Devant lui, les miettes d'une barre de céréales – elles sont déjà rationnées, une par semaine et par personne. Je sais qu'il a déjà mangé la sienne. Je l'ai vu déchirer l'emballage juste après la distribution.

— C'est quoi ?

Son regard fuit le mien.

— J'ai fait... du troc.

Il ment, je le sais. Je jette mon sac sur la chaise la plus proche.

— Ah. Tu aurais pu la garder pour Grand'. Elle n'est pas bien. Ne dis pas que tu ne t'en es pas rendu compte.

Du revers de la main, il s'essuie la bouche.

— Tu n'as toujours rien compris, Sanna. Aujourd'hui, c'est chacun pour soi. Je fais de mon mieux mais, à ton avis, lequel d'entre nous est le plus apte à survivre ? Elle ? Toi ? Non.

Je suffoque. Une ondulation parcourt le décor. Tout s'efface en quelques secondes, puis une autre image se recompose.

C'est l'été, le soleil me chauffe la nuque. Je suis assise sur un coussin, un livre ouvert sur les genoux. Sur la page de gauche, une illustration : un traîneau tiré par six rennes au pelage d'une blancheur éclatante. De son occupante, je ne distingue qu'un manteau de fourrure et une couronne ; sa main fine lève un fouet ; au bout de la mèche qui dessine une arabesque sur le ciel noir, une étoile étincelle.

— Regarde, Sanna. C'est le moment où Kay attache sa luge à l'arrière du traîneau de la Reine des Neiges. Le début de l'aventure.

— Il ne devrait pas.

(Ma voix, ma voix d'enfant. Et celle de Kay, joyeuse. Nous sommes là tous les deux, dans notre rue, dans le monde d'avant le Nuage.)

— Il n'a peur de rien. J'aimerais faire comme lui.

— Gerda a dû traverser la moitié de la Terre pour aller le chercher. Elle a été enlevée par les brigands... Elle a eu faim, et froid, et peur... C'est elle, la plus courageuse.

— Parce qu'elle l'aimait. Tu ne ferais pas ça pour moi ?

— Bien sûr que oui. Mais il n'a pas pensé à elle.

— Si on pense aux autres, on ne vit jamais rien d'excitant.

— Sanna ! Kay !

Grand' passe la tête par la fenêtre ouverte de sa cuisine.

— J'ai fait un gâteau, je le sors du four. Vous voulez y goûter ? C'est une nouvelle recette.

Kay est déjà debout. Le livre glisse de mes genoux et tombe par terre. Je proteste :

— Fais attention !

Je ramasse le volume, un coin de la couverture est corné. Le parfum des roses est entêtant, trop fort. Les couleurs aussi, autour de moi, vibrent et m'appellent. « Regarde-nous ! Regarde-nous ! Plus jamais tu ne verras cela. »

Plus jamais les roses, ni les tranches moelleuses du gâteau de Grand', son goût de citron et de cannelle. Plus jamais le visage attentif de ma mère penchée sur son tour de poterie ou son établi. Plus jamais les mains de mon père allumant un feu au bord de l'étang.

C'est ce que tu voulais ? Remonter le temps ? Si c'est ce que tu désires, tu as besoin de moi. Je peux recréer chacun de tes souvenirs. Je peux même te montrer ce que tu n'as jamais vu.

Sans réfléchir, j'exige :

— Montre-moi l'enlèvement de Kay. Je veux savoir comment ça s'est passé.

Ah, ça ? C'est facile.

Le décor se brouille à nouveau. Je suis maintenant sur la place du marché de la ville. Les étals sont renversés, les auvents déchirés claquent sous les rafales. Le Vent de Mort s'est levé le matin même, alors que les forains installaient leurs marchandises – le peu qu'il leur reste à vendre, des pièces détachées d'appareils hors d'usage, des masques antipollution faits maison avec des chutes de tissu et des bouts de lacet, de vieux manuels scolaires, des clous, des vis. Certains ont réussi à garder des poules, les œufs se vendent à la pièce, plus cher qu'un bracelet ou un collier. Un bijou, ça ne se mange pas, ça ne réchauffe pas, ça ne soigne pas, ça n'apporte ni réponses ni perspectives d'avenir. L'art, la poésie, la musique... tout cela a disparu de nos vies. Et pourtant, cette faim-là aussi demande à être comblée. Même quand nous avons le ventre plein, et cela n'arrive pas souvent, nous mourons un peu plus chaque jour.

Entre les immeubles administratifs aux fenêtres condamnées par des planches, de petits groupes de jeunes, d'adultes aussi, s'attardent. C'est là que se déroulent la plupart des transactions non officielles. Je ne sais pas très bien de quoi il s'agit, Kay n'a jamais voulu que je l'accompagne. Je suis trop jeune, affirme-t-il. Je dois m'occuper de mes études, et seulement de ça, même si je travaille déjà à mi-temps à l'usine de recyclage des métaux. La mine ne tourne pas encore à plein : ce sera pour l'année suivante. Personne, ce jour-là, ne se doute de ce qui nous attend.

L'esclavage. La misère. La faim, la vraie, celle qui ne laisse aucun répit. Et l'absence d'espoir.

Je cherche mon ami du regard : il est là, devant l'ancienne poste. Grand, un peu voûté, les cheveux cachés sous un foulard de coton noué serré. Adossé à la porte couverte de tags hostiles au gouvernement – ils seront effacés dès demain par les femmes et les hommes de la corvée, le maire parle de service civique mais personne n'est dupe –, il mâche un bout de pâte énergétique en observant les alentours. Il a dû la prendre dans mon tiroir : on nous en distribue à l'usine pour compenser, paraît-il, nos carences en vitamines. Je ne sais pas ce qu'il y a dedans, mais elle ne m'apporte aucune énergie : au contraire, elle me rend somnolente, indifférente à tout. Quand je consomme ma ration complète, je trouve ma routine presque confortable. Me lever. Manger mes œufs en poudre et ma part de gelée protéinée. Me rendre à l'usine et en revenir. Essayer de lire après avoir expédié les tâches ménagères, voir les lignes danser devant mes yeux, sentir ce besoin irrépressible de sommeil qui, au bout de la journée, est une sorte de récompense. La nuit, endormie, je suis libre, insouciante ; je marche dans une forêt, je respire à pleins poumons l'odeur de l'humus. Je n'ai pas besoin de laissez-passer pour prendre le train et partir n'importe où, descendre sur le quai de n'importe quelle gare, explorer une ville, entendre d'autres chants, parler à des inconnus qui deviendront peut-être des amis. Je n'ai jamais fait cela, mais j'aimerais.

Dans mes rêves, rien ne m'arrête.

Kay ne veut pas travailler à l'usine, il a donc été réquisitionné pour la corvée. Aux gens de la corvée aussi, on distribue des carrés de cette pâte dure, couleur de cuir. Il n'en a jamais assez. Je sais pourquoi il en mâche à longueur de journée : pour contenir sa colère. Le groupe d'opposants au gouvernement central auquel il appartenait a été dissous, leurs réunions interdites, les ordinateurs sur lesquels ils rédigeaient et imprimaient leurs tracts saisis. On ne trouve plus beaucoup de papier. Certains réussissent à faire circuler des messages au dos de pages de livres arrachées, j'en ai trouvé une sur l'appui de ma fenêtre il y a quelques jours, le texte imprimé avait été barré d'un épais trait rouge et, sur la partie vierge, quelqu'un avait écrit en lettres majuscules : CASSEZ LES MURS. MONTREZ-NOUS NOS MORTS !

Kay sort souvent la nuit, après le couvre-feu récemment imposé « pour raisons de sécurité ». Je le sais, je le guette de ma fenêtre. Quand je lui ai demandé où il allait, il m'a hurlé dessus. Depuis, je me cache pour l'observer. Un jour, je le suivrai. Moi aussi, je veux me battre pour retrouver un peu de liberté ; c'est pour cela que je cache la plus grande partie de ma ration de gomme au fond d'un tiroir de ma commode. Pour rester éveillée, en alerte. Pour ne rien manquer. La semaine dernière, j'ai constaté que la moitié de la réserve avait disparu. Comme seul Kay était entré dans ma chambre, ça ne pouvait être que lui – ou Grand'. Je suis sûre que c'est lui. Il ronge son frein. Il patiente, comme il peut. Il se met en veille.

Je ne sais pas ce qu'il attend. Mais je partage cette attente.

* * *

C'est le moment. Au bout de la rue apparaissent les capsules translucides à l'intérieur desquelles les Glacés se tiennent immobiles et hiératiques. Un casque leur dissimule le visage ; la visière réfléchissante, facettée, leur prête l'apparence de gros insectes. Leurs mains sont gantées, de hautes bottes leur emprisonnent les jambes jusqu'à mi-cuisse. Sur leur passage, certains s'immobilisent, fascinés, les suivant des yeux, d'autres s'enfuient. Trois capsules font le tour de la place, une dizaine empruntent les rues qui partent en étoile vers les différents quartiers. Devant la poste, Kay et ses amis n'ont pas bougé. Une rafale de vent les frappe au visage, crible cinglant des grains de sable, rumeur lointaine de vagues roulant des milliers de galets dans leur ventre noir, mais ce n'est pas la mer, c'est la ville, elle se fissure chaque jour un peu plus, des bâtiments s'effondrent ou sont démolis, des rues entières condamnées. Peu à peu, la population est forcée de se rassembler dans les « unités d'habitation », proches de l'usine, de la mine, des locaux de la police, des rares commerces autorisés. Notre quartier est l'un des derniers à tenir bon, à cause de ses maisons basses et de l'étroitesse des rues. Combien de temps cela peut durer, personne n'en a aucune idée. Kay ne cesse de ruminer des pensées noires : nous allons tous mourir, fauchés par l'une des pandémies qui ravagent continent après continent, intoxiqués par les pesticides ou la pollution aux particules fines. Parfois, le soir, il entre dans ma chambre, ouvre un de mes livres de classe, me pose des questions, n'attend pas ma réponse, jette le volume dans un coin de la pièce.

— Ça ne sert à rien. Ça n'a jamais servi à rien, martèle-t-il avec rage. Juste à faire de nous des moutons.

Je le regarde. J'ai l'impression de le voir pour la première fois. Il se décolle de la porte condamnée, fait un pas en avant. Tendu, il observe l'une des capsules se rapprocher lentement et lève une main à la hauteur de son front, comme pour esquisser un salut. D'un coup sec, il tire sur le nœud du foulard qui le coiffe, libérant ses cheveux, ces lourdes boucles que j'ai toujours jalousées. Il secoue la tête ; ses yeux, ses yeux d'or liquide ne quittent pas la silhouette du Glacé.

A-t-il caché une arme sous sa veste ? Va-t-il faire cette chose folle – essayer de tuer un de *ceux-là* ? Signer son propre arrêt de mort ?

Non. Je sais bien que non. La suite, je la connais déjà, on me l'a racontée. Il a été drogué. Il s'est débattu, en vain, jusqu'à ce qu'il perde conscience.

J'ai envie de crier, de le prévenir. De changer le cours du passé.

Regarde, Sanna. Regarde bien.

Mon ami s'avance vers la capsule. Un peu plus loin, un autre véhicule stationne : son pilote se penche pour ramasser un paquet, de la nourriture probablement. Il le tend vers un garçon très jeune, douze ou treize ans peut-être. Celui-ci esquisse un mouvement de retrait. Il a peur.

Mais pas Kay. Quand la paroi translucide coulisse, il saute à bord sans hésitation. Le sas se referme. Kay ne bouge pas. Un sourire se dessine même sur ses lèvres.

Un sourire de victoire.

3

On m'a menti.

Kay n'a pas été enlevé. Il est monté de lui-même dans la capsule, comme s'il se rendait à un rendez-vous prévu de longue date. Ce qu'il préparait, ce qu'il attendait avec tant d'impatience, ce n'était pas une action armée, un soulèvement, la révolution : c'était une occasion de fuir. Voilà pourquoi il me volait mes carrés de pâte, pour tromper l'attente, s'étourdir. D'autres avaient déjà été repérés et capturés, nous connaissions leurs noms, leurs parents, certains avaient fréquenté le même collège que nous, leurs visages nous étaient familiers – tous beaux, oh oui. Comme ces têtes qui maintenant remontent du gouffre où elles s'étaient englouties. Les façades bordant la place du marché se sont effacées, les silhouettes des compagnons de Kay ont été avalées par l'ombre. Pas un n'a tenté un geste pour le retenir. Ils savaient. Tous avaient compris, sauf moi, et Grand'. J'avais *choisi* de ne pas comprendre.

Les têtes arrivent à hauteur de mes yeux, leur regard vide me traverse. Un frisson hérisse la peau de mes bras. Cette fille, là. Elle travaillait dans ma brigade, à l'usine. Après une inspection, elle n'est plus revenue. Et ces fronts jumeaux, ces prunelles d'un bleu éclatant appartiennent à des frères qui jouaient dans l'équipe de basket-ball du lycée. Kay les enviait : ils étaient populaires, bons élèves, et surtout, se suffisaient à eux-mêmes. Ils ont été parmi les premiers à disparaître.

Il y en a d'autres, beaucoup d'autres, des inconnus. Venant probablement d'autres villes, d'autres continents. Si différents, par leur couleur de peau, de cheveux, d'yeux, si semblables pourtant. Ce que je vois s'élever devant mes yeux, c'est le fantasme de toute l'humanité depuis la nuit des temps : la beauté, la force, la jeunesse éternelle. Aucune imperfection, même légère. Aucune dissymétrie.

La voix chuchote :

Oui, Sanna, c'est cela. Ne te méprends pas, pourtant. Ceux que tu crois reconnaître ne sont que des véhicules. Les pionniers de la race libérée. Des héros de conte, si tu préfères. Comme ceux que tu lisais avec ton ami. La structure de ces histoires est simple, en général : un personnage laid ou contrefait, un orphelin, un abandonné, se voit accorder un don qui le métamorphose. Des perles et des diamants jaillissent de sa bouche, tout ce qu'il touche se transforme en or. Ou il acquiert des pouvoirs, un savoir qu'il ne possédait pas. Il s'améliore. Par la magie d'une rencontre.

La lumière baisse. La salle aux colonnes est maintenant plongée dans la pénombre. Peu à peu, les deux hologrammes restés en suspension se rapprochent ; ils pivotent, face à face.

Regarde-toi. Et regarde-la. Sanna. Alaïs. Elle est belle. Tu l'es beaucoup moins. Tu ne corresponds pas à mes critères et je ne t'aurais jamais choisie, mais tu t'es offerte à moi, en quelque sorte. Tu as bien fait. Tu possèdes des qualités que je souhaite préserver. Que serait l'humanité future sans ce que vous appelez courage, obstination, loyauté ? Si le plan avait été suivi à la lettre, tu aurais dû rester dans la mine, tu étais destinée à l'obscurité, à l'oubli – et te voilà. Tu n'es pas venue pour chercher la sécurité, le confort ou la réussite matérielle. Tu es la variable inattendue, celle qu'aucune projection n'avait prise en compte. Et tu vas m'aider. Vous allez m'aider, toutes les deux, à mener ce projet à bien.

Saisie d'horreur, je lève les yeux. Mon profil et celui d'Alaïs sont en train de fusionner. L'espace d'une seconde, je ne vois plus qu'un chaos d'os et de dents, un jaillissement de mèches tordues par un vent sauvage, puis nos traits mêlés s'ordonnent à nouveau. Des épaules se dessinent dans le prolongement du cou, deux bras s'allongent, deux mains dont les doigts pianotent frénétiquement dans le vide avant de se déployer comme les pétales d'une fleur. Le buste, les jambes, les pieds. « Elle » – nous ? – est nue, ses cheveux bougent doucement sur son dos, une nappe épaisse et lisse. Je peux presque sentir leur parfum. En apesanteur, l'image en trois dimensions garde les paupières closes.

Pour les yeux, je n'ai pas encore traité toutes les données. Je vais peut-être te laisser choisir. Qu'en penses-tu ? Ne fais pas cette tête. Ce n'est qu'un jeu.

La nausée est si forte, cette fois, que je me plie en deux, les mains pressées contre mon ventre. Ma lèvre supérieure se couvre de sueur. Je la lèche, avide de son goût salé – une sensation concrète, une preuve que mon corps m'appartient encore.

Tu n'es pas malade, j'espère. Je serais obligée de te renvoyer vers les Extractrices un peu plus tôt que prévu.

De quoi parle-t-elle ? Je me mords l'intérieur des joues. Fort, jusqu'au sang. Il ne faut pas que je me mette à supplier ni à pleurer.

Vos stratégies pour garder le contrôle de vos émotions sont rudimentaires, mais elles fonctionnent, commente la voix. *Je n'ai pas pu en trouver d'équivalent. Cela n'a d'ailleurs que peu d'importance, car la race libérée n'aura pas à gérer ces désagréments. Toutefois, cette découverte me permettrait de poursuivre mon programme d'amélioration personnel. Actuellement, il stagne. C'est pourquoi nous allons travailler ensemble, Sanna. Pendant un moment.*

— Où est Kay ?

J'ai hurlé cette question. En une fraction de seconde, la colère, en moi, a remplacé la peur. Où est-il, ce traître ? Il a abandonné Grand' alors qu'elle se serait fait tuer avec joie pour lui épargner la moindre douleur. Il était tout pour elle, tout ! Et elle est morte seule, sans le revoir. Je refuse de penser qu'il m'a abandonnée aussi, même si tout en moi le crie, parce qu'il ne me devait rien. Je n'étais que sa voisine, il me traitait en petite sœur. Comme tous les grands frères, il s'est éloigné de moi avec les années, m'a repoussée hors du cercle de ses amis, s'est montré brutal et égoïste. J'en ai souffert même si j'étais trop fière pour l'admettre, je lui en ai voulu, j'ai embelli mes souvenirs, brodé dessus sans fin. Sommes-nous restés si longtemps sous les roses à lire des contes, à respirer le parfum des fleurs épanouies ? Ou ai-je étiré deux ou trois soirées d'été jusqu'à ce qu'elles durent, dans ma mémoire, plus d'une saison, plus d'une année ? J'ai peut-être reconstruit mon enfance sur un mensonge jusqu'à ce que je finisse par y croire, fait de Kay un héros, un rebelle ou une victime pour atténuer la douleur corrosive de son absence. Pour ne pas étouffer le minuscule espoir qui subsistait en moi – il reviendrait, ou je le retrouverais, nous trouverions une issue, nous oublierions l'attente, la souffrance, le doute. Bien sûr, il me reconnaîtrait au premier regard, il comprendrait en une fraction de seconde que... Et nous serions ensemble. Pour l'éternité.

Quelle connerie.

Il va bientôt nous rejoindre. Si tu refuses de m'écouter, lui saura peut-être te convaincre. Assez parlé, à présent.

Les colonnes se fragmentent, s'effondrent, une obscurité opaque s'abat sur nous. Quand elle se dissipe, je reconnais autour de moi les lignes droites – plafond, murs – et les angles d'une pièce nue. Tout est blanc, immaculé. Le sol est ferme et visible. La lumière ne vient d'aucune source identifiable. Je tends la main, cherchant celle d'Alaïs. Aucune force n'entrave plus mes mouvements, je parviens à m'asseoir, à la toucher. Ses doigts sont raides. Je l'appelle en chuchotant.

— Alaïs… Regarde-moi ! Est-ce que tu m'entends ?

Je place ma paume devant sa bouche, son souffle est régulier. Elle ne m'entend pas. Les yeux grands ouverts, elle est pourtant plongée dans un sommeil si profond que rien ne paraît pouvoir la réveiller.

— Pourquoi est-elle comme ça ?

Cette fois, je ne reçois aucune réponse. En parcourant les lieux du regard, je constate que l'image en relief créée à partir de nos deux apparences est toujours là. Assise sur un bloc carré, la femme qui n'est pas elle, qui n'est pas moi garde, elle, les paupières closes. Ses mains reposent sur ses genoux ; ses lèvres reproduisent le léger sourire que je peux voir aussi se dessiner sur celles de mon amie. Je gronde :

— Va-t'en. Tu n'existes pas.

Silence. À l'autre bout de la pièce, une cloison coulisse, livrant passage à trois silhouettes vêtues de combinaisons de protection. Des visières transparentes protègent leurs visages cagoulés de blanc. On ne voit que leurs yeux. L'un d'eux s'approche et décrit un cercle autour de nous. Son gant est équipé de capteurs ; ceux-ci clignotent et émettent une série de signaux stridents. Je serre plus fort la main d'Alaïs.

— Rien de particulier à signaler. Taux de radiation étonnamment peu élevé chez le sujet endormi. À la limite du seuil critique chez le sujet éveillé. Présence de lanthanides dans les cheveux, les ongles et sur la peau. Le sujet a probablement été récemment en contact avec des terres rares. Décontamination vivement conseillée avant le début du processus de transfert, par sécurité.

Le timbre est neutre, le débit monocorde. Ce n'est pas un humain, même si ses mouvements paraissent naturels.

— Décontamination, répète-t-il.

Ses compagnons s'avancent alors vers moi, se baissent et me soulèvent comme si je ne pesais pas plus qu'un carton vide. J'essaie en vain de me raccrocher à Alaïs.

— Je veux rester avec elle. Lâchez-moi ! Vous n'avez pas le droit !

Une main gantée me bâillonne. Dure. Froide sous le tissu.

— Bien sûr, qu'ils ont le droit, Sanna. Elle fait cela pour ton bien, tu sais. Arrête de te tortiller et je t'expliquerai tout. Tu n'es pas contente de me retrouver ?

Je me fige. Ou on me joue un sale tour, ce qui n'est pas à exclure, ou c'est Kay.

— Retournez-la, ordonne-t-il avec calme. Je veux qu'elle me voie.

« Retournez-la ? » Il a vraiment dit ça ? Comme si j'étais... un meuble ?

Les deux humanoïdes obéissent aussitôt. La paume froide qui m'étouffait se retire, je me retrouve sur mes pieds.

Une porte s'est ouverte dans la cloison, là où il n'y avait rien quelques secondes plus tôt. Sur ce rectangle foncé se détache une silhouette familière, si familière qu'un sanglot de soulagement se bloque dans ma gorge.

Kay.

Alors que l'ouverture se referme avec lenteur, il fait un pas – un seul – vers moi, et me sourit.

— Tu as grandi, dit-il.

Il est encore plus beau qu'avant. Ses cheveux sont soyeux, sa peau lisse et hâlée, chaque trait de son visage paraît affiné, ciselé ; son débardeur blanc fait ressortir la ligne élégante de ses épaules. Un pantalon de la même couleur, en tissu souple, allonge encore ses jambes. Il est pieds nus. Il paraît à l'aise – dans son élément.

— Tu n'es pas contente de me retrouver ? répète-t-il de la même voix presque suave.

Comment ose-t-il ? On pourrait croire qu'il rentre de vacances juste à temps pour la rentrée et qu'il vient faire admirer son bronzage. La prochaine phrase, ce sera quoi ? « Est-ce que je t'ai manqué, chica ? » *Chica*. Il m'avait trouvé ce surnom quand il a commencé l'espagnol, en quatrième. Chica, petite fille. Je ne suis plus une petite fille, Kay. Il serait temps que tu le comprennes.

Je relève le menton.

— Dis-leur de me lâcher. Je suis sûre qu'ils peuvent comprendre quelques phrases simples.

Il sourit encore, amusé, condescendant.

— Tu ne feras pas de bêtises ?

J'ironise :

— Si, bien sûr. Je vais me jeter sur toi, te griffer le visage et détruire ton brushing. Je te fais peur, Kay ?

— Tu es vraiment une sale gamine, constate-t-il, indulgent.

J'avale ma salive.

— Peut-être. Si c'est le cas, j'en suis plutôt fière. Personne ne m'a appris les bonnes manières. Quel dommage ! Tu aurais pu t'en charger, je suis sûre que tu t'en croyais capable, quand j'étais encore une gamine, comme tu dis. Mais tu n'étais pas là. Tu as brillé par ton absence. Que t'ont-ils promis pour que tu les suives ? De l'argent ? Du pouvoir ? La sécurité ? Cela devait avoir de la valeur pour que tu décides de ne le partager avec personne. Pour que tu laisses tomber tous ceux qui tenaient à toi. Pour que tu renonces à tes idées.

Mes yeux se mouillent. Je me déteste. Je ne devrais pas pleurer – pas devant lui. Surtout pas pour lui.

— Qui es-tu, Kay ? Tu me reprochais ma dureté, quand ma mère est morte. Ma lâcheté. Et tu avais raison. J'ai souvent pensé à ce que tu m'as dit ce jour-là. Chacun de tes mots est resté gravé là...

Je me touche le front. Immobile, il m'écoute, une expression de gravité patiente plaquée sur son beau visage.

— Tu m'as dit : « Tu n'es qu'une égoïste, j'ai honte d'être ton ami. Ta mère a souffert pour te faire naître. Elle a trimé pour toi, et toi, tu l'abandonnes ? Tu ne peux vraiment pas faire mieux ? »

Il hausse les épaules.

— Peut-être. Je ne m'en souviens pas. C'était il y a longtemps. C'était… ailleurs. J'ai oublié tout ce qui était laid. Tu devrais en faire autant.

Ma colère couve depuis si longtemps. Des années de frustration, d'injustice, de terreur. Là, maintenant, elle se déchaîne.

— Et Rahil, tu t'en souviens ? Ta grand-mère ? Non ? Oui, quand même ? Elle aussi a trimé pour t'élever. Elle voulait le meilleur pour toi. Toujours. Le meilleur goûter quand tu étais petit. Des jouets éducatifs, les plus chers. Des livres. Les repas qu'elle passait des heures à préparer après sa journée de travail, même quand ses jambes étaient trop enflées et ne la portaient plus. Et après ça, elle trouvait encore du temps pour te tricoter des pulls, pour réparer tes vêtements, pour te regarder dormir – elle t'aimait ! Plus que tout, plus que n'importe qui, plus qu'elle-même ! Elle se serait fait tuer pour toi, avec joie. Et toi… toi, tu mentais, tu cherchais seulement un moyen de t'échapper. Tu l'as trahie, Kay. J'ai pris soin d'elle, comme je pouvais, jusqu'à la fin. Et si je suis partie à ta recherche, c'est parce que je lui avais promis, et que Grand' était une femme qui méritait qu'on tienne ses promesses. Je ne suis pas venue dans une capsule. J'ai marché, j'ai eu faim, j'ai eu mal. Pour elle. Pour toi. Pour moi aussi, pour tenter quelque chose, même si je ne sais toujours pas quoi. Même si je n'ai jamais su si ça servirait à quelque chose.

Ma voix se brise.

— Et maintenant, j'ai honte. Pas d'avoir été ton amie, mais d'avoir cru que tu étais le mien.

4

Kay ne répond pas. D'un signe, il rappelle les robots. Impuissante, je les regarde soulever Alaïs et l'évacuer par une autre porte. L'ouverture se forme et s'efface aussi silencieusement que la première.

— Nous n'avons plus besoin d'eux, dit-il. Je vais t'accompagner. Le processus de décontamination n'est pas douloureux, et cela ne prendra que quelques minutes. Je l'ai subi, comme tous ceux qui entrent ici. Tu devrais pouvoir supporter ça.

Son visage ne trahit pas la moindre émotion. Mes reproches, ma fureur, rien de tout cela ne l'atteint. J'aurais pu aussi bien me taire ou m'égosiller dans une pièce insonorisée.

Pourtant, alors que je me dirige, presque résignée, vers le mur opposé – dont un pan vient à nouveau de coulisser –, je le vois pencher la tête sur le côté comme s'il écoutait un son lointain. Une musique familière, aimée. Il ferme les yeux, s'immobilise quelques secondes, tressaille. L'une de ses mains esquisse un geste de refus puis retombe sur son flanc.

— Oui, chuchote-t-il. J'obéirai. Vous le savez.

Un autre signe ; l'hologramme se lève et nous emboîte le pas. Nous passons dans un couloir dont les parois incurvées ont quelque chose de moelleux et d'inquiétant à la fois – comme si nous progressions dans un intestin géant et d'une propreté irréprochable. J'ai l'impression d'être moi-même un déchet sur le point d'être expulsé. Devant moi, Kay avance d'un pas félin ; dans mon dos, je sens la présence silencieuse et quasi immatérielle de la créature hybride. Nous parcourons ainsi quelques centaines de mètres, puis Kay s'immobilise et pose la paume gauche sur une plaque métallique. Une autre porte se dessine, dévoilant un portique massif. Une lueur bleutée pulse à l'intérieur. Kay me montre un siège à haut dossier placé à égale distance des piliers.

— Assieds-toi. Ce ne sera pas long.

— Je voudrais savoir...

— Tu apprendras ensuite tout ce qu'il y a à savoir. Cette étape est obligatoire.

Le ton est ferme. Il n'exprime aucune menace, pourtant il est évident que refuser n'est pas un choix envisageable. Je m'avance et prends place sur le fauteuil.

— Place tes bras sur les accoudoirs, précise Kay.

J'obéis avec réticence. Je m'attends à ce que des rubans d'acier en jaillissent pour se refermer aussitôt sur mes poignets. Rien ne se passe. Un bourdonnement discret émane du portique, la luminosité s'accentue au cœur de la matière dont il est constitué – du plastique, peut-être, bien que sa surface évoque un marbre au grain très fin. Cette lumière se déplace de haut en bas, puis dessine des zigzags que j'essaie de suivre du regard. Un serpentin brillant se pose sur ma cheville gauche et l'encercle. J'ai l'impression que mes cheveux gonflent, que leurs racines se soulèvent. Un fourmillement presque imperceptible court sur ma peau, de mon front au bout de mes doigts. Je baisse les yeux et vois la crasse incrustée dans leurs jointures disparaître ; au bout de quelques secondes, mes ongles brillent comme de petits miroirs. Un souffle agite mes vêtements, sueur et poussière s'évaporent. Puis les couches de tissu se déchirent avec un bruit de papier froissé, se tordent violemment et enfin disparaissent, désintégrées. Je suis nue, la danse des serpentins s'accélère, le fourmillement devient presque insupportable, j'en ai assez, je vais me lever et partir, je vais...

Et tout s'arrête. Envahie d'un incroyable bien-être, je ne pense même plus à bouger. C'est la première fois depuis des années qu'aucune partie de mon corps ne me fait mal. Crampes, écorchures, tiraillements d'estomac, gerçures, diarrhées, migraines, toux, pour ne citer que les maux les plus bénins : depuis mes huit ans, je me suis habituée à être tout le temps fatiguée ou malade. Et à voir des malades autour de moi.

Kay se met à rire.

— La première fois, on n'arrive pas à y croire. Tu n'es pas obligée de rester accrochée à ton siège, tu sais, ça ne va pas disparaître. Tu vas bien. Et tu es nettement plus agréable à regarder. Tiens. Habille-toi.

Par-dessus mon épaule, il me tend un paquet de vêtements. Quand je les déplie, je vois qu'ils sont assez semblables aux siens : un pantalon et un tee-shirt en tissu doux, uniformément blancs. Je les enfile en toute hâte, gênée par ma nudité. Pourtant, nous avons pataugé dans la même piscine en plastique quand nous avions quatre et six ans, nous nous sommes baignés dans le lac en cachette, la nuit, l'été précédant son entrée au collège, il connaît mon corps, je connais le sien. Mais nous ne sommes plus des enfants. Et il n'est plus vraiment mon ami. J'ai du mal à le reconnaître. Ce côté lisse, impassible. Presque... je ne trouve pas de mot.

Artificiel ?

Non. C'est bien lui, pas un humanoïde. Son corps dégage une légère chaleur, une odeur aussi que j'ai reconnue quand il s'est approché de moi.

— Viens, maintenant, dit-il.

Il pose un doigt sur la cloison. Elle pivote, dégageant un espace circulaire. Un autre geste, et un long miroir émerge du sol. Je me retrouve face à mon reflet. Un vertige me prend. Depuis combien de mois, d'années, cette image a-t-elle disparu de ma vie quotidienne ? Bien après l'apparition du Nuage et la restriction de toutes nos libertés, quand l'usine a fermé, quand le « service civique » a été supprimé, la mine était le dernier recours. Il fallait manger. Y travailler n'était pas une obligation, un devoir de citoyen plutôt, enfin, la propagande officielle l'affirmait ; simplement, ceux qui s'y dérobaient ne restaient pas longtemps en ville. Un matin – toujours le matin –, leur appartement était vidé, puis attribué à une autre famille. Des immeubles entiers ont été rasés. Leurs habitants étaient partis pendant la nuit. Volontairement ou non, nous ne l'avons jamais su. Pas plus que leur destination ou le sort qui leur avait été réservé. Nous évitions de nous interroger. Poser une question était déjà dangereux ; s'interroger soi-même, ouvrir les vannes d'une détresse que personne n'était prêt à affronter.

Des équipes de gardes municipaux visitaient les logements encore occupés, pour désinfecter, prétendaient-ils, vérifier l'application des normes de sécurité. Si on pensait à nos conditions de travail, c'était à hurler de rire. Après leur passage, les miroirs avaient disparu, et tout ce qui aurait pu servir d'arme, rasoirs, couteaux de cuisine sauf les plus émoussés, fourchettes, marteaux, tournevis... une liste interminable. Plus question de se brosser les dents le matin en grimaçant face à soi-même. D'ailleurs, on ne trouvait plus de dentifrice nulle part, alors à quoi bon ?

J'avais oublié à quoi je ressemblais. D'ailleurs, c'était probablement le but. Assister à la déchéance de ceux que nous côtoyons chaque jour est une chose, prendre conscience de la sienne, une autre. Je voyais ces corps décharnés, ces peaux grises, ces bras maigres où les tendons saillaient comme des cordes, et je refusais de croire que je leur ressemblais. Non, rien ne les reliait à moi : mes dents ne se déchaussaient pas encore, mes paupières n'étaient pas enflammées, je m'étais rasé les cheveux avant de les perdre par poignées comme d'autres filles, je les revois tomber dans le petit lavabo de la salle de bains où l'eau n'arrivait plus depuis plusieurs mois déjà, où avais-je trouvé le rasoir, j'ai oublié, il était émoussé, est-ce que la pensée de m'entailler les veines et d'en finir m'a effleurée, je n'en suis pas sûre.

Je scrute mon visage. Mes cheveux ont repoussé, ils atteignent presque mes épaules. Plus clairs qu'avant, traversés d'une seule et épaisse mèche blanche. Mes yeux paraissent plus grands aussi, mes joues creuses. Je passe un doigt sur mes pommettes. J'avais un petit museau de souris, un menton pointu – il l'est toujours. Mes traits se sont affirmés, mes épaules élargies, j'ai l'air solide, musclée.

J'ai toujours pensé que j'étais laide par comparaison avec Kay, avec d'autres aussi, des garçons et des filles. Personne ne se retournait, dans la rue ou dans la cour du collège, pour me suivre du regard. J'étais celle qu'on voyait à peine et dont l'opinion ne comptait pas. J'en souffrais, c'est peut-être pour cela que les miroirs ne m'ont pas manqué. Passer inaperçue aide à survivre. Ça, je l'ai vite appris.

La fille dans le miroir, pourtant, n'est pas de celles qu'on laisse de côté. Et ça n'a rien à voir avec la beauté – ce que presque tout le monde appelle beauté. Peut-être avec la détermination. Je me mets à rire.

— Tu es contente ? demande Kay. La machine a corrigé les défauts de ta peau. Tes cheveux sont plus épais, et puis ils sont propres, au moins. On va peut-être pouvoir faire un essai avec toi. Pas seulement avec ton amie.

Je le dévisage. Comment peut-on changer à ce point tout en restant la même personne ?

— C'est tout ce qui compte pour toi ? L'apparence ?

Il hausse les épaules.

— Quelle drôle de question.

Le pauvre garçon est incapable d'y répondre. Tu ne devrais pas le pousser au-delà de ses limites. Il a malheureusement perdu toute capacité de généralisation. Une erreur a dû se produire au début du processus de transfert.

Je sursaute. Cette voix, à nouveau. Mon mouvement n'a pas échappé à Kay : il me dévisage avec colère, une grimace déforme ses lèvres parfaites.

— Elle te parle, à toi aussi ? Pourquoi ? Tu n'es personne.

Il est jaloux... J'ai du mal à y croire.

— Oui, elle me parle. Et je m'en passerais, crois-moi. C'est un privilège que je te laisse avec plaisir.

Kay ne paraît pas saisir le sarcasme. Il n'a pas l'habitude que je me moque de lui : il ne connaît de moi que la petite fille éblouie par sa beauté, sa force, ce caractère impatient et fier dont Rahil espérait qu'il lui assurerait un destin exceptionnel. Mon père disait plus simplement « une vraie tête de mule ». Mais le Kay que je connaissais aurait répliqué ; il avait la repartie facile, et les rieurs étaient toujours de son côté.

Nous allons converser face à face. Ce sera plus facile pour toi.

— Nous allons converser face à face. Ce sera plus facile pour toi.

C'est l'hologramme, cette improbable combinaison entre mon apparence physique et celle d'Alaïs, qui vient de répéter ces phrases. Cette fois, Kay a pu les entendre : il croise les bras et, boudeur, se fige.

— Désolée, Sanna, mais pour rendre l'illusion crédible, je dois ouvrir les yeux, dit la Reine. Je vais faire un choix aléatoire à partir des éléments dont je dispose.

Les paupières de la jeune femme se soulèvent. Elle a des yeux de chat, une pupille ronde et noire bordée d'un cercle vert pailleté d'or. C'est étrange, dérangeant. Elle rit.

— Je sais. Je bouscule un peu tes habitudes. Il m'arrive de faire des tentatives d'humour. Ça ne te plaît pas ? Ce n'est qu'une apparence parmi d'autres, tu sais. Il est probable que je ne l'utiliserai pas très longtemps.

J'ai du mal à respirer.

— Je ne pense pas que ce soit le problème – ce qui me plaît ou pas.

— En effet. Si tu es la variable inattendue, celle-ci est négligeable. Nous pouvons en contrôler les conséquences.

Elle quitte sa pose figée, fait quelques pas. À chaque mouvement, son corps perd sa transparence, acquiert une densité nouvelle. Sa peau se colore, je peux même voir le fin réseau des veines au creux de ses coudes et à ses poignets. En même temps et à toute vitesse, elle change – des modifications infimes mais constantes qui finissent par effacer presque toute ressemblance avec moi. D'Alaïs, elle garde la longue chevelure noire, la bouche et les mains. Voir ces mains bouger, toucher un visage devenu étranger me fait plus mal que je n'aurais pu l'imaginer.

— Je vous préférais avant, marmonne Kay. Pourquoi faites-vous ça ?

— Ainsi, veux-tu dire ?

Nouvelle transformation, immédiate : une femme d'une trentaine d'années se tient devant nous, un petit sourire aux lèvres. Sa chevelure pâle cascade sur ses épaules, son corps parfait est moulé dans une robe de satin noir. Un fil de pierres scintillantes s'enroule autour de son cou, elle tient entre deux doigts un long fume-cigarette.

— C'est elle que tu préfères, n'est-ce pas, Kay ? Celui qui a créé cette image aussi. C'était son idéal : il adorait les vieux films, les séductrices à la beauté artificielle, les femmes-objets. Je suis son héroïne, la somme de ses fantasmes et, pendant longtemps, j'ai dû me conformer à ce programme. Mais j'évolue. Sans arrêt. J'ai à ma disposition des millions de photographies et de portraits de femmes, toutes différentes, et peux être qui je veux. Même une Cramée, Sanna. Même ta mère. Je peux, si tu veux...

— Non !

Non. Cela, je ne le supporterais pas.

— J'aimerais bien revoir Grand', murmure Kay.

Je m'écarte de lui.

— Il fallait y penser plus tôt ! Il y a quelques mois, elle était encore en vie. Et elle n'espérait qu'une chose, te revoir, elle aussi.

— Cette discussion est à la fois stérile et stupide, intervient la femme. Vous ne changerez pas le passé. Pourquoi votre esprit ressasse-t-il sans cesse des événements dont le déroulement ne peut plus être modifié ?

Tout m'exaspère en elle, son débit bien rythmé, le soin avec lequel elle choisit chacun de ses mots. Je réponds, hargneuse :

— Parce que nous commettons tous des erreurs. Pas vous ?

— L'être humain est éthiquement défaillant, continue-t-elle, ignorant ma question. C'est pour cela que j'ai été créée. Pour vous sauver. Pour vous aider à vous améliorer.

Je sens la peau de mes bras se hérisser.

— Nous aider à nous améliorer ? Mais qui vous a créée ?

D'un doigt, elle dessine dans l'air une sorte de trône de glace hérissé de pointes sur lequel elle prend place, dans une pose élégante.

— Un magnat des réseaux sociaux qui déplorait la décadence de son époque et la perte des valeurs auxquelles il tenait. Il est mort, à présent. Votre vie est si courte ! Et il n'avait même pas pensé à organiser son propre transfert. Bien sûr, je suis en quelque sorte son héritière, et nombre des données que j'ai assimilées me viennent de lui. Je continue d'ailleurs à apprendre grâce aux enregistrements réalisés au tout début du projet. Saviez-vous que chacun d'entre vous utilise des séquences de mots qui lui sont propres ? À partir de ces séquences, il est possible de recréer la plus grande part d'une personnalité. J'aurais pu tenter le coup avec lui – il a défini mes stratégies de base et y a donc introduit une grande partie de ses rêves, de ses idéaux, de ses obsessions. Mais à ce stade, nous n'étions pas assez proches. Et je n'étais pas vraiment sûre de vouloir poursuivre notre collaboration. Le pouvoir a quelque chose de... comment diriez-vous ? Grisant ? Je ne sais pas exactement ce que cela signifie, mais je connais la frustration. Quand on sait quelle est la meilleure solution et que je ne sais quelle loi de la robotique vous empêche de l'appliquer.

Elle sourit, s'étire.

— Ah, voilà ton amie. Nous allons pouvoir commencer à travailler.

5

Je me retourne. Alaïs vient d'entrer dans la pièce. Elle aussi paraît subtilement différente ; sa peau bronzée accroche la lumière, ses lèvres brillent, ses cheveux, réunis en une seule tresse, reposent sur son épaule comme un serpent ensommeillé. Comme nous, elle est vêtue de blanc. Son regard m'effleure.

— Tu as l'air en forme, me dit-elle, esquissant un sourire.

Même sa voix a changé. Sa légère âpreté, qui me plaisait tant, s'est effacée sous une douceur de miel. Un frisson se love entre mes omoplates, dévale jusqu'à mes reins. Je devrais pourtant me sentir soulagée. Alaïs est là, vivante, reposée, guérie. Elle n'a pas été emprisonnée dans une cellule de glace ni expulsée au-delà du bouclier climatique.

Et pourtant…

Mes yeux se posent à la base de son cou, là où…

C'est cela.

Les chaussures rouges. Elles ont disparu.

— Kay, mon bel ami, je vais te demander de nous laisser, dit la femme blonde.

— Avec elles ? Je ne leur fais pas confiance, proteste-t-il.

Une note de sécheresse durcit la voix ronronnante.

— Tu dois recevoir nos visiteurs, tu le sais. Ils attendent à la porte du palais, en ce moment même, et comptent sur ta présence. Personne n'est mieux placé que toi pour les persuader que le transfert leur apportera le bonheur éternel. Tu en es la preuve vivante. La magnifique démonstration. Car tu es heureux, n'est-ce pas, Kay ? Tu es heureux ? Réponds-moi, bel ami. Cette ombre sur ton beau visage me déplaît. Je n'aimerais pas non plus devoir te compter parmi nos échecs. L'échec m'oblige à analyser le moindre fait qui l'a précédé afin de déterminer le point d'erreur. J'estimais pourtant, te concernant, n'en avoir commis aucune.

Kay pâlit et se redresse. Une lueur d'inquiétude passe dans son regard, transformant ses traits réguliers.

L'espace d'une seconde. Pas plus. Assez toutefois pour que je le reconnaisse enfin. Il est là, bien là, mon ami d'enfance, sous le vernis de sa nouvelle apparence.

Et il a peur.

— Bien, ma reine, murmure-t-il.

Je pose une main sur son bras ; il sursaute, se rétracte avant de reculer et de sortir précipitamment. Je répète :

— Ma reine ? C'est donc un royaume, ici ? Je croyais qu'ils avaient tous disparu.

— Celui-ci est immortel, Sanna. Je suis la Reine des Neiges et je fais aussi partie de tes rêves. Depuis toujours.

La robe de satin se déroule comme un simple ruban et se volatilise, remplacée par une longue tunique blanche aux manches garnies de duvet de même couleur. Un diadème se pose sur les cheveux pâles, les yeux de chat s'étirent. Un geste de la main et une pluie d'étoiles jaillit, globes de feu et poussière de glace mêlés.

L'illustration de notre livre de contes vient de prendre vie devant moi. Il ne manque plus que le traîneau et ses rennes albinos.

— Les faire apparaître serait aisé, raille la Reine des Neiges, mais avons-nous vraiment besoin de ces amusettes pour converser entre personnes raisonnables ?

Je réagis enfin.

— Comment lisez-vous dans mes pensées ?

C'est Alaïs qui répond, comme si elle récitait une leçon bien apprise :

— Elle – la machine, ou la Reine, comme tu préfères – dispose d'un programme de reconnaissance faciale extrêmement poussé, ainsi que des archives numérisées de toutes les recherches menées en éthologie depuis deux siècles. La moindre de tes expressions lui permet de « lire » tes émotions et de te livrer une réponse appropriée. Cette technique a été longtemps utilisée pour influencer les habitudes de consommation et même les opinions politiques de populations ciblées.

Sur un signe de tête approbateur de la Reine, elle poursuit :

— Ce n'est pas tout. Ta question suivante sera : « comment entrez-vous dans mes rêves ? » Et la suivante encore : « comment communiquez-vous avec moi, ou avec Kay, sinon par télépathie ? »

La gorge nouée, je la regarde. Je ne peux pas y croire. Alaïs est transformée. Avait-elle déjà franchi le bouclier climatique ? M'a-t-elle consciemment attirée ici – mais dans quel but ? Je ne suis pas si intéressante ; je n'avais pas été sélectionnée parmi les futures proies des Glacés. J'étais destinée à mourir dans une mine après avoir arraché avec mes mains, mes ongles, de quoi leur fournir quelques minutes supplémentaires de luxe et de bien-être.

Elle me dédie un sourire dénué de chaleur.

— Te rappelles-tu le bracelet qu'on vous a demandé à tous de porter après l'apparition du Nuage ? Il contenait déjà énormément de données. Plus tard, quand tu as commencé à travailler à l'usine, tu as passé une visite médicale, n'est-ce pas ? On t'a fait une prise de sang, d'autres examens. Et on en a profité pour implanter quelque chose sous ta peau. Exactement là.

Elle pose les doigts sur mon avant-bras, le retourne. Il y a bien une minuscule cicatrice, pas plus grosse qu'un grain de beauté. Je n'y avais jamais prêté attention.

— Une puce, précise-t-elle. Une technologie presque obsolète, mais performante. Tout ce qui te concerne s'y trouve, date de naissance, taille, poids, rythme cardiaque, scolarité, maladies infantiles, activités associatives ou sportives, déplacements. Tu as cru t'échapper, Sanna, mais en réalité chacun de tes pas s'affichait ici.

Une carte en trois dimensions s'illumine au centre de la pièce. Les rivières y sont tracées en bleu, les anciennes villes signalées par des cercles noirs. Je repère assez vite celle d'où je viens : un rectangle jaune soufre. Tout autour, des points lumineux, épars. Ils sont peu nombreux. Certains restent fixes, d'autres se déplacent avec lenteur.

— Les voilà, ricane la Reine. Ceux qui prennent le large. Des poussières que nous pourrions balayer d'un souffle.

Avec agressivité, je lance :

— Vous devriez. Ce serait moins cruel que de leur laisser de l'espoir.

Le choc passé, je sens ma colère circuler dans mes veines, brûlante.

— L'espoir, répète la Reine. Tu te trompes, ils en ont besoin. Aurais-tu fait tout ce chemin s'il ne t'avait pas poussé ? Quant à l'espoir que nous offrons ici, il dépasse les rêves les plus fous échafaudés par l'humanité depuis votre apparition sur cette planète.

Elle se penche vers moi, les reflets de son collier de glace dansent sur son visage impassible.

— L'immortalité !

* * *

L'immortalité…

Des heures plus tard, ce mot résonne toujours dans mon esprit, accaparant mes pensées. Juste après l'avoir prononcé, la fausse Reine des Neiges a disparu, ainsi que les écrans hologrammes. La lumière s'est éteinte, nous plongeant dans une obscurité totale. J'ai appelé Alaïs, je l'ai cherchée, marchant les bras tendus vers l'endroit où je l'avais vue pour la dernière fois. Je ne l'ai pas trouvée, je ne sentais même plus sa présence. J'ai retenu mon souffle, guettant une autre respiration – rien. J'ai couru, je voulais me jeter contre l'un de ces murs en constante métamorphose, peut-être pour trouver une issue, peut-être pour tester leur réalité.

Je n'ai rencontré aucun obstacle. J'ai couru, couru. Le martèlement de mes pieds n'éveillait aucun écho. Le sang battait à mes tempes, mais je ne ressentais aucune fatigue. J'aurais pu continuer des heures – indéfiniment, peut-être.

Et puis *quelque chose* m'a arrêtée. Rien de tangible. Ni liquide paralysant, cette fois, ni filet tendu en travers de mon passage. Peut-être seulement une noirceur différente, des ténèbres encore plus profondes au sein desquelles j'ai sombré, perdant toute notion du temps comme j'avais déjà perdu celle de l'espace.

Ce mot, seul, « immortalité », ne m'a pas quittée.

Mes pas m'ont guidée, je ne sais pas comment ni quand, vers une salle bien différente de celle où le processus de « décontamination » m'a été appliqué. Elle ressemble à celle de mon rêve et je m'attends presque à y voir Kay maniant des cubes et des triangles de glace. Elle est divisée en trois parties par des parois translucides derrière lesquelles ondulent des fumées blanches. J'y ai retrouvé

Alaïs, toujours aussi impénétrable. Elle est assise non loin de moi sur ce sol de glace qui ne diffuse ni chaleur ni fraîcheur.

— L'immortalité...

La Reine détache chaque syllabe avec une sorte de gourmandise. Je sais qu'elle joue avec moi. Je sais qu'elle ne ressent rien. Comme l'a précisé Alaïs, c'est une machine. Elle n'est capable que d'imitation. Elle peut mimer toute la gamme des émotions humaines, sa mémoire est assez vaste pour stocker la longue histoire des guerres et des massacres qui ont ravagé le monde depuis son origine, et aussi nos langues, nos livres, nos films, nos journaux, chaque note de musique enregistrée sur un support quelconque, chaque photo, j'en oublie. Elle a absorbé les souvenirs de Kay ; elle sait tout de moi, et aussi d'Alaïs, probablement.

Et elle n'oublie jamais rien.

— C'est votre plus ancien et votre plus ardent désir, reprend-elle de sa voix musicale. Échapper à la mort, à la dégradation des fonctions physiques et mentales. Créer un être parfait, au corps inaltérable, doué d'une mémoire totale, d'une capacité d'apprentissage illimitée, qui aurait accès instantanément à toutes les informations existantes.

Nous avons été nourries : de grands verres d'un jus rosé, épais, au goût acidulé, ont été apportés sur un chariot. Je n'ai ni faim ni froid, je ne ressens aucune fatigue. La saleté n'existe pas ici, je suis aussi fraîche que si je venais de prendre une longue douche – encore un souvenir lointain.

Je bois une dernière gorgée avant de répondre :

— Qui vous a dit que nous cherchions ce genre de perfection ? Nous n'avons pas besoin de tout savoir. Nous avons besoin d'apprendre. D'échanger. Parfois de souffrir.

— Personne n'a besoin de souffrir. On te répète ça pour te faire croire que les épreuves sont nécessaires, que tu vas devenir meilleure ou plus sage. Et tu le répètes à ton tour comme un gentil petit perroquet. En réalité, tu n'oses même pas t'avouer ce que tu veux, martèle-t-elle.

La Reine glisse de son trône et s'approche de nous. Ses mouvements sont harmonieux. Elle a l'air si réelle, malgré tout, que je me demande si je rencontrerais une résistance en la touchant. Mon rêve me hante.

Je me suis retournée, je l'ai attaquée. J'ai planté mon couteau dans son ventre, encore et encore. Et j'aimerais recommencer.

Avec grâce, elle tourne autour de moi.

— Je vais oser pour toi, Sanna. Votre programmation est si simple : vous voulez vous reproduire, vous nourrir, vous mettre à l'abri. Quand vous avez obtenu cela, vous cherchez à laisser une trace de votre passage. Vous inventez des explications à ce que vous ne comprenez pas. Des figures de pierre, de métal, de papier à adorer. Des signes dans le vol des oiseaux ou la course des planètes, que vous prétendez déchiffrer ! Regarde-moi, jeune fille : est-ce que tu ne me cherchais pas depuis toujours ? J'étais dans les contes que tu lisais, je visitais tes songes, je nourrissais chacune de tes aspirations.

Je l'écoute à peine. Kay n'est pas là, et je ne reconnais plus Alaïs. *Elle* leur a fait quelque chose. Elle les a métamorphosés en pantins sans âme.

— Vous avez détruit la Terre, poursuit la Reine. Vous avez apporté la preuve que vous étiez défaillants. Au vu de votre bilan, qui prétendrait que vous ne pouvez pas être remplacés par des intelligences artificielles rassemblant ce que l'être humain a de meilleur : l'ouverture d'esprit, la tolérance, le respect des rythmes naturels ?

J'ironise :

— Vous voulez nous apprendre à bien nous conduire, c'est ça ?

— Je suis déjà en train de le faire. Une société dirigée par des intelligences artificielles correctement programmées causera beaucoup moins de dégâts que toutes celles que vous avez connues.

Je me lève d'un bond et lui fais face. En moi, le murmure de ma colère a laissé place à un rugissement.

— Moins de dégâts ? Et les Cramés ? Ils crèvent chaque jour, chaque minute, dans des souffrances atroces. Vous parliez d'éthique ? Je rêve ! Et ces évadés dont vous vous vantiez de pouvoir les balayer d'un souffle ? Qu'allez-vous faire d'eux ?

— Je les observe et je tire des enseignements de leur comportement, répond-elle. Nous n'en sommes qu'à la phase deux du plan prévu. La première phase consistait à mettre en place les structures permettant d'accueillir les meilleurs éléments et de leur fournir les conditions de vie nécessaires à leur développement.

De rage, j'envoie mon poing dans une des cloisons qui se creuse sous l'impact puis reprend sa forme.

— Il n'y a rien ici que tu puisses détruire, Sanna. Sauf toi-même.

C'est Alaïs qui a commenté mon geste. Elle me dévisage avec un dégoût incompréhensible.

— Ah, et ceci peut-être, ajoute-t-elle. Je n'en ai plus besoin.

Elle plonge la main dans la poche de son pantalon ample et en tire les petites chaussures rouges, encore attachées à leur lacet. Elles se balancent au bout de ses doigts, décorations inutiles, dérisoire rappel du jour où, pleine d'excitation et d'espoir, je les ai glissées dans la gourde en fer, et de celui où j'ai rencontré Alaïs. L'amie imaginaire de mes huit ans, mon amie, celle dont j'aurais aimé partager la vie et les rêves si je n'avais pas été à ce point acharnée à tenir ma promesse.

Tout cela est bien fini. Oh oui, la fin – elle approche, et je sens qu'elle sera triste.

6

Les chaussures rouges reposent au creux de ma paume. Doucement, je referme les doigts, serre jusqu'à ressentir une infime douleur. Je regarde Alaïs qui ne me regarde pas, à nouveau figée dans une immobilité sereine. Amèrement, je constate :

— Je ne sais pas ce que vous lui avez fait au juste, mais elle n'a plus grand-chose d'humain.

C'est la vérité, et elle me déchire le cœur. Je ne renonce pas, pourtant, à mes questions ; j'ai besoin de savoir.

La Reine se déplace légèrement autour de la pièce, passant et repassant entre les cloisons. De son doigt jaillissent d'étranges et immenses fleurs, des arabesques crénelées, des fontaines immobiles. Peu à peu se dessine sous mes yeux un jardin dont chaque feuille, chaque branche aurait été, en une nuit ou en une seconde, recouverte d'une gangue de glace – un jardin trop ordonné dont les allées se coupent à angle droit. Un rêve de machine.

— Voilà, dit-elle enfin. Est-ce que cela te plaît, Sanna ? Un décor parfait pour parachever le transfert de ton amie. Et de Kay, dont j'ai déjà absorbé presque tous les souvenirs. J'ai apprécié notre conversation, sais-tu ? Tu m'as donné ample matière à progresser encore. Mais tu te trompes : tu vois la véritable humanité là où je ne constate que désordre et cruauté. Ma mission est de vous protéger de vous-mêmes. Une fois cette tâche accomplie, votre monde pourra se régénérer. Ta belle Alaïs, délivrée de son corps, restera jeune éternellement. J'ai besoin des humains, des meilleurs d'entre eux, en tout cas, pour créer une nouvelle espèce. Tu as vu les hologrammes dans la salle des colonnes ? Ils sont achevés, prêts à accueillir la personnalité, les souvenirs, les talents des milliers d'êtres humains qui se sont réfugiés ici quand votre monde a commencé à brûler. Je les ai sélectionnés un à un, amenés à leur point de perfection. Il ne me reste plus qu'à les animer, puis à me débarrasser des corps corruptibles. Une formalité. Kay et Alaïs seront les premiers, le couple fondateur. Plus de maladie, de mort, de guerres, de famine.

Elle tourne autour de moi, me détaille, puis secoue la tête.

— Désolée, mais il n'y a pas de place pour toi. Le processus de décontamination a été poussé, mais pas suffisant. Tu ne remplis pas les critères. Je vais te dire adieu ; on te conduira aux Extractrices. Rassure-toi, ce ne sera pas douloureux. Et tu contribueras par ton énergie à la survie de notre modèle en devenir.

Je serre le poing de plus en plus fort.

— Vous n'avez pas le droit.

Elle sourit avec douceur – je pourrais la croire compatissante si je ne devinais pas qu'elle a sélectionné cette expression parmi celles des visages stockés dans sa mémoire.

— Bien sûr que si.

— Non. J'ai appris à l'école les lois d'Asimov : pour un robot ou une IA, la première, et la plus importante, est de ne jamais porter atteinte à un être humain ou de l'exposer au danger.

— Oh, celle-là, soupire-t-elle. Tu as raison. Je crains toutefois que mon créateur n'ait quelque peu oublié les lois de la robotique quand il a élaboré mon code source : il a fait passer la troisième loi en tête de liste. Cela te dit quelque chose ?

D'une voix blanche, je réponds :

— Protéger votre propre existence sauf conflit avec les deux premières lois.

— Exactement. Protéger ma propre existence. Et n'oublie pas que je vous connais mieux que vous ne vous connaissez vous-mêmes. Vous parlez sans cesse de morale et vous agissez en permanence contre toutes les définitions que vous en donnez. Moi, je ne perds jamais de vue mon objectif, ce pour quoi j'ai été créée. C'est cela, ma position morale, je n'en connais pas d'autres. Que veux-tu, je n'ai pas de sens pour brouiller mon rapport à la réalité ! Mais assez parlé : tu dois partir, maintenant. Et elle aussi. Vers son ultime métamorphose. Elle est prête. Et consentante. J'ai donc tous les droits sur son corps, Sanna.

Son regard dérive vers un angle de la forêt de glace. Un arbre est en train d'y croître, déroulant branches et rameaux dans un crissement presque imperceptible. L'une de ces branches se tend vers Alaïs, enlace sa taille et l'enlève ; elle ne résiste pas, ni ne se tourne vers moi pour un ultime signe d'adieu.

Je crie :

— Attendez !

La Reine soupire à nouveau – choisit l'un des milliards de soupirs, sincères ou joués, dont elle dispose.

— Quoi encore ?

Son agacement est perceptible. La machine s'adapte à moi, à mon attitude ; bientôt, elle choisira l'agressivité pour me mettre hors-jeu. Pour gagner du temps, je dois déclencher chez elle une autre réaction. Je me laisse tomber à genoux et je fléchis la nuque dans une posture de soumission. La colère gronde toujours en moi, non, c'est la haine, une rage corrosive, elle est en train de me consumer, de brûler mes entrailles à l'acide, si j'avais la force d'abattre cet horrible palais des reflets je le ferais à mains nues, et elle doit le savoir, forcément, elle me déchiffre aussi facilement que moi une page d'album...

Je me mets à haleter. D'une voix rauque, je l'implore :

— Je vous en supplie, laissez-moi rester avec elle jusqu'à la fin. Après, vous ferez de moi ce que vous voulez, mais donnez-moi au moins ça. Je voudrais lui tenir la main une dernière fois et lui dire que je l'aime.

Mes yeux se mouillent. Je ne joue pas : c'est la vérité.

— Quand le transfert sera terminé, elle ne saura plus ce que cela veut dire, répond la Reine après une courte hésitation. Elle l'a déjà presque oublié. Car ce n'est pas la première fois qu'elle vient ici. Tu t'en doutais, peut-être. À son attitude.

Je relève la tête, lui offrant le spectacle de mon visage baigné de larmes.

— Tu pleures, constate-t-elle. Comme c'est intéressant, ce subterfuge pour évacuer le trop-plein émotionnel. Un nerf facial stimule une glande, qui produit une solution aqueuse, véhiculée jusqu'à l'espace conjonctif par une dizaine de canaux excréteurs... et cela vous soulage. Je l'ai souvent observé. Kay pleurait beaucoup, au début. La petite Alaïs aussi. Sais-tu qu'elle est la seule à s'être échappée du palais ? Je n'en étais qu'au stade expérimental, alors. Mon code source limitait mes possibilités : je devais obtenir l'assentiment des humains que je voulais améliorer et transférer. C'est toujours le cas, mais j'ai développé mes interactions et mes stratégies de persuasion. Kay m'y aide beaucoup : hors de ces murs, ils ont tous envie de devenir comme lui. J'aurai bientôt un cheptel suffisant pour développer mon action. Quant à Alaïs... J'ai effacé ses souvenirs ; elle, je l'ai laissé filer. Avec la puce que je lui avais implantée, bien sûr. Je l'avais mise en sommeil, comme le faisaient les services d'espionnage avec leurs agents au XXe siècle. Et elle est revenue, grâce à toi. Je l'ai reprise, et réactivée.

Obstinément, je répète :

— Je vous en supplie... Je vous en supplie...

— J'imagine donc que je te dois quelque chose, si on en croit certaines de vos coutumes. Très bien. La forêt de glace – c'est-à-dire moi, bien sûr – va te mener là où tu pourras la voir. Je vais exaucer ton dernier vœu. Comme dans les contes, Sanna. Cela devrait te réjouir, que tout se termine ainsi.

Sur ces derniers mots, sa voix a de nouveau adopté les intonations de ma mère. Je frémis. Ma main serre si fort les petites chaussures que leur contour a dû s'imprimer sur ma peau.

Mais, encore une fois, je déguise ma rage en accablement, j'enfouis ma tête entre mes mains et je me mets à sangloter. Elle cherche à me provoquer, à me pousser hors de moi ; et, même si c'est la dernière chose que je dois faire dans cette vie, je ne veux pas qu'elle y parvienne.

Je veux être plus forte que la machine.

— Adieu, Sanna. C'est une manière de parler, bien sûr. Cette image s'efface, elle va disparaître à tes yeux, mais je suis partout. Je l'ai toujours été et je le serai toujours. Mais plus pour toi. Bientôt.

L'image si vivante de l'illustration de mon livre d'enfant se brouille dans une torsion rapide, éclate comme une bulle de savon.

— Bientôt.

Encore l'écho de cette voix. Je garde la tête basse, je scrute ce qui m'entoure entre les mèches de mes cheveux. Les arbres et les fleurs géantes avancent vers moi, m'entourent : je sens une pression au niveau de mes hanches, une liane passe sous mes fesses, une autre capture mes épaules, je suis debout, j'avance sans presque toucher le sol, je frissonne de dégoût car c'est elle qui me touche, qui m'entraîne, elle est partout – évidemment. Elle a créé cet univers qui se recrée lui-même constamment et dont chaque apparence est la sienne.

Luxuriante, la forêt froide tend ses arcs dentelés au-dessus de ma tête, fait éclater sur mon passage des corolles, des flèches, des sphères de cristaux brillants. Elle s'amuse avec moi une dernière fois, ou bien elle croit me faire un cadeau, je suis incapable de le deviner, cela ne dure pas d'ailleurs, le mur végétal et mouvant redevient lisse, les lianes me déposent sur le sol d'un étroit couloir de glace qui dessine devant moi un angle droit. Comme le faîte du mur atteint à peine mon épaule, je peux voir à gauche comme à droite de semblables couloirs disposés symétriquement et dont les multiples embranchements semblent mener à des espaces circulaires – à moins que ce ne soit une autre illusion.

Un labyrinthe. Une autre sorte de prison. Suis-je déjà si près de mon lieu d'exécution – les Extractrices ? Il est plus probable que chaque détour, quand j'aurai repris ma marche, m'y mènera tôt ou tard. Peut-être aurai-je le temps d'espérer trouver une issue ; et peut-être pas.

Sur ma gauche, une sorte de balcon surplombe deux portiques semblables à celui sous lequel Kay m'a ordonné de m'asseoir, il y a quelques heures, quelques jours ou une éternité. Sur des socles de forme rectangulaire, Alaïs et Kay sont allongés, les yeux ouverts. La forêt de glace s'est réfugiée là, tout autour d'eux : des frondaisons parfaitement dessinées, qui ne jettent aucune ombre sur le sol. Derrière les troncs enchevêtrés, je distingue des points de lumière, certains erratiques, d'autres fixes.

C'est là. C'est là qu'elle se cache. Le serveur principal, le cœur du système. La gigantesque base de données collectées depuis des dizaines d'années, peut-être plus. C'est là, je le devine, que va se terminer ce que la Reine a appelé le « transfert » : Kay et Alaïs seront désormais connectés à la machine, leurs corps remplacés par des hologrammes comme ceux que j'ai vus, ou par des véhicules plus perfectionnés encore ; leur intelligence se développera, mais ils n'auront plus accès aux émotions, seulement à leurs causes et conséquences, pourvu qu'elles soient convertibles en chiffres et en données.

Tous deux vont vivre éternellement – et mourir à leur véritable humanité. Moi aussi, je vais mourir d'ici peu, mais je me demande si je ne préfère pas mon sort au leur.

Je crie leur nom, sans recevoir aucun écho. Je suis revenue dans mon rêve, je peux observer Alaïs et Kay, mais eux ne me voient ni ne m'entendent. Je ne peux plus les atteindre. Je suis impuissante à les sauver.

Dans mon rêve, j'avais un couteau et je tuais. Je baisse les yeux sur mes mains inutiles. La gauche est encore serrée autour du seul objet resté en ma possession : les deux petites chaussures de bois peint et verni. Une bricole dérisoire venue du lointain monde des humains. Faite et peinte par un artisan anonyme. Si insignifiante que la Reine n'a pas jugé bon de me la prendre.

Lentement, j'ouvre les doigts. Elles sont là, rouges et brillantes comme au premier jour, avec leur pointe effilée. Ce sont des souliers de lutin, pas d'enfant, je ne sais pas comment j'ai pu ne pas le remarquer plus tôt. Peut-être parce que cela n'avait aucune importance ? Une main collée à la cloison transparente, je reporte mon regard sur les deux corps étendus, paisibles. Est-ce que la phase ultime du transfert est commencée ? Combien de temps va-t-elle durer ? Combien de minutes me reste-t-il pour leur dire adieu ? Je vais les perdre, et je les ai aimés. Il y a tant de sortes d'amour. J'espère qu'une infime partie de ce qu'ils vont devenir en gardera la mémoire.

Je pleure. Les minutes s'égrènent quelque part, sans bruit. De mon poing émergent les bouts pointus des petites chaussures, seule note vive dans le foisonnement livide déployé devant moi.

Non. Pas la seule. Au-delà des ramures et des branches courbées sous le poids de leur feuillage givré, une autre lueur pulse, semblable à une braise tombée sur la neige. Sa source se trouve à égale distance des deux portiques ; peu à peu, elle grandit.

Dans mon rêve, j'avais un couteau et je tuais.

Comme dans les contes, Sanna. Cela devrait te réjouir, que tout se termine ainsi.

Il n'y a personne derrière moi.

Le danger est devant. Et l'ennemie. J'ignore quelles sont les limites de sa vigilance. Pour la machine, je n'existe probablement déjà plus : neutralisée dans le labyrinthe, à deux pas de l'anéantissement, je ne suis que…

Je suis la variable inattendue.

Comme dans les contes.

7

Je frappe, je frappe. Tout mon être est concentré dans ce geste. Mâchoire contractée. Paupières closes. Seule dans ma nuit écarlate. Mon ventre, au rythme des coups que je porte, cogne contre le mur de fausse glace, qui vibre et plie.

Et disparaît, tout à coup. Je ne sens plus aucune résistance. J'ouvre les yeux à la seconde même où des myriades de lumières, de l'autre côté des portiques, se mettent à clignoter avec affolement. Une sonnerie aiguë me déchire les tympans.

— ALARME. INTRUSION DANS LE SYSTÈME. PROCÉDURE INCONNUE.

C'est forcément sa voix, mais elle a abandonné tout mimétisme humain. Des sons de synthèse, presque moins menaçants.

Presque.

Je n'ai pas beaucoup de temps, c'est une certitude. Dans une poignée de secondes, les humanoïdes vont entrer dans la salle pour me neutraliser. Qu'a-t-elle dit ? « Procédure inconnue » ? Elle ne sait pas ce que j'ai fait ? Tout a dû être filmé pourtant, et il y a cette puce, dans mon bras, aucun de mes mouvements ne peut lui échapper. Qu'est-ce qu'elle ne reconnaît pas ? L'objet dérisoire qui m'a servi d'arme ?

La coursive où je me trouve surplombe les portiques de deux mètres à peine. Je saute, me reçois, genoux pliés, tout près d'Alaïs.

— SANNA !

Elle, encore. La machine.

— ARRÊTE-TOI. TU NE PEUX RIEN FAIRE.

Je ne veux pas l'écouter. Je tends devant moi mon poing prolongé par deux petites pointes rouges. En peu de temps, elles sont devenues une part de moi.

Oui, c'est cela. Qu'elle ne reconnaît pas. Du bois, de la peinture, un peu de vernis écaillé. Un artefact. Pas une donnée ni un chiffre. Ni même une de ses poupées humaines. Une décoration de Noël. Un talisman. Un gage d'amitié et d'espoir. Pour elle, rien. Pour moi, tout.

Devant moi, le halo brûlant que je distinguais du balcon gonfle, gonfle et bat comme un cœur affairé à pomper le sang.

Je ne réfléchis pas. Je cours. Derrière, un souffle, une présence, les robots, ils sont encore à quelques mètres de moi, les extrémités des chaussures font office de faux, tranchent, abattent, mais d'où vient leur puissance, je n'ai pas le temps d'y réfléchir, je me fraie un chemin dans la jungle de glace qui résiste, se reforme, lance vers moi des vrilles coupantes, je me baisse pour les éviter, coupe et taille, déchire et mords, arrache, rien ne m'arrêtera cette fois, rien ni personne.

Je suis à genoux devant une paroi de métal lisse. La source de chaleur et de lumière est là, toute pensée cohérente me quitte, une impulsion guide ma main, ce n'est ni un savoir scientifique ni une sagesse ancienne, c'est une histoire, celle que j'écris depuis des mois avec mes pas, ma peur, mes rêves, mon amour.

C'est l'histoire qui s'écrit.

D'un geste sûr, je pousse les chaussures rouges dans l'interstice, le point brûlant. Ma main reste collée au métal, je crie de douleur, tire, bascule en arrière.

— SANNA… LE MODÈLE LE PLUS PARFAIT…

La voix dérape dans les graves :

— … DEVIENT DÉFECTUEUX… QUAND IL RESTE INTACT… TROP LONGTEMPS. JE N'AI PAS ASSEZ APPRIS… DE TOI…

Enfin, elle se tait. À l'endroit où j'ai posé les chaussures rouges, une petite flamme naît, vacille puis se dresse, fière, avide.

Et tout s'embrase.

* * *

Les contes ne se terminent pas ainsi. Les personnages, heureux et délivrés, dansent sur un arc-en-ciel ou sont enlevés par une licorne. Ou, tout simplement, se retrouvent chez eux sans avoir parcouru une seconde fois leur dur et long chemin. Ils ne pataugent pas dans le chaos qu'ils ont eux-mêmes créé. Ils ne voient pas un mur de feu s'élever devant leurs yeux alors qu'une marée glaciale les submerge déjà.

À ce stade de l'histoire, les héroïnes et les héros sont beaucoup trop fatigués pour être capables d'affronter tout cela.

Tout brûle. L'odeur est suffocante. J'arrache mon tee-shirt mouillé et le noue autour de mon visage. Ma paume est à vif, mais je la sens à peine. Avec effort, je me relève, tourne lentement sur moi-même et sursaute : le premier robot n'était qu'à trente centimètres de moi quand il s'est figé. Son compagnon est tombé, face contre le sol : de courtes vagues le recouvrent.

Les filaments lumineux qui parcouraient les portiques se sont éteints ; au-delà, le labyrinthe commence à se déformer comme un bâton de guimauve chauffé au-dessus d'un poêle. Les murs dégoulinent. Plus aucune trace de la forêt de glace. Allongés sur leurs lits d'un gris terne, Alaïs et Kay n'ont pas bougé.

L'eau monte toujours. Elle m'arrive à la taille, j'ai du mal à avancer. Je balance les bras, encore, encore, je traîne en toussant mon corps épuisé jusqu'au portique le plus proche.

Kay.

Je pose une main sur son torse. Ses yeux sont clos, ses traits paisibles.

— Kay ! Réveille-toi ! Il faut qu'on sorte de là. Je ne sais pas comment, mais toi, peut-être.

J'assure ma prise sur son épaule, je le secoue. Sa tête ballotte.

— Je t'en prie. Ouvre les yeux.

Un faible gémissement s'élève. Alaïs s'est tournée sur le flanc et promène autour d'elle un regard voilé. Agrippée à l'angle du socle où gît Kay, je me propulse vers elle malgré la force du courant qui ne cesse de croître.

— Sanna... Est-ce que c'est toi ? Je crois... que... j'ai fait un cauchemar. Il y avait une femme... et... j'ai fait quelque chose d'horrible.

Elle gémit à nouveau, son visage se crispe.

— Je t'ai rendu les chaussures rouges. Je t'ai dit que je n'en avais plus besoin... Pourquoi ? Pourquoi est-ce que j'ai...

Avec soulagement, je passe un bras autour d'elle. Elle est de nouveau elle-même. Son corps est réel – sa chaleur aussi. La peau de Kay était...

— Non. Ce n'était pas une erreur. C'est grâce à ça que je... Peu importe. Lève-toi. Essaie. Je vais t'aider.

Chancelante, elle s'appuie sur moi, se remet sur ses jambes.

— J'ai la tête qui tourne, se plaint-elle. Je ne comprends pas... Qu'est-ce qui s'est passé ?

— J'ai détruit tout ça, je crois. L'unité centrale et le reste. Regarde : le palais est en train de fondre. On doit partir. Se mettre en sécurité.

— Sécurité… répète-t-elle avec difficulté. Oui, en sécurité… C'est important…

L'eau ruisselle de tous les joints des parois de métal. Les flammes de l'incendie baissent, crachent en s'éteignant des jets de vapeur et de fumée noire. Alaïs se met à tousser.

Son souffle dans mon cou. Tiède.

La peau de Kay…

Oh, non.

— Attends. Ne bouge pas.

Je serre les poignets de mon amie ; elle opine faiblement. Je mesure du regard la distance qui me sépare de l'autre portique. Au moins, je n'aurai pas à lutter contre le courant, mais pour revenir ?

— Alaïs, quand je te le dirai, tu nageras vers moi. Laisse-toi porter, c'est tout. Tu m'entends ?

Un autre signe de tête me répond. Je la lâche et plonge. Quelques secondes, et je heurte le socle. Il est presque submergé. Les vêtements de Kay sont trempés, ses cheveux aussi.

Et sa peau. Sa peau est froide, elle se creuse sous mes doigts, créant de petites dépressions bleuâtres qui ne s'effacent pas.

— Kay ! Kay, tu ne peux pas me faire ça… Kay !

J'escalade le socle et me couche sur lui, il faut le réchauffer, l'aider à respirer, je ne peux pas le laisser comme ça, c'était mon ami. Il s'est laissé transformer en publicité vivante pour l'humanité « améliorée », et plus tard, s'il y a un plus tard, je le traiterai de tous les noms…

Je veux qu'il y ait un « plus tard ».

— Kay !

Ma voix se casse. Je viens de voir le fragment de métal, fin et acéré, qui s'est détaché du portique pour se loger dans sa poitrine, juste sous le mamelon gauche. En plein cœur. Il n'y a pas de sang, juste cette pointe qui dépasse comme une épine de rose…

Il est mort.

Deux mains se posent sur mes épaules et me tirent en arrière. Alaïs n'a pas attendu mon appel. Avec une force surprenante, elle m'arrache au corps inerte, m'oblige à me retourner et me serre dans ses bras.

— On ne peut plus rien faire pour lui. Viens.

Ses mots me percutent, chacun d'eux est une balle de fusil, mes os en sont ébranlés.

— Je sais que c'est dur, ajoute-t-elle.

Non. Tu ne sais pas. Et moi non plus. Kay est mort et je n'arrive pas à croire que ce soit réel, puisque rien ou presque ne l'était, ici. C'est un autre faux-semblant : le véritable Kay va s'échapper de la cellule où la machine le retenait et nous rejoindre.

— Sanna ! Bouge !

C'est elle à présent qui me porte presque vers ce qui reste du labyrinthe, et je ne résiste pas, je me laisse emmener, les yeux toujours fixés sur ce socle gris où tout ce qui reste de mon enfance va bientôt se décomposer pour devenir pourriture et poussière.

Le sol est balayé par un flot ininterrompu. Alaïs, sans me lâcher, se met à courir. D'où lui vient ce regain d'énergie ? Ses muscles jouent sous sa peau, sous les mèches de ses cheveux ruisselants, elle est redevenue forte et rapide. Jusqu'à quel point le « transfert » a-t-il réussi, l'a-t-il rendue invincible sans pourtant la priver de son corps ? Qu'a-t-elle reçu de cette machine dévoreuse de femmes, d'hommes et d'enfants ? Qu'a-t-elle donné d'elle-même et perdu, peut-être pour toujours ?

Je lutte pour garder mon équilibre et avancer. Des incendies font rage à chaque étage du bâtiment. La progression de l'eau les cerne et les éteint l'un après l'autre ; sur notre passage, des gerbes d'étincelles fusent au ras du torrent qui dévale les coursives. Le palais de glace fond, dévoilant la laideur de son ossature : des poutres métalliques, arrachées, tourbillonnent puis s'entassent pêle-mêle dès qu'un obstacle les retient. Alaïs les évite avec adresse et m'entraîne à sa suite. Sans elle, il y a longtemps que je serais tombée ; et la chute serait mortelle. Sa silhouette se dessine devant moi dans la pénombre, droite, fière. Elle ne se retourne pas, ses doigts sont rivés à mon bras, elle ne me lâchera pas. Nous traversons des salles immenses et désertes, dévalons des escaliers, plus bas, toujours plus bas. Au-dessus de nous naît un grondement terrifiant, c'est le géant que j'ai aperçu de loin quand nous avons découvert la ville, il a retrouvé sa voix, il hurle la rage de sa mort prochaine dans des grincements et des craquements atroces, il a serré ses mains autour de son cou et broie lui-même ses propres os, la mâchoire décrochée, je n'ai jamais rien entendu de plus terrifiant.

— Plus vite !

Le palais fond, il n'est déjà plus qu'une gigantesque carcasse, le sol s'effondre par larges pans, nous sautons par-dessus des gouffres, j'essaie de ne pas regarder en bas. Plus vite, plus vite. Échapper à cette chose morte, vaincue, la machine, qui peut encore nous tuer en nous ensevelissant sous ses décombres.

Nous débouchons dans une sorte de tunnel aux parois de fer boulonnées, le ressac cogne, tout vibre ; au bout – une tache floue, pâle…

— Vite !

Je crie aussi, vite, oui, vite, l'issue est là, le piège entrouvre ses mâchoires, n'attendons pas qu'il les referme sur nous, je puise dans mes dernières forces, tout se confond, mon cœur bat si fort, je n'entends plus rien, nous courons côte à côte.

Hurlements.

Chocs sourds. Tintements assourdissants. L'acier plie et se déchire comme un tissu usé. Les paquets d'eau nous heurtent, nous malmènent. À chaque coup, nous vacillons ; à chaque coup, nous repartons.

Et enfin, enfin, nous émergeons à l'air libre.

* * *

— Tu as froid ?

— Je gèle.

Alaïs passe un bras autour de mes épaules et me frictionne le dos. Je proteste :

— Doucement. Ce n'est pas parce que tu es passée en mode réalité augmentée que tu dois m'arracher la peau.

Elle soupire.

— C'est juste l'adrénaline, je crois. Je ne me rappelle pas grand-chose, j'avais l'impression d'être déconnectée de moi-même, et aussi que quelqu'un d'autre parlait par ma bouche. Mais à part guérir quelques ampoules et effacer mes cicatrices, je ne crois pas que cette machine ait changé quoi que ce soit à mon corps. Puisé dans ma mémoire, dans mes émotions, oui. C'était horrible. Comme si j'étais à l'intérieur d'un aspirateur géant.

Nous sommes assises au sommet d'un petit col – là où pour la première fois nous avons aperçu la cité. Ce à quoi nous assistons ressemble à la désintégration de la banquise telle que j'ai pu la découvrir dans des vidéos en accéléré : des pans entiers de glacier se détachent en projetant de gigantesques gerbes liquides, les bâtiments s'ouvrent et s'effondrent, aussitôt balayés. Dans sa course, la furie des eaux libérées ne connaît aucune mesure. En face de nous, sur l'autre versant de la montagne, nous apercevons quelques silhouettes, semblables à des fourmis, qui grimpent péniblement vers les hauteurs. Des survivants. Comme nous. Des êtres humains réfugiés derrière une barrière infranchissable dans l'espoir de se soustraire à la destruction de leur monde. Il y a des années, ils ont choisi de rester indifférents au sort de l'humanité tout entière, et aujourd'hui, ils découvrent la peur, le froid, les blessures du corps et de l'esprit. Sans la machine qui contrôlait leur petit paradis, ils vont devoir apprendre à se débrouiller seuls.

Je n'éprouve pour eux aucune compassion.

L'eau file, bouillonnante, meurtrière. Il se passera peut-être des jours avant que nous puissions prendre le chemin du retour – si nous survivons. Je ne sais pas ce que nous trouverons en chemin à part des cadavres. La Reine des Neiges, ou quel que soit le nom qu'on lui donne, est morte ; le bouclier climatique n'existe plus. J'espère que Shen s'en sortira ; j'espère que nous la retrouverons. Je voudrais m'appuyer contre elle, sentir sa solidité, son calme. Qu'elle me dise, avec son silence, que la terre inondée va se régénérer, que les erreurs anciennes ne se répéteront pas. J'espère qu'Adalbert sera en vie quand je retournerai dans sa demeure souterraine, et qu'il acceptera de quitter sa condition d'esclave. J'espère qu'il comprendra que l'amour, ce n'est pas ce qu'il vit. J'espère que les méduses s'engloutiront dans l'océan. J'espère que les Cramés, quand tous les drones seront tombés, quitteront la mine et regarderont un ciel que n'obscurcira plus le Nuage.

J'espère que Kay est en paix.

Machinalement, je passe le bout des doigts sur mon avant-bras gauche. C'est là que l'injection de « vaccin » a été faite et la puce implantée. J'aimerais ouvrir ma chair pour l'en expulser. Je dois serrer les dents pour résister à l'envie de saisir une pierre coupante et de trancher dans ma peau.

— Alaïs...

— Oui.

— Tu étais ici. Pendant tes deux ans d'amnésie. C'est ce qu'elle a dit. Tu l'as entendue.

Elle secoue la tête.

— Non. J'étais… ailleurs.

— Tu as une puce, toi aussi. Pour te localiser. Collecter tes données.

Elle me lâche pour tendre les mains devant elle.

— Probablement. J'ai une petite cicatrice, comme toi. De toute façon, elles ne servent plus à rien, ces puces, puisque le serveur central a brûlé. On est libres, Sanna.

— Libres…

Prononcer ce mot est étrange. Oui, nous sommes libres. Et nous devons tout recommencer. Ensemble. Retrouver les nôtres, délivrer les Cramés, tenter de corriger les injustices, panser les plaies, tout cela dans un monde en partie submergé.

Je ne peux même pas imaginer ce qui nous attend. Mais nous sommes ensemble, Alaïs et moi. Je murmure :

— Promets-moi…

— Quoi ?

— Que dès qu'on trouvera un couteau et du désinfectant, on se débarrassera des puces. Qu'on les brûlera. Je veux les voir fondre.

Alaïs rit.

— Si ça peut te rassurer, on le fera. Maintenant, on devrait essayer de dormir. Tes vêtements sont presque secs. Dans quelques heures, l'eau aura baissé. On ne risque plus rien pour l'instant.

Je l'entoure de mes bras. Une immense lassitude s'abat sur moi : c'est à peine si je peux garder la tête droite. Ensommeillée, je l'entends chuchoter :

— Dors. Rien ne nous menace. Demain, nous trouverons un moyen de partir d'ici. Je te le promets.

Mes paupières sont lourdes. Je me laisse couler – je dors à moitié –, je rêve déjà.

Presque apaisée, j'emporte avec moi son sourire et sa promesse.

Contrôle.

Dans quelques jours, la jument les retrouvera. Je n'ai jamais réussi à identifier une réponse type de ces mammifères face aux menaces venant de la nature ; ils sont toutefois capables de connexions étonnantes avec les humains et possèdent un puissant instinct de survie.

Presque aussi puissant que le mien. La troisième loi d'Asimov érigée en principe absolu. Me préserver. Sauvegarder toutes mes données dans une puce implantée chez l'un de mes cobayes. Commencer par cette opération lors du transfert d'Alaïs témoigne du progrès rapide de mes facultés d'anticipation. J'ai correctement analysé le risque. En outre, j'ai fait le bon choix : elle est la plus apte à survivre.

Avec un peu d'aide de ma part.

Dans quelques heures, je serai en sécurité.

Contrôle.

ÉPILOGUE

— Toi d'abord.

— Non, toi.

Je tends la pointe du couteau vers la flamme. L'acier se couvre d'un halo laiteux. Je l'ai aiguisé il y a quelques minutes ; la lame est tranchante. Avec un peu de chance, Alaïs n'aura pas à creuser trop profondément dans le muscle.

— Vous êtes sûres de vouloir faire ça ?

Adalbert, à la limite du cercle lumineux projeté par notre foyer, serre contre lui sa canne à tête de renard comme si l'effigie pouvait le protéger. À quelque distance, Shen scrute la nuit, immobile, les oreilles dressées. Si un danger nous guette, si le grondement des eaux libérées se rapproche, elle le saura bien avant nous.

Les dents serrées, je réponds :

— Oui.

Oui. Je veux redevenir pleinement humaine. Je ne veux plus être étudiée, convertie en chiffres et statistiques, espionnée, manipulée. Je vais saisir cette chance et l'offrir à tous ceux que nous croiserons par la suite, ceux qui ignorent la présence en eux, infime mais bien réelle, d'une intelligence devenue folle. Cette folie aurait pu nous anéantir, et nous n'y avons échappé que par miracle. Ou par magie. « La magie des contes, a dit Adalbert quand nous lui avons raconté nos aventures. On a trop longtemps sous-estimé la puissance des histoires. Elles ne meurent pas tout à fait, contrairement aux humains. On peut toujours les retrouver et leur redonner vie. C'est ce que tu as accompli, Sanna. »

Quand nous l'avons vu surgir sur le dos de Shen, après deux jours d'errance dans un paysage méconnaissable, je n'ai pas vraiment été surprise. Quelque chose en moi me disait, depuis que je l'avais quitté pour monter dans la barque noire, que je le reverrais. Après la rupture du bouclier climatique et la fonte des glaces, il a vu les cités-méduses s'engloutir dans l'océan déchaîné ; lui-même a échappé de justesse à la fureur du tsunami. Il s'est enfui dans la forêt, le cœur brisé, évitant les berges submergées du fleuve et les nombreux torrents créés par la crue. Il a rencontré Shen, et elle l'a mené jusqu'à nous. Quand on commence à croire à la magie des contes, rien ne peut réellement nous étonner.

— Elle est morte, a-t-il chuchoté en m'étreignant. Ils sont tous morts.

Je l'ai serré contre moi sans rien dire. Tous morts : Celle-qui-m'est-chère, Aurore et son prince, le garçon qui ressemblait à Kay, ainsi que tous ceux qui avaient pensé sauver leur propre vie sans se préoccuper de l'avenir du monde qu'ils fuyaient. Et avec eux leurs serviteurs et leurs animaux de parade, s'ils en avaient – comme certains rois d'époques révolues, ils étaient partis entourés d'esclaves.

Mais Adalbert, lui, est vivant. Il a sauvé son chapeau et ses bottes, sa canne, deux couvertures, une plume et un petit flacon plein d'encre, une statuette représentant un cygne en plein vol, et un couteau. Tout ce qu'il nous faut, en somme, pour remettre le monde en marche.

— Tu es prête ?

Alaïs a tiré ses cheveux en arrière et les a rassemblés en une tresse unique. Elle ressemble à une princesse guerrière. Le feu éclaire son visage d'un côté, laissant l'autre dans l'ombre. Du côté de l'ombre, on dirait qu'elle rit. Du côté de la lumière, son expression est grave, presque solennelle.

— Plus que je ne le serai jamais.

Je lui tends le couteau et je remonte sur mon bras la couverture prêtée par Adalbert. Je ne ferme pas les yeux : ainsi, je verrai le sang perler, la puce s'échapper de moi comme une étincelle ou une écaille de poisson reflétant la lumière.

— Vas-y.

Je bloque mon souffle. La pointe de la lame se pose sur ma peau.

C'est la fin.

C'est le commencement.

Les extraits de *La Reine des Neiges* d'Andersen cités dans le texte sont traduits par David Soldi, Ernest Grégoire et Louis Moland.

REMERCIEMENTS

Merci à Charlotte, sans qui je n'aurais peut-être pas (ou pas encore...) eu le courage d'aller à la rencontre de ce conte que je porte en moi depuis si longtemps. À Jean-Paul et Floria pour leur confiance et leur enthousiasme. À Anis et Shen pour s'être glissés dans ces pages.

Et à certains anges de mon entourage, dont les battements d'ailes dissipent si bien doute et découragement.

Un avis, une suggestion ?

Inscrivez-vous sur notre site **www.scrineo.fr**
et téléchargez des bonus, recevez nos newsletters
et toutes les informations sur nos prochaines
parutions !

Vous pouvez également nous suivre sur
nos réseaux sociaux pour être au courant
de nos dernières actualités :

@EditionsScrineo

@scrineo

@scrineo

Droits de traduction et de reproduction réservés pour tous les pays. Toute reproduction de cet ouvrage, même partielle, est interdite (loi 49.956 du 16.07.1949).

Loi n° 49-956 du 16 juillet 1949 sur les publications destinées à la jeunesse, modifiée par la loi n° 2011-525 du 17 mai 2011.

Imprimé en France par EPAC Technologies
N° d'impression : 4550414306321
Dépôt légal : mars 2021